逢君正當時

2

目次

壹之章　作戲

安若晨悄悄將《龍將軍新傳》放進龍騰屋裡的桌上。

龍騰不在，她特意挑了這個時機過來的，放下就走，莫名覺得臉有些熱。

回到自己的院子裡，處理了些雜事，將方管事交代與她核對的帳對清楚，然後無事可忙。一閒下來就開始胡思亂想，越想越覺得赧然，生出要去把《龍將軍新傳》要回來的衝動。

當初寫《龍將軍列傳》時，她只為在爹爹安之甫面前編造花癡模樣，故而胡說瞎掰編得溜，完全沒卡殼，而這次這本新傳是認真費了心思，仔細回憶說書先生說過的龍將軍事蹟，還有從宗澤清、盧正、田慶等人處聽來的將軍勝戰佳績，遣詞造句，且加進了自己的誇張讚美之詞。

既然拍了馬屁就往狠裡拍，將軍自己要看的，讓他看個夠。

她寫完了頗是歡喜，似完成件大事，如今想來，又擔心誇得太狠了。

英明神勇不算，還睿智聰慧、風趣可愛。

安若晨想起最後這個詞，差點將腦門撞桌上。

怎麼會失心瘋寫將軍可愛呢？她當時寫的時候是怎麼想的？但說實話，那一則故事，將軍路遇幾個因戰亂與家人失散的孩童，他嚴肅安慰，又嘮叨關懷，暗地裡想著方法讓孩子們不再害怕難過。遇到敵軍，他領著部下護著孩子們殺出重圍趕到安全的村落，最後幫他們找到家人。安若晨寫的時候，腦子裡全是將軍訓斥她時的模樣，板著臉卻透著體貼，極嚴肅的表情有著溫暖，就像故意在冰冷的鎧甲下，偷偷藏著柔軟的心。

多可愛的將軍！

安若晨寫得非常痛快，覺得自己寫得好得不能再好。

結果現在書擺上了將軍的桌子，她卻覺得彆扭起來。

不行，一會兒將軍就回來了，他會看到那本書。

安若晨嘆氣。要拿回也來不及了，衛兵已然看到她拿了書冊進了將軍屋裡，若將軍知道她趁他不在又拿走，那就太丟臉了。

安若晨捂住眼睛，這比寫將軍可愛更丟臉。

安若晨決定出去走走，到姜家衣鋪刺探刺探李秀兒吧，看看這回她是何反應？還有，趙佳華會再次出現嗎？

嗯，這種時候用這類嚴肅的正事安撫一下自己是最有效的。

姜氏衣鋪客人非常多，安若晨等了一會兒才等到李秀兒注意她。

李秀兒過來招呼，說當時與安若晨定的是後日取衣裳，如今衣裳還未製好，年底客人太多，實在忙不過來，還是得後日才能取。

安若晨笑說只是順路逛逛，未記錯取衣裳的日子。她問了問有無新進料子，扯了扯年關買賣等閒話。李秀兒一一應了，之後有別的客人需要招呼，李秀兒趕緊忙去。

安若晨藉著看衣料子待了好一會兒。她注意到李秀兒時不時偷偷看她一眼，在鋪子堂廳後院來來回回。安若晨暗忖她是否又去向趙佳華通風報信。果然，李秀兒過來問她忙不忙著走，請她到雅間喝喝茶歇歇腳。

安若晨欣然答應。

雅間裡有數位客人在喝茶等試衣，安若晨皆不認識。聽得她們高談闊論著各家的閒話，安若晨更印證了這裡確實是收集打探消息的好地方。她喝了好幾杯茶等了許久仍不見趙佳華來，心裡有些失望。只是李秀兒忙中偷閒總過來招呼點心茶飲，讓她又想著再坐坐說不定會有收穫。

結果沒有。

安若晨終是決定離開。她不知李秀兒是故弄玄虛還是趙佳華吊她胃口，但她覺得她等得足夠，今日到這裡便好，總不能太被動。

安若晨一路走一路思索下一步該如何做。

李秀兒確實與趙佳華是一夥的，她們之間有聯絡。

趙佳華更強勢些，感覺上李秀兒受她支使，就如同當初受徐媒婆支使一般。

不知趙佳華在謝先生組織中是何位置，會不會她根本比徐媒婆更高一級，所以謝先生才放心讓她來挑釁？

安若晨甚至更大膽地猜測，有沒有可能趙佳華比謝先生級別更高，所有的一切都只是掩護。什麼被徐媒婆控制，什麼從外郡青樓帶回來……

安若晨站住了。

她看到路邊有個小小的女娃娃，約莫兩歲的模樣，眉清目秀甚是可愛，手裡不知攥著什麼，孤伶伶的，一個人站著。

安若晨認得這個小女孩。

她是劉茵，趙佳華的女兒。

此時劉茵顯得有些慌張，似哭不敢哭，左右張望。

安若晨也往周圍看了看，未見著趙佳華，也未見著奴婢僕婦婆子模樣的人。

只有小劉茵，似被拋棄了一般，委屈又可憐地立在街邊。

這是個餌！

安若晨心裡知道。

她看著劉茵，想起了四妹安若芳。

安若芳五歲時被姨娘騙來套她的話，害得她母親遺物被搶，她被毒打。

安若芳知道真相後那一臉驚恐、愧疚與眼淚，安若晨至今都記得。

她曾經一度很討厭安若芳，她提防她，安若芳卻總是喜歡黏她，用盡一切她能想到的幼稚辦法討好她彌補她。

她故意為難奚落安若芳，當時安若芳小小的臉上也是劉茵這般神情，慌張，似哭不敢哭。

安若晨走向劉茵。

這是個餌，她對自己說。

她決定吞下這個餌。

之前還奇怪為什麼李秀兒故意留她而趙佳華不出現。

原來如此。

她出現了。

只是換了別的方式。

安若晨不明白其用意，但她會弄清楚的。

安若晨走得慢，一邊走一邊看了街頭角落一眼。

盧正正站在那兒，對她點點頭。這表示劉茵附近沒有危險，她可以去。

「茵兒。」安若晨在劉茵面前蹲下。

劉茵眨著眼睛看著她，顯然不認得她是誰。想開口說話，左手的東西卻掉在了地上。

安若晨低頭看，那是顆甜棗果子糖。

劉茵看看地上那顆，再看看右手這顆。手上的已啃一半，掉地上的還沒來得及吃。

劉茵抬起頭來時眼睛裡含著淚水，小嘴扁了起來，似隨時要大哭一場。

安若晨被她的可愛模樣逗笑了，她讓春曉去前頭糖鋪子再買包甜棗果子糖，然後對劉茵道：「茵兒，妳娘呢？」

劉茵搖搖頭，低頭看了看地上掉的棗糖，猶豫了一會兒，彎腰要撿。

安若晨把她攔住，掏出帕子幫她擦手，問：「誰帶妳出來的？妳怎麼自己在這兒？」

劉茵聞言往四周看看，似在找人，好半天才道：「不見了。」

「妳娘不見了？」

劉茵搖搖頭，「蘋兒。」

安若晨猜這是個丫頭的名字。

「是蘋兒帶妳出來的？」

劉茵點頭，「還有陳婆婆。」

「蘋兒和陳婆婆去哪兒了？」

「不知道呢。」劉茵搖頭，「走著走著不見了。」

「妳娘呢？」

「沒來。」

居然放心讓兩個下人帶孩子出來？

安若晨對劉茵微笑道：「茵兒記得我嗎？我是妳娘的朋友，上回在衣鋪子見過。」

劉茵歪了歪頭，認真打量著安若晨。

春曉把糖果子買回來了，安若晨打開紙包。

劉茵眼巴巴看著，回了一句：「記得。」

安若晨失笑，這孩子想吃糖果子就說記得了。

她挑了一顆遞給劉茵，「不記得也沒關係。來，吃這顆吧，那顆髒的不要了，這裡有一包全都給茵兒。」

劉茵接過來吃得津津有味，眼睛看著一整包甜棗糖果子，笑了起來。

安若晨餵她吃了兩顆，把紙包遞給春曉，將劉茵抱起來，「姨帶妳回家找娘可好？」

劉茵嘴饞地看著紙包，春曉遞給她一顆棗糖，劉茵這才點頭，奶聲奶氣道：「好。」

小饞貓！安若晨蹭蹭她的臉，抱著她往招福酒樓的方向走去。

一路順順利利，沒發生什麼意外，沒半路跑出來什麼人要搶劉茵，安若晨白防備一場。倒是劉茵吃糖吃得開心，最後還抱著安若晨的頸脖，趴在她的肩頭睡著了。

安若晨就這麼抱著個小女娃走進招福酒樓。

招福酒樓後門正對著劉府側門，安若晨沒有帶孩子去劉府找趙佳華，而是選擇到酒樓讓掌櫃通報，她想看看劉則的反應。

劉則不在酒樓，但他很快來了，步履匆匆，神情緊張，身後跟著同樣表情的趙佳華。

趙佳華一見到劉茵便撲了過來，也不顧孩子正在睡覺，將她緊緊抱在懷裡。

劉茵被趙佳華粗魯的動作擾醒了，揉了揉眼睛，甜甜叫了聲：「娘。」

趙佳華的眼淚湧了出來，將臉貼在孩子的臉上。

劉則見狀忙道：「好了，好了，這下安心了。孩子這不是找到了嗎，妳別著急。」他轉頭吩咐管事，讓把出去找人的家僕都叫回來。

一陣激動忙亂後，劉氏夫婦才想起要請安若晨到府裡坐坐，答謝她送回孩子。

安若晨自然不客氣，隨他們去了。

到了劉府的會客小廳，劉則命人上茶，客客氣氣地招呼安若晨。

而趙佳華卻是相反態度，她抱著孩子不放，一掃和善的表情，質問安若晨在哪兒找到劉茵的，當時是什麼情景，周圍是何狀況。

安若晨坦然應答。

劉茵這會兒很有精神，指著安若晨要糖吃。

安若晨讓春曉把那包糖果子交給趙佳華。

趙佳華深吸了一口氣，似在隱忍，接過糖果看了看，冷冷地道：「蘋兒和陳婆子道只是買了東西的功夫，轉眼便不見了茵兒。尋遍周遭，只聽店家說方才有人在一旁用糖果子逗小娃兒。」

安若晨不自覺蹙眉，所以呢，這是在暗示有可能是她差人誘拐了劉茵？

安若晨冷冷地答：「我見到令千金時，她拿著糖果子站在路邊，可身邊無其他人。」

趙佳華瞪著安若晨，抱緊劉茵不說話。

劉則在一旁怒道：「我要將蘋兒和陳婆子都趕了！擅自將茵兒帶出去，居然也不照看好，丟了人未及時找回，只會哭，留她們何用？」

趙佳華卻道：「她們又哪裡料到會有人對個孩子下手？」

一唱一和？

安若晨乾脆也附和起來：「不如報官吧。誘拐孩子太可惡，可不能放過那賊人，那位店家老闆可當作人證。」

劉則搖頭，「我問過店家，他店裡店外人來人往，他也記不清是何樣貌，甚至記不清自己究竟看沒看到樣貌，只記得是個女子，況且他也不能肯定茵兒是被誘拐了。我派人在周圍到處搜尋，也未尋到。幸好安姑娘將她送回，不然我們可不知該如何是好。」

「若是茵兒有個什麼三長兩短，我也不想活了……」趙佳華說著眼眶都濕了，含淚欲滴，楚楚動人，嬌弱之姿讓人憐惜。

戲演得真不錯！

安若晨暗忖，若是趙佳華當真出身煙花之地，那果真學得些路數。

她正待配合著安慰兩句，趙佳華卻狠狠瞪了她一眼，抱著孩子轉頭走了。

莫名其妙！

安若晨完全摸不著趙佳華的心思，放了個孩子引誘她來，然後就走了？有何用意？

對於自家娘子的失禮，劉則感到很不好意思。

他抱歉地對安若晨苦笑，言道內子愛女心切，有失儀態，讓安若晨見諒。

安若晨客氣了一番。

按禮數，她與劉則這般單獨共處一室並不合宜，但她不想就這麼算了，總要打探出什麼才好。於是多扯了幾句，問劉則怎地會讓下人帶孩子出去？真的不打算報官嗎？

劉則道：「茵兒午睡後鬧著想出去玩耍，我夫人身子不適，欲多躺躺，一時貪懶，便讓丫頭婆子帶出去了。沒料想遇到這樣的事。她知道女兒丟了很是自責，我們也無茵兒被人誘拐的實證，鬧到衙堂上，不是笑話嗎？到時我家夫人再受責怪，對孩子也不好。既是找回來了，我們定會當心多留意。」

「劉老闆言之有理。劉老闆對尊夫人細心體貼，當真讓人羨慕。尊夫人是哪裡人氏？娘家不是中蘭城吧？」安若晨故意試探。

劉則答：「內子是唐郡豐安縣的。數年前家鄉鬧了洪災，家人都過世了，她無依無靠，只得投奔徐城的遠房表叔。那表叔家中不富裕，表嬸是個厲害的，對家裡多了個人要養活很是不快，內子在那兒受了不少委屈。後正巧徐媒婆去探親，啊，就是咱們中蘭城那位徐媒婆，安姑娘也是知道她的，為安姑娘家中說親的那位徐婆子。她與內子表叔是表親，算起來，與內子也是遠親關係了。徐媒婆孑然一身，頗為孤單，正想有人陪伴，看內子乖巧懂事，便將她帶了回來。我那會兒正託徐媒婆替我找門合適的親事，見著了內子……」他笑了笑，有些不好意思，「嗯，就是這般，後來便成了親。」

安若晨點點頭，說著好聽話：「這真是千里姻緣一線牽。」

劉則抿嘴笑了笑，顯得有些靦腆。

安若晨問：「這次孩子被拐了丟在路邊，是否會是仇家的惡作劇？」

劉則想了想，搖頭，「我雖開的是酒樓，往來客人三教九流均有，但我一向講究和氣生財，鮮有得罪人的地方，想不到會有什麼仇家這般作惡。此次多虧了姑娘，劉某感激不盡。」

只在自己身上追究原因，半點沒把趙佳華往壞處想。

安若晨一時也想不到能如何再問，當下客套幾句便告辭了。

劉則親自送她到門口，再次表示了感激之意。

安若晨走出一段路再回頭，劉則對她頷首微笑，這才回轉身退回門內。

春曉見狀，在安若晨耳邊嘀咕：「這位劉老闆可是比他家夫人講道理。姑娘，咱們做了好事可差點被汙衊拐孩子呢！您瞧沒瞧見方才那劉夫人的目光，看我們似看壞人似的，哼！」

安若晨沒應話。

她想不通，所以她想將軍了。

回到紫雲樓，安若晨立即去找龍騰。

聽衛兵道將軍已回來，就在屋裡，若是安管事來訪就讓她進去。

安若晨心裡高興，急匆匆就往裡奔，聽得應門差點用蹦的竄進屋，結果剛進去就見著龍騰手裡拿著一本薄薄的書冊。

安若晨頓時一僵，差點把這事忘了。

來得真是不巧，此刻正是《龍將軍新傳》閱讀時間。

龍騰抬頭看她，從書冊上方露出雙眼，眼含笑意，暖洋洋的眼神頗是膩人，想來讀書正讀得歡喜。只是不知是受用著詞藻華麗修辭誇張的馬屁，還是真心欣賞她的文采。

安若晨強忍逃跑的衝動，「呃……」定定神，鎮定！

寫書任務完美達成可不是什麼錯處。

清清喉嚨，挺直背脊，安若晨擺出嚴肅模樣，「將軍。」

龍騰將書冊放下，露出了整張臉。

那臉色一本正經，教人不敢掉以輕心。

「將軍，」安若晨更嚴肅了，「奴婢有事稟告。」

奴婢二字苦練多日，如今說起來也是流暢俐落，安若晨覺得這對維護穩定的溝通氛圍很有正面的作用。

「嗯，說吧。」龍騰好整以暇等著。

安若晨趕緊入正題，將今日遭遇的事情仔仔細細說了一遍。

「將軍，那趙佳華是不是欲試探我？先前她與我說過，孩子是她的弱點，然後她把弱點擺在我面前，看我會如何。」

「看妳會如何又能如何？」龍騰問。

安若晨也是一頭霧水，「我沒想明白，完全猜不到她的用意，難道她是想汙衊我偷她孩子？就算汙衊不成，也能潑我髒水，讓周遭人對我疑心，阻礙我查探案子？」

龍騰沉吟片刻，道：「周遭人如何反應？」

安若晨將酒樓掌櫃、劉府管事、丫鬟等人情況說了說，又把她與劉則的對話仔細說一遍。

龍騰揚了揚眉，「妳覺得哪裡有問題？」

「未曾覺得哪裡有問題，劉則對他夫人很是信任，體貼關懷，下人們也是如常反應。」

「那趙佳華為何故意讓妳留意李秀兒？」

「表明她們是一夥的，引起我的注意？」
「她的嫌疑比李秀兒還大，何必多此一舉？」
安若晨一愣，對，若互不來往，咬死不認，她就沒法查了，但趙佳華故意搭上李秀兒……
「還有，劉則是否與妳解釋得太詳細了？」
安若晨再一愣。太詳細了？
「這麼複雜的關係，出生哪裡，遭了災，投奔了誰，又是怎麼遇到徐媒婆，為何要隨徐媒婆來中蘭城。對一個不熟的外人，何必說這許多？若是我，只說她是哪裡人氏便好，再多些，說她是徐媒婆的遠親，因徐媒婆妳也認得，但妳未曾細問，他卻主動細數來歷出處，未免殷勤了些。」
「……」安若晨覺得迷霧中似乎閃過一道光，但她仍未能看清脈絡，「將軍是覺得，也許劉老闆並非對趙佳華的事一無所知？」
「妳這般一問，我倒是想起趙佳華與李秀兒有何不同。」
安若晨迅速答：「趙佳華是外郡來的，李秀兒是本郡人。趙佳華生育一女，李秀兒無子女。趙佳華沒有旁的親人，李秀兒還有個盲眼母親與義妹。」想了想，再補充：「趙佳華比李秀兒年長兩歲。」
龍騰道：「李秀兒管事，趙佳華卻不是。」
安若晨：「……」所以趙佳華是如何收集情報的？
龍騰看著她，「謝剛與我說過，妳鎖定趙佳華的一個原因是因為我曾特意在招福酒樓見妳。我在那兒見妳，確實是因為趙佳華是徐媒婆從外郡接來的姑娘，這與其他人不同。還有一點是，那兒離衙門近，又是個吃飯喝酒的地方，人來人往，容易混跡，若是要有消息悄悄傳出去，那樣的場合再合適不過。」

「而我只盯著趙佳華。」

「盯著趙佳華沒有錯，這不是有進展了嗎？」

有嗎？安若晨只覺得越來越迷茫了。

「我今日甚至瞎猜過趙佳華也許在謝先生的組織裡比徐媒婆的級別還高，更有甚者，比謝先生還高。不然，徐媒婆是如何定下一個外郡的人選的？也許她根本是受了囑咐才去接趙佳華。」

龍騰聞言笑了起來。這一笑，暖風輕拂，冬日生花。

「妳越來越讓我驚喜了，安管事。」

安若晨：「……」

驚喜的點是什麼？安若晨雖不明白，但自覺受了誇獎，心裡還是頗受用的。

「她若想汙衊妳，妳便等著，今日這事定只是鋪墊罷了。」

安若晨點頭。有將軍作主，她並不慌張。

只是這鋪墊之後的後續來得頗快。

兩日後，趙佳華的女兒竟又出事了，這次果然鬧上了衙門。

礙於安若晨的身分和紫雲樓的特殊性，太守姚昆派了主薄江鴻青親自過來請安若晨。

「劉夫人說，孩子中午在家中午睡，她看孩子睡得香，便去了小廚房親手做點心，想著孩子醒了能吃上，沒想到隨侍孩子的兩個丫頭婆子一個將髒衣送洗，一個到隔壁屋修補衣物。兩人都只離開了一小會兒，孩子卻無聲無息地消失了。劉夫人聞訊大驚，府裡府外找不到孩子，便到衙門擊鼓報官，說是前日孩子被僕人帶著外出時險被誘拐，幸而被安姑娘找回。這才不到兩日，孩子再次失蹤，她懷疑有人盯上自家孩子，上回下手未成，這回卻是成了。她說安姑娘可以作證，上回便是安姑娘幫著將孩子找回的。」江鴻青如是說。

孩子真丟了？且不是汙衊她為人犯，卻是讓她去作證？

安若晨又鬧不明白了。

難道是打算先用這招哄騙她到衙門後再發難？

龍騰此時正巧就在紫雲樓裡，於是安若晨趕緊去稟報。江鴻青自然也不敢輕忽，跟著去當面說明，言稱太守大人有請安管事過去問話做個案錄，並非審訊。

龍騰未推拒，讓江鴻青先行回去，安管事隨後就到。

安若晨知道將軍有事情囑咐她，忙打起十二分精神。

江鴻青告退後，屋子裡只剩下龍騰與安若晨。

龍騰道：「妳覺不覺得這事聽著似曾相識。」

安若晨不明白。

「妳四妹。」

安若晨驚訝地張了張嘴，如醍醐灌頂。

可不正是似曾相識嗎？

她四妹安若芳就是於家中午睡時莫名失蹤，而她也是曾去了郡府衙門擊鼓報官。

「讓謝剛陪妳去，帶上一隊衛兵。」龍騰道：「一來防她生事使壞，二來若是時機合適，便將她拘回來。」

「何種情形是時機合適？」安若晨問。

「若判斷得出將她關進牢裡嚴審的價值比放在外頭誘敵的價值更大這結果時，便是拘捕的合適時機了。」

安若晨去了。她帶著春曉坐馬車，就像真的要去衙門作證一般。春曉忿忿不平地嘮叨著對趙佳華的不喜。安若晨有一搭沒一搭地應話，她有些緊張，她知道謝剛領著兵隊隨後就到。她一個小老百姓，今日要經歷參與施令拘捕人犯的大事嗎？

安若晨在衙門門口下馬車時，正瞧見劉則隨一衙差邁入衙門內。他的臉繃得緊，怒氣沖沖。

安若晨不由得想若一會兒真在衙門當劉則的面拘捕了他娘子，且還是以細作嫌疑罪名拘捕，劉則不知會是作何反應。

待安若晨進得衙門側堂，劉則已站在趙佳華身邊，臉色仍不好看，卻比方才溫和多了。

安若晨走過去，正聽到劉則壓低聲音斥責趙佳華：「妳怎地不先與我商量……」

趙佳華垂眸不語，身姿如柳，模樣柔弱可憐。

安若晨走過去，劉則見了，慌忙施了個禮，歉然道：「安姑娘，內子魯莽，竟然勞妳大駕，給妳添麻煩了。」

安若晨忙客氣一番，細細問發生了何事。

劉則也是剛來，只得看向趙佳華。

這時候謝剛進了來，他領的衛兵在堂外站隊，氣勢比守值的衙差威武許多。

正待喚安若晨去衙堂做案錄的江鴻青見狀，忙起身相迎謝剛。一番寒暄後，謝剛表示孩童失蹤之案蹊蹺，將軍雖不會干擾太守大人斷案，但也得知曉案情，以防此事涉及細作作亂，故而派他前來一起聽聽事主口供。

劉則聞言忙帶著趙佳華過來向謝剛施禮。

江鴻青與這夫婦倆介紹了謝剛的官職稱呼，讓他們好好回答謝大人的問題。

趙佳華依偎在相公身邊，把丟孩子的經過含淚又說了一遍，事情與主薄江鴻青轉述的一致。謝剛問了些細節，趙佳華一一答了。安若晨在一旁聽著，覺得當真與她四妹失蹤一般，聽著便覺得是說謊，但又挑不得什麼錯處出來。

謝剛問完話，江鴻青派去稟報太守的衙差已經回轉，說太守大人請謝大人到衙堂一道審案。謝剛謝過，走時給了安若晨一個眼神。安若晨會意，與趙佳華私下交手套消息的事是得她來辦。

安若晨在側堂等了許久，都沒找到單獨與趙佳華說話的機會。太守正在衙堂上對一個個人證問話審案，側堂裡時不時進來一人出去一個。她也被喚到堂上問了話，應完話回到側堂再等著。

她偷偷觀察趙佳華，在劉則未注意時，趙佳華坦然又挑釁地回視她觀察的目光，這讓安若晨覺得，趙佳華也在等待機會。

機會終於來了。

人證問詢近尾聲，側堂裡人走得差不多，只剩下安若晨及劉則夫婦。

不多時，劉則也被傳到堂上問話去了。

劉則走後，趙佳華輕聲交代身邊丫鬟幾句，丫鬟走了出去，然後趙佳華看向了安若晨。

「春曉，妳到外頭瞧瞧劉夫人的丫頭幹什麼去了，與她多打聽打聽她家小姐失蹤的事。」安若晨囑咐道。

春曉自覺被太守大人像審犯似的問了半天話，受了冤屈，聽了這個，自然是幹勁十足，飛快地跟了出去。

趙佳華看也不看春曉，卻是朝著安若晨走了過來。

「安姑娘。」

「劉夫人。」安若晨暗地裡捏緊了拳頭，有些緊張。

趙佳華在安若晨身邊的椅子上坐下，拂了拂衣襬，漫不經心地輕聲道：「沒想到我家孩子丟了，還驚動了將軍大人。」

「細作猖狂，將軍關切百姓安危，恐他們劫持孩童行惡，故而過問案情，夫人不必多慮。」

「如何能不多慮？我想起安姑娘失蹤的妹妹至今也未有消息，有安姑娘前車之鑑，我對大人們難有信心。」

安若晨的心一跳。難道這事果然與四妹有關嗎？

「招福酒樓客來客往，消息靈通，不知夫人可曾聽得一言半句關於我四妹的下落？」

趙佳華搖頭，「我若是知曉，定會告訴姑娘。」

很普通的一句話，語氣也很正常，但安若晨不禁疑神疑鬼瞎猜趙佳華這話是否有深意。

四妹的行蹤，她究竟知道還是不知道？她把女兒的失蹤比照著四妹的事情來安排，難道不是為了暗示這個嗎？

安若晨煩躁起來，不由盯著趙佳華看。

關進牢裡嚴審的價值大？還是放在外頭誘敵的價值更大？

趙佳華似是沒注意她的表情，自顧自說道：「我們女子說話，向來不被看重。我恐我失去女兒的悲切，大人們不放在心上。安姑娘既是龍將軍的管事，想來在將軍面前是能說上話的。我的痛，安姑娘也定能明白。其他人不關心不在意，還望姑娘能上些心。」

在給她拋餌嗎？

安若晨答：「我只對我關心的事上心。」

「姑娘為我多費心，不會後悔的。」

「若我多費心，我四妹能回來嗎？」

趙佳華搖頭，「姑娘四妹之事，我確實不知。」

「那夫人還是等太守大人為妳尋回女兒吧。」

「只怕他們覺得女子之言不重要，漏掉了什麼，便不好了。我不太識字，那些文書案錄啊什麼我可看不懂，等相公來了他看過我才安心畫押。說起來也是奇怪，我雖對官府沒甚信心，對姑娘卻是有的。」

安若晨認真看著趙佳華，趙佳華一臉坦然地回視她。

「夫人一再說對官府沒信心，可卻第一時間便來報官了。」

「速速報官，尚有一線希望不是嗎？」

「前兩日丫頭婆子回府報小姐不見了，可未見夫人報官。」

「那日我相公派了不少人手尋找，又幸得姑娘將女兒送回，有驚無險。」

「今日為何不先報劉老闆？」

趙佳華眨眨眼睛，「相公不在家，我一時著急忙慌，只想到報官了。」

「夫人似乎有不少事瞞著劉老闆。」

趙佳華認真道：「若不瞞著他，有些事還真做不了呢。再者說，他也有許多事瞞著我。」

安若晨心中的猜疑越來越大，現在趙佳華是要把疑點轉向她的夫君劉則嗎？關進牢裡嚴審的價值大？還是放在外頭誘敵的價值更大？

「劉夫人高深莫測，讓我頗不安。」

「妳如今有將軍撐腰，有何好不安的？不像我，只能豁出去了。」趙佳華道。

這話裡一定有意思，但安若晨猜不到。豁出去了？

安若晨的心怦怦跳，難道是謝先生那邊會有大行動？

「劉夫人有話不妨直說。」安若晨乾脆挑明。

「我雖對姑娘欣賞，卻還不能完全信任。」趙佳華盯著安若晨道：「姑娘對我並不了解，自然也不會信任我。這般境況，若是說錯一言半句，恐會惹來麻煩。」

「若劉夫人不願坦誠以待，恐怕才會有麻煩。我倒不是嚇唬夫人，只是夫人主動接近我，明裡客套暗裡挑釁，我不明夫人意思，自然感到惶恐。如今城中細作潛伏，凶險暗藏，我若不能相信夫人無辜，只得將夫人關押到將軍府衙，讓大人們與夫人聊了。」

趙佳華笑起來，搖搖頭。

「姑娘若是將我拘捕，我便不能給姑娘提供更多幫助了。那些我不知道、姑娘也不知道的消息，會被全部隱藏起來，難道姑娘希望這樣？姑娘想想，我若不是站在姑娘這邊，怎會主動接近姑娘？」

「我並不站在夫人這邊，卻也想接近夫人。」安若晨戳穿這道理，道：「如今門外就站著衛兵，我一聲令下，他們便會進來將夫人拘捕。莫以為我人微言輕辦不到，大守大人今日要如何，也得看謝大人的面子，我們後頭還有龍大將軍。」

「姑娘能有這權力威望，我真替姑娘高興。」趙佳華一點也沒露出恐慌之態，「可姑娘若將我帶走，那才真是失策。」

「不能帶人回去，也得帶些有用線索回去，不然我又如何交代？」安若晨故意讓出一步。

「我就是線索。」趙佳華收起笑臉，非常嚴肅，「安姑娘，我就是線索，記住我說的每句話，查一查我相公，查一查我的來歷。相公迷戀我，為了我，他什麼都幹得出來。」

話才說到這兒，安若晨就看見劉則走進了側堂。

趙佳華小聲飛快道：「還有鈴鐺。盯好了鈴鐺，說不定就能找到關鍵的人物。」

話說到這兒，劉則已走近，趙佳華起身迎了過去，一臉關切地詢問太守大人審案的情形，是否對孩子的行蹤有了線索。

安若晨看著趙佳華在狡猾細作和賢妻慈母之間切換自如，簡直佩服得五體投地。

劉則夫婦倆在那兒低聲討論案情，而謝剛也走了進來。

他看了一眼這夫婦倆，然後用眼神詢問安若晨。

安若晨站了起來，深呼吸一口氣。

『若判斷得出將她關進牢裡嚴審的價值比放在外頭誘敵的價值更大這結果時，便是拘捕的合適時機了。』

龍騰的話就在耳邊。安若晨朝謝剛走去，覺得手心冒汗，有些緊張。她做出了決定，對謝剛微微搖了搖頭。

謝剛若無其事道：「太守大人審訊完了，暫時沒什麼明朗的線索。」

安若晨低聲問：「不知謝大人還有吩咐沒有？」

謝剛沉默片刻，安若晨猜測他是在考慮要不要接受她的判斷。

「先回去吧。」謝剛如此道。

安若晨說不上自己心裡是鬆了口氣還是更緊張了，她隨著謝剛往外走，邁出門檻時回頭看了一眼，趙佳華正盯著劉則看，而劉則似感受到打量的目光，也轉頭看了安若晨一眼。

安若晨對他施了個禮，劉則回了禮。

轉身，離開。

將劉氏夫婦拋在了身後。

回到紫雲樓，安若晨把她與趙佳華談話的過程和說的話仔仔細細稟報了。

謝剛和龍騰沉思。

「她讓我們查劉則，查她的來歷？」謝剛皺眉。

「確實是這麼說的。」

安若晨有些不安，這樣好像是指責將軍和大人們當初沒查仔細一般。她先前詢問學習過，那查探的過程也是頗費周折。徐媒婆不常出遠門，難得出去一趟帶回個姑娘，這事許多人知道。遠房親戚這身分說得過去，無人懷疑，但謝剛他們硬是抽絲剝繭追查徐媒婆的親屬關係，證實這身分不實。再一路追查到已經到外郡討生活的車夫，查到了豐安縣品香樓，每一個環節都是驗證過的。

謝剛即刻出去，喚了當初負責查趙佳華的那個探子進來。

探子仔細又報了一次當初查探的過程和接觸的相關人等。

「趙佳華確實是品香樓的田因無誤，她是品香樓的紅牌，不少公子為她一擲千金大打出手，所以她雖然離開了三年，但嬤嬤們仍是記得。音容相貌氣質特徵，全都對得上。還有，徐媒婆大老遠過去為她贖身，嬤嬤們印象深刻，就連那車夫的相貌特徵她們都沒忘。樓裡嬤嬤說，當初徐媒婆還賣了關子，只說是打平南郡來的，未曾說細地方，嬤嬤們還是聽車夫說中蘭城如何如何，她們才知道。」

謝剛為那探子補充道：「當時也是覺得田因既是頭牌，千金易得，也定有不少公子傾心垂憐，卻為何會同意讓徐媒婆贖身，同意改名換姓，遠嫁給一個她素不相識的男人，這甚是可疑。」

探子點點頭，「嬤嬤說田因是個孤兒，十歲時被賣進品香樓。此後與其他姑娘一樣，習琴練曲，賣藝賣身，沒什麼特別的事情。最特別的，就是來了個婆子，說要為她贖身。我確認消息無誤，就趕緊回來報了。」

龍騰道：「再去一次，帶上劉則的畫像，問問劉則是否是那些恩客之一。還有，其他恩客都是何身分。田因與這些人的關係如何，是否有特別歡喜或是特別討厭的。田因跟徐婆子走後，又發生了什麼。還有品香樓的背景、各嬤嬤的來歷等等。」
探子恭敬領命。
謝剛補充道：「留心特別的裝飾，比如鈴鐺……」
那探子頓時一愣，「品香樓有個房間喜用鈴鐺裝飾，那聲音叮叮噹噹，甚是好聽。」
謝剛與龍騰對視了一眼。
安若晨忍不住搶著問：「那房間有何特別之處？是何人所有？」
探子道：「就是一個品香樓姑娘的，我未覺她與此案有關，當時就未曾多留意。」
「這個得仔細查查。」謝剛道。
探子領命退下了。
安若晨有些振奮，難道事情要有突破了？
龍騰看她表情，說道：「莫歡喜得太早。」
「知道知道，可總歸開始行動了，比猜來猜去不知如何是好的強。」
龍騰聞言挑了挑眉，又斂眉，迅速恢復平靜狀。
安若晨看在眼裡，暗忖她的話有哪裡不對？
「妳見過她的字嗎？」龍騰問。
安若晨忙點頭，她知道龍騰說的是龍騰領軍剛進城時收到的「城中有細作」的字條，那筆跡她牢記心中，去查探每個姑娘時都找機會看筆跡，但沒找到筆跡相同之人。
「是她嗎？」
安若晨搖頭。趙佳華在衙門簽字按手印時她看了，字跡不一樣。趙佳華並非認真習過字的，字寫得不好。對了，她還說了她不太認字，所以不是她。

「將軍，她說她只能豁出去了，是不是要有大事發生了？」安若晨還是有些拿不定主意，「要不要把她抓回來細審啊？」

「妳不是已經做了決定？」

安若晨心虛地看了謝剛一眼，有龍將軍和謝大人在這兒，她的自行決定能靠譜嗎？

「她在模仿妳。」龍騰道。

安若晨一愣，沒錯啊，什麼失蹤，什麼豁出去，甚至當初她為了達到目的對將軍各種試探爭取，這麼想來，還真是一樣的套路。

「她為何如此？」

龍騰道：「其中一種可能，她在暗示她與妳是一般的。安管事，妳是如何的？」

「聰慧可靠。」安若晨迅速答。

謝剛手握拳頭放在唇邊輕咳，明顯在忍笑，而龍大將軍的眉毛也揚得高高的。

安若晨正經板臉非常無辜。她認真的啊，難道她不是這樣？

「安管事。」龍騰開口欲言，但她的表情嚴肅得太可愛，龍騰往後靠了靠，離她稍遠，這才道：「是受害者。身不由己，無能為力。」

『妳如今有將軍撐腰，有何好不安的？不像我，只能豁出去了。』

趙佳華是這麼說的。

安若晨想起從前的自己，那時候滿身傷痕，拚命從狗洞子爬出，打定主意，就算拖著殘腿也要走到衙門去，敲響那面鳴冤大鼓。

豁出去了！這種絕望中又不肯放棄的決心，她非常能體會。

「我明天再去找她。」

龍騰點頭，「把她招攬過來，為妳所用。」

「招攬過來？」是像徐媒婆那般，以其弱點將她控制，讓她為自己做線人的意思嗎？

「戰場之上，兩軍對陣，會視對方出戰之人派出應戰人選。選擇誰做對手，都有謀略思量。依趙佳華與妳交手的種種情況來看，她蓄謀已久，對妳相當了解。她選了妳，是有原因的。她不是與妳說，她站在妳這邊嗎？妳要沉住氣，探出她所求何事，把她招攬過來。這些妳懂的，妳對付我，徐媒婆對付那些姑娘，都是如此。」

安若晨漲紅臉不服氣，「我哪有對付將軍？」下意識地趕緊偷偷瞥謝剛一眼。

怎地能在外人，不，在旁人面前這般詆毀她呢？

「嗯，那便是我對付妳。」

安若晨：「……」

被噎得，完全反駁不得。

將軍確實對付她了，她現在就能感受到！

受了龍騰點撥和親身示範什麼叫對付的安若晨，翌日幹勁十足精神抖擻地去找趙佳華。

今日一會，必要有所斬獲。

只是安若晨萬萬沒想到，去了那兒，別說斬獲，連面都沒見著。

她吃了閉門羹。

劉府的門房道，府中小姐失蹤，夫人驚恐悲痛，從衙門回來後便病倒了，無法見客。

這謊扯得就跟安之甫聲稱自己是好人一般。

安若晨吃驚的表情不是裝的，是真的驚訝趙佳華昨日從容不迫，今日變成縮頭烏龜。她是故意躲她，還是失去了自由？

這兩樣都超出了她的預期，完全不是她能想到的結果。

這情況很不妙，相當不妙。安若晨開始心慌了，她不會就此失去趙佳華這個線索了吧？她犯了錯，昨天應該就把趙佳華抓回去的。

安若晨努力鎮定，一副關切模樣問趙佳華病情如何、是否請了大夫等等。門房也像模像樣地答請了大夫喝了藥，只是夫人臥床養病，不方便見客了。

怎麼辦？回去求將軍調兵硬闖？但對方既是敢如此應對她，必是做了相應準備的。

安若晨杵在劉府門口腦袋裡有片刻空白，然後她問：「那劉老闆呢？可否見他一見？」

「老爺在酒樓掌事，姑娘欲見他，得去酒樓找找了。」門房指了指府宅南側，招福酒樓正是這個方向。

安若晨去了。

劉則果然在酒樓裡忙碌，見了安若晨依舊是客氣有禮，言道，今日有許多貴客訂了桌，掌櫃一人盯不過來，他只得親自來招呼。家裡夫人病了，女兒還在找，他謝過了安若晨的關心。

酒樓確實客滿，眾夥計跑前跑後，一派忙碌景象。安若晨仔細觀察劉則，他眼神端正，面容顯得有些疲態，就像一個家裡出事卻還得強撐精神打理生意的普通男人。

但因為趙佳華的話和龍騰之前的提點，安若晨對這男人有疑心。

安若晨思慮片刻，覺得現在不是表露懷疑驚動劉則的時候。趙佳華在劉則面前演足了戲，定是有原因的。若她真是站在她這邊，手上有實證的話，昨日便該趁勢說拘捕劉則而不是查劉則。且她說若拘捕了她，她便幫不上忙，那些她不知道的消息就沒了。

『我就是線索，記住我說的每句話。』

安若晨決定相信趙佳華。最起碼依現階段而言，她更傾向於相信她。

「方才我去府上拜訪，門房說尊夫人病了，不能見客。劉老闆也知道，尊夫人與我頗有緣，我四妹也是失蹤，至今還未找到。上回我這般巧偶遇茵兒，心裡很是感慨，不料昨日茵兒竟也遭此橫禍，我當初心中之痛，與今日尊夫人一般。我想我可以開解陪伴尊夫人，讓她盡快走出鬱愁，這對病癒也大有好處，所以還請劉老闆給我個機會，見一見尊夫人。」

安若晨說這話時，認真看著劉則，不錯過他臉上任何一絲表情。

劉則頗為難，他猶豫了好一會兒，這才道：「實不相瞞，我覺得安姑娘所言甚是，是這個道理。若由我來決定，我是希望姑娘能幫我緩解內子心中之痛，但內子一向看重容貌儀態。她昨日一病，有時胡言亂語，有時扯頭髮撕衣裳，整個人儀容不整，憔悴失態。若我自行同意姑娘見她，到時她對姑娘不客氣，或是怪我不體貼尊重，我心亦難安。稍晚待我忙碌完，我會回府陪伴她。若她情況好轉，有心情待客，我派人去請姑娘，如何？」

這番話滴水漏，有禮客氣，安若晨自然說不得「不」字，只能告辭離開。

安若晨走出招福酒樓大門，繞著酒樓慢吞吞走了兩圈，心裡很不甘願。認真對著酒樓看了又看，想了又想，一無所獲，想不出好辦法，只得回紫雲樓找龍騰再商議討教。

招福酒樓賓客往來，安若晨離開時與一藍衫男子擦肩而過。那男子容貌與神情均無特別之處，安若晨對他完全沒有留意，並不知道自己曾聽過他的聲音，見過他的背影。

安若晨的毫無反應讓藍衫男子微笑，他走進酒樓，對迎上來的劉則有禮地道：「劉老闆，我訂的福如海雅間。」

「閔公子。」劉則殷勤做了個請的手勢，招手喚來一名小二，「領閔公子去福如海。」

小二揚聲應著：「好咧，福如海，公子這邊請。」

藍灰外衫男客進了福如海雅間，也不等小二報菜單，熟門熟路點了三道菜。小二倒好茶水，應了菜單，便下去了。不一會兒，劉則推門進來，領著一位小二上菜。小二上完菜下去了，劉則卻是未走，問道：「閔公子看看菜可合口味？」

閔公子用筷子撥了撥菜，壓低聲音道：「怎地招惹上了安若晨？」

劉則輕聲回道：「她故意找事，我會應付好的。」

閔公子掃他一眼，「如何應付？」

「一切按先生吩咐的，只當無事，她尋個沒趣，找不到什麼線索把柄，久了自然就會注意別處去了。」

「是嗎？」閔公子夾了一口菜吃，又問：「你家閨女丟了？」

劉則僵了一僵，若無其事答：「是，正找著。」

「丟得不太尋常啊！」

劉則抿了抿嘴，他知道閔公子消息靈通，衙門那處也有人，自然不敢說瞎話隱瞞，於是道：「公子是為這事來的？公子放心，我會處理好的。昨日我外出應酬了，內子一時慌亂才會報官，我已安排好，不會鬧大的。」

「都鬧到太守那兒去了，把安若晨也招了來，還嫌不夠大？」閔公子道：「你女兒一日不找回，一日不能結案，後患無窮。」他重重放下筷子，瞪著劉則，「究竟發生了何事？」
「確實是女兒丟了，已派人去找，會處置好的。」
「你可是瞞著我招惹了什麼事？」
劉則恭敬應道：「公子明察，事情輕重緩急我心裡有數。公子交代的事，我哪件不是辦得妥妥貼貼的？」
「你那娘子呢？可也是老實安分，不惹麻煩？」
「她自然也是。」
劉則答得肯定，閔公子卻不滿意。
「安若晨已經盯上你們，龍騰那邊囑咐了要再去豐安縣查你娘子和品香樓，當然還有你。這叫不惹麻煩？平白無故，你女兒怎會莫名失蹤？自己家裡睡得好好的，還能與那安若芳一般憑空不見了？你娘子厲害，居然跑去報官，是想做第二個安若晨嗎？」
劉則一僵，還真是沒想到龍騰會想到要去翻查舊帳。
「公子息怒，這裡頭定是安若晨的手段。那日在街上，她便誘拐了茵兒，又裝成好人模樣送回來套近乎。事情究竟如何，我會查清的。再說了，品香樓那頭與我們的事完全無關，他們再去十趟也無用。」
「安若晨的手段？你打算如何查？」閔公子冷哼。
「我就是一普通平民百姓，普通百姓丟了女兒如何去查的，我便如何查。既是已報了官，自然由官老爺為民做主。至於安若晨，與我劉家並無關聯。我夫人喜靜，女兒失蹤後又積鬱成疾，不見外客了。若是真有綁匪用我女兒提什麼條件要求，我也不會屈從的。」

換言之，他們會如尋常百姓一般生活，別人抓不到把柄。他們也不招惹安若晨，不給她查探線索的機會。女兒不會成為威脅他的籌碼，他寧可犧牲孩子也會顧全大局。

閔公子不說話。

劉則也不再說話，靜靜立在一旁等著。

過了一會兒，閔公子問：「可有安若芳的消息？」

「沒有。這城裡城外，均未聽到有相似小姑娘的線索。怕還真是遇難死了，只是屍首還未被人找到。」

這時候門外有小二的叫聲：「上菜了！」隨著話音，小二推門進來，托盤裡捧著菜。

劉則對閔公子道：「再給公子燙壺花雕。」說完轉向小二，「公子再要壺花雕，快些。」

「好咧！」小二放下菜盤子。

閔公子道：「好，就這些就夠了。」

劉則應了聲，與小二一道退了出去。

◆　◆　◆

安若晨回到紫雲樓裡，捧著劉茵失蹤案的案錄卷宗使勁兒看，沒看出什麼新花樣來。她懊惱又沮喪，強烈自責自己做了錯誤的決定。想找龍騰認錯，將軍不在。想向謝剛請教，謝剛外出。

安若晨等到入夜，實在坐不住，拿了短劍到校場一通練。自己亂舞了好一陣，心情並沒有變好。她坐在校場邊上，看著不遠處的靶人，在月光下形隻影單，顯得有些寂寥。想起當初在將軍面前出了大糗，抱著那靶人眼淚鼻涕橫飛，忍不住嘆了口氣，「豬狗牛羊雞鴨鵝。」真希望將軍大人失憶將那段全忘了才好。

「餓了？」有個聲音突然從背後冒了出來。

安若晨驚喜轉頭，卻發現原來不是龍騰。

宗澤清過來，往她身邊一坐，「不是才用過飯沒多久？」

安若晨垮臉，她是怎麼樹立起飯桶形象的？

「宗將軍怎麼在這兒？」

「整理查看馬隊，明天我要去前線辦事了，正好看到妳在這兒，就過來說說話。」

「要打仗了嗎？」

「這個說不好，但防務總是要做好的，不能等敵軍來犯時才手忙腳亂。」宗澤清說話響亮，很有精神，「妳莫擔心，我們龍家軍個個以一抵百，真打起來，斷不會讓那些南秦兵有好果子吃，定讓他們哭爹喊娘。不過中蘭城離得遠，妳是沒機會聽到的。」

「宗將軍有勇有謀，我信宗將軍定會保我們平南郡平安的。」

宗澤清哈哈大笑，連道「那是那是」。

他抬頭看了看月亮，「今晚的月色不錯，妳等我一下。」

未等安若晨回過神來，宗澤清一溜煙跑掉。沒過一會兒，他抱著一罈酒兩個碗還有一個鼓鼓的油紙包過來，喜笑顏開地又往安若晨身邊一坐，把東西攤開。一罈酒、兩隻燒雞。

「來來，我們吃，不夠我一會兒再去拿。」
安若晨傻呆呆瞪著那些吃的。
不是吧，真以為她餓了所以去偷吃食？兩隻這麼大的燒雞，還不夠吃？
宗澤清看到她的表情，笑道：「不是說妳貪吃，這人啊，餓了就得吃，傷心難過也得吃，遇著煩惱心事了，更得吃。」
總之，就是吃就對了。
安若晨被他感染，也笑起來。宗將軍真是個好人，這是看出她煩惱了，關心她呢！
於是，安若晨也不矜持客氣，宗澤清撕了根大雞腿給她，她就啃，遞了碗酒給她，她就喝。校場邊的小草坡上，兩個人一起舉碗共飲，大口吃肉。
安若晨吃了兩口酒，臉便成了粉紅色，整個人感覺要飄起來，感覺真不錯。
「我從前從未試過這般失態吃食的。」
「失態著吃，味道更好，對不對？」宗澤清眼睛亮晶晶的，很有說服力。
安若晨哈哈大笑，點點頭。
「心情好些了嗎？」
安若晨再點點頭。
「遇著什麼煩心事了？」
「一言難盡。」安若晨晃著腦袋，「辦的案子頗不順利，還以為自己有了重大收穫，結果突然沒了。」安若晨粗略將事情說了說，主要說了自己在抓不抓人這件事上的猶豫和後悔。
「這沒什麼。」宗澤清也跟著她晃腦袋，「有一次我跟著龍將軍出陣應戰，那一戰兩軍皆派出了強將精兵，我方也是準備充分，擺下了箭石陣列，盾殺矛牆……」他看看安若晨的表情，揮著雞翅膀道：「妳就只需知曉是相當厲害的兵陣就對了。」

安若晨用力點頭。宗澤清舉起雞翅膀啃一口，安若晨也陪著啃一口雞腿。

宗澤清見安若晨如好兄弟般捧場，很是高興，於是喝上一口酒接著說：「話說對方軍中有一名名將，與龍將軍那是過招三百來回啊。我領著兵護龍將軍左翼，並負責衝殺阻斷他們陣式。後來龍將軍一刀將那將領砍傷，那廝見勢不妙竟後撤。這像話嗎？這麼多兵馬看著，他居然後退？他那兩名副將就衝上來纏殺龍將軍，我一看，趕緊一橫刀便去截那賊廝。」

「賊廝的意思就是妳說的被砍傷的那個名將，對吧？」安若晨聽得津津有味，但還是先確認一下誰是誰。

「對。」宗澤清說得眉飛色舞，「我告訴妳啊，打起仗來可不似街頭幹架那般十來號人，數萬人混一起拚殺，若是兵陣一亂，哇，那是慘不忍睹。茫茫一片人海，全是血、屍體，還有腦袋、胳膊什麼的，站著的也看不清誰是誰。」

安若晨差點沒吐出來，雞腿都想丟掉，忍住了，忙問：「看不清可如何是好？」

「有旗令，還有鼓號啊！」宗澤清遇著個好奇好聊的，又是「花前月下」，配著雞肉美酒，講得很是起勁，「這裡頭可有大講究，什麼鼓聲敲幾下，什麼陣隊進，什麼陣隊退，不同旗子什麼顏色揮幾下，往哪兒揮，全是有含義的。戰場之上，大家都是看旗令聽鼓號行事。這些旗兵鼓號兵可不是隨便挑一人出來就能勝任的，那得身強體健高大醒目，似妳這般短腿的，舉了旗，陣下拚殺的兵將也看不著啊！」

安若晨窘一臉，有誰說要她去舉旗嗎？

「不止要高大，還得耳聰目明、武藝高強。要知道，旗在軍在，旗倒魂亡。軍令旗就表示著這軍隊命魂，大夥兒是看著它所指方向以命相拚的，就算最後一個兵士倒下，旗也不能倒。」宗澤清嚴肅起來，似想到些往事，然後他反應過來，叫道：「哎哎，扯遠了，我是要說，當時龍將軍被纏住了，他就喝令一聲，讓我拿下敵軍首將。」

「就是受傷那個。」

「對。」宗澤清說道：「當時我就與那廝拚殺，結果那廝居然讓兵隊護著他逃跑，跑得那叫一個利索，我趕緊帶著兵追擊，結果追到半路，他奶奶的熊，居然有埋伏！」

安若晨緊張得屏住呼吸。

「當時我一看林間似有旗一閃，就知道不妙。那敗將領著兵衝進了林裡，旁邊坡下忽然衝上來伏兵，前後將我們包抄了。這時候我才發現我求勝心切，追得有些遠了，因為一路追一路殺，兄弟們也損失不少。那時候我也有片刻猶豫，若領著大夥兒集中兵力撤退還來得及，但那敗將受傷，身邊剩下些餘勇，且伏兵也並非精兵悍將，看起來像是眼見主將落難，後方餘兵急匆匆調集趕來支援。總之，無論退還是殺，總感覺都還有機會。」

安若晨嚥了嚥唾沫，緊張地等著下文，結果宗澤清不說了，丟了翅膀骨頭，又撕了一大塊雞胸肉啃了起來。

安若晨忍不住，催問：「後來呢？」

宗澤清笑了，就是等她問呢，講故事要的就是這效果。正待開口說，身後有個涼涼的聲音道：「後來宗將軍打贏了，故事完。」

宗澤清和安若晨同時垮臉，轉頭一看，龍騰板著臉杵在那兒。

宗澤清比安若晨反應大，他跳起來跳腳抗議：「將軍，怎能壞了氣氛？」

「要何氣氛？」

宗澤清一噎，道：「講故事的氣氛啊！」

「要來何用？」

宗澤清再一噎，又道：「用來講故事啊！」

於是，龍騰幫他繼續講：「宗將軍當時決定以一敵十，不取對方首級絕不後退。他利用手上兵力打散對方的包抄，其他人假意退逃吸引對方追逼，而宗將軍帶另一猛將隻身入林，先殺了旗令兵，用假旗令引誘對方主將偏離大隊兵馬的方向，然後再與其他假意退逃的剩餘兵力會合，與對方主將決一死戰。兩隊人失蹤三日，第三日宗將軍帶著兩名兵士拎著敵將首級回來了。」

宗澤清在一旁猛點頭，對對，當初他就是這般智勇雙全勇殺敵軍主將的，只是將軍講得太快，半點停頓沒有，安姑娘不知聽明白了沒。

安若晨確實聽得有些懵，就聽清楚失蹤三日拎著敵將首級回來了。

「然後……」龍騰繼續說著，話音一轉，抑揚頓挫語速得當字音清楚地道：「就在全營將士都驚呆了，正欲上前慶賀誇獎宗將軍的神勇之際，宗將軍一個猛撲，抱著我的腿便嚎啕大哭，一把鼻涕一把淚地抹在我的褲管上。」

宗澤清手上的雞胸肉掉了，他張大嘴，整個人也驚呆了。

將軍，你是在幫著講故事還是在調侃你手下最英勇聰慧的大將呢？後頭的重點難道不是他因此戰而揚名天下，驚動皇上，得了「虎威將軍」封號嗎？嗯，但是氣氛不太對，他自己補充這個好像不太合適。可是總得說點什麼，絕不能是「他一把鼻涕一把淚」地結束了英勇事蹟。

「啊，對了！」宗澤清端正臉色，嚴肅道：「這個有勇有謀最後得到了皇上嘉獎的事蹟呢，是想告訴安管事，莫憂心妳的選擇對錯，誰知曉後頭發生什麼，事後才來馬後炮那都是孬種。他奶奶的熊，若是當時我戰死了便罷，若是後退撤兵回來，指不定被某人別有用心地酸成啥樣呢！妳覺得對的便去做，事後結果若是好的，便獎勵自己一番，若是結果不好，便總結改進，畢竟還有下回呢！人只要活著，便還有下回機會。這世上之事，又豈能盡如人意？」

宗澤清說完，看到了安若晨臉上的神采，這讓他有些得意。

他奶奶的熊，今日才發現，自己太會說話了，頗有口才。不對，一直都有口才，不然怎麼能得將軍大人重用呢？不過重用他的將軍大人有點嚴肅，看來今日公務頗不順心，忙到這般時候才能回來。

這邊安若晨確實是覺得受到了鼓勵，她道：「多謝宗將軍，可我還有一個問題。」

「妳說。」宗澤清抬頭挺胸。

安若晨看看龍騰，又看看宗澤清。龍騰揚揚眉，直覺這問題應該會有趣。

「當初抱著將軍的腿痛哭時，是還拎著敵軍首級或是丟開了？」

宗澤清：「……」

將軍，我瞥到你偷笑了，這便是你說故事害的！

他哪裡記得拎沒拎啊，抱將軍的腿痛哭這種糗事他早忘光光了好嗎？而且並不是害怕而哭的，是激動回到了隊伍和悲痛那一戰失去了不少好兄弟。

安若晨看看這個看看那個，這問題有問題嗎？真的很好奇啊！若是說書先生，定已將這動作描述上三篇紙了。

「將軍。」宗澤清決定轉移話題，當初轉移得敵軍注意，如今也該轉移得安管事注意，「安管事今日行事有些不順遂，正等著你回來報事。你瞧你回來得這般晚，快快，趁著月亮還沒下山，快聽聽安管事是怎麼說的。」

「是嗎？如何不順遂？」龍騰四平八穩把這事接過去了。

「啊？」安若晨反應過來，看一眼手裡又是酒碗又是雞腿的，趕緊放下。

龍騰轉身走了，安若晨下意識跟上。

宗澤清鬆了口氣，下意識努力回憶，當初是拎還沒拎呢？

待走得幾步，龍騰掏出個帕子給安若晨。安若晨接過，接過來才想起手上沾了油膩，不由漲紅了臉趕緊擦。一邊擦一邊偷偷看將軍，他低著頭，似沒看她。

安若晨心裡嘆氣，為何每次只要在校場碰面，她都會出糗呢？

行了一段，龍騰皆不言語，安若晨也沒好說話。龍騰沒往院子方向去，倒是在紫雲樓裡逛了起來，於是安若晨跟在他身邊逛。看著將軍低頭思慮，她暗忖是否將軍也有不順心的公務。別處不好，她這處還添麻煩，不過將軍就算是低著頭行走也很是英武挺拔。

「怎麼不說話？」龍騰忽然道。

他看著兩人的影子挨著看得頗開心，只是奇怪這姑娘怎麼不說話。

安若晨正在數步子，發現將軍大人腿長她許多，她卻未費勁就能跟上，原是他放慢步子在走。正數著她走五步他走三步，聽得將軍問話，這才悟過來正事未辦，當下趕緊將今日的事仔仔細細說了。

「病了？」龍騰是有驚訝，反應卻不強烈。

他如此鎮定，安若晨頓時如吃下顆定心丸，果然在將軍這兒無難事。

「將軍，我該怎麼辦？」

龍騰沉吟片刻，道：「謝剛今日去查一件事，應該明日能趕回來。待他回來，我知曉了他那邊的結果，再定這事。」

安若晨有了不祥的預感，「將軍，我是不是做錯了？」

「剛才宗將軍不是已經安慰開解過妳了嗎？」

這語氣怎麼怪怪的？安若晨抿抿嘴，既是未怪罪她，那她就當未曾做錯。

「那所以究竟是拎著首級抱的，還是丟開了才抱的？」

龍騰停下腳步，轉頭看她。

「安管事，妳喝醉時會一直鑽著牛角尖？」

「未曾啊！」安若晨仰著腦袋，一臉無辜，「未曾醉未曾鑽牛角尖。」

月光下，她的臉紅豔豔的，散發著微醺的氣息，眼睛很亮，讓天上的星星都失了色。

龍騰後退了一步，這才道：「妳瞧妳的模樣，分明是醉了。」

「未曾啊。」安若晨皺眉頭。

「回去睡覺。」龍騰突然間似乎有些不高興起來，竟轉頭就走了。

安若晨丈二金剛摸不著頭腦，這是怎麼惹著他了？只是沒承認自己醉了，這就招他不高興了？那她承認醉了還不行嗎？

「將軍。」安若晨追上幾步，拐個彎卻不見了龍騰的身影。是用跑的嗎？居然這麼快就不見了。

安若晨晃晃腦袋，決定聽話回去睡覺。她真沒喝醉，但現在心情好多了。啊，將軍的帕子還在她這兒，那回去幫將軍洗帕子。心情真不錯，明日說不定會有好消息，事情也許沒那麼糟。

安若晨想錯了。

第二日，宗澤清領兵走了，謝剛回來了。

謝剛帶回非常糟糕的壞消息，他們前天派去豐安縣查品香樓的那位名叫江子的探子，出城二十里後被人截殺了。

「有人看到屍體，報了當地縣官，縣官又速報了太守。將軍進駐中蘭城後便與太守約定好，郡內所有命案均須呈報軍方。我看到卷宗，上頭描述的屍首特徵正是我派的人。他身上有與人動武相搏的痕跡，致命的是直穿心口的一劍。」謝剛極嚴肅，神情凝重，「我昨日去認了屍，正是他。」

安若晨說不出話來，很為死者難過。

「他是個很有經驗的探子，斷不會在任務途中惹事生非與人動手。要麼是他突然發現了什麼，要麼他就是被截殺的，而後者的可能性更大一些。」

安若晨倒吸一口涼氣，正想問「殺他的人如何得到消息」，卻聽得龍騰問她：「妳可曾與任何人提起過此事？」

安若晨嚇了一跳，搖搖頭。她認真又想了一遍，再搖頭。

確實未與任何人說過這事，就連昨夜向宗澤清提起自己對細作任務的煩惱，也只是提了趙佳華的嫌疑，而她決定不拘捕她，卻見不到她了。她擔心自己失誤，只是說了這些，連案情細處都未提。

將軍是在懷疑她嗎？安若晨緊張地看著龍騰。

龍騰卻是與謝剛、蔣松低語起來，安若晨隱隱聽得探子、密令之類的，她緊張得絞著手指。過了一會兒，龍騰他們說完話，轉過頭來，龍騰道：「不是懷疑妳，只是需要了解每一個環節哪裡出了問題。前日下的探子軍令除了我們幾人，就只有密封的軍偵令文書上有記錄。那文書是用暗語所寫，且封印完好，並無人偷拆過。」

「為何會有文書記錄？」安若晨怯怯地問。

「探子活動複雜，軍令繁多，各軍探及隊伍非受令不得離隊不得行動，非機密要事都會有文書記錄，以確保軍中紀律以及必要時追查責任。」謝剛解釋道。

「就與衛隊巡查輪值偵視一般，要有規矩的。不得讓外人知曉，但內部須記錄清楚，哪一班哪些人出了差錯，要承擔責罰。」蔣松補充。

「所以這件事不算特別機密是嗎？」

「需要保密，但並非不得記錄文書的機密。」

安若晨咬咬唇，那事情明擺著了，紫雲樓裡有內奸。那內奸沒拆過密令文書，卻知道了江子的行蹤和目的，甚至知道他出發的時間和途經哪裡。

「那只剩下江子他自己了，可死無對證，已不知道他出發前是否與人透露過什麼。」

龍騰對蔣松道：「查查看江子最近與誰走得近，放開手腳大張旗鼓地查。那內奸已得逞，我們若無反應對方該疑心了。屍體沒有掩埋隱藏，是故意要讓人發現的。」

謝剛道：「我想親自去一趟豐安縣，在軍中潛伏細作何其不易，他們寧可暴露此事也要阻止江子去重查品香樓，那裡該是藏著重大線索。如此拖延了兩日，他們該是已趕去那兒銷毀證據。我得速去，否則來不及。蔣松大力查軍中細作正好替我掩飾，若對方以為我們的重點轉移到查內奸，對品香樓掉以輕心，那倒就好了。」

「你說得有理。」龍騰點頭，「定是很重要的事才值得他們不惜暴露軍中潛伏了內奸。你速去吧，挑兩個人，輕裝快馬。對方已有防備，你們千萬當心。」

幾個人迅速商議好了，謝剛和蔣松退下去了。

安若晨在旁邊聽得很緊張，待屋裡只剩下龍騰與她時，她趕緊道：「將軍，我知道事情輕重，我真的未與任何人說探子去豐安縣的事。」

「我自然信妳。」龍騰很嚴肅，「還有一件事，我得囑咐妳。」

安若晨端正站好聽令。

「妳入了紫雲樓為我效力，人人皆知妳名義上在幫軍方查細作，但沒人在乎看重妳。」

安若晨疑惑，這是要貶低打擊她？

「所以這是妳的優勢。」

安若晨抬頭看著龍騰，心又從谷底躍了起來。

「妳只在中蘭城活動，妳的外出和行動目前全無機密，皆無章法，所以完全沒有記錄在冊。」也就是說，如果內奸是從冊錄上偷窺情報，那她所獲得的內容對方就不知道。

「妳只要躲得過細作對妳的提防，瞞得住樓裡內奸對妳的打探，趙佳華一案，妳還有機會。」龍騰道：「妳仔細斟酌她與妳說過的話。她策劃了許久才找上妳，她說她就是線索，那她必留下了線索。除了品香樓，還有什麼？」

安若晨的腦子轉著，李秀兒、劉則、劉茵……還有什麼？

「蔣松將嚴查內奸之事，所以那內奸近期必不敢再有大動作，這是妳行動的好機會。」

安若晨點點頭。

「我前兩日收到了軍報，也得離開數日，前線有些軍情需要我親自處置。原想昨日與妳說，但昨日處置公務晚了，一時便忘了。我下午便走，我走後，細作會認為無人為妳拿主意，亦是妳行動的好機會。」

安若晨一愣，頭點不下去了。

將軍不在？將軍不在，確實沒人為她拿主意了。

安若晨心慌起來。

龍騰看著她，看著看著，微笑起來。

「不用慌。」他說：「未認識我之前，妳就是個極有主意的姑娘，妳知道自己該做什麼。」

是嗎？可她現在都聽將軍囑咐，將軍說做什麼她才做。

「我不擔心妳別的，就是擔心妳有時太果敢，膽子大得沒了邊。」

安若晨撇眉頭不服氣。她哪有，她一向循規蹈矩！

「總之，我不在，妳自己行事當心。切記，樓裡有內奸，勿魯莽行事。若是發現了什麼，待謝剛將豐安縣線索帶回後一併處置。有什麼事，可找蔣松商量。」

安若晨點頭。

「還有，別相信任何人。」龍騰正色道。

安若晨驚訝。

「我說的是，若有些妳覺得極機密之事，知道的人越少越好。不是信不過他們，而是每個人都是目標，祕密放在許多處，就增加了被打探到的危險。不相信不是單指對方這個人，還包括他的處境。」龍騰頓了頓，道：「比如江子，他是個非常可靠的探子，但有可能謝剛下的查探軍令就是從他那兒洩露的，而他自己也許至死都不知曉。雖然只是可能，但也是警示，妳務必要記在心裡。」

貳之章 ◆ 露底

江子是名很可靠的探子，是謝剛很器重的手下，當成兄弟一般。此時謝剛懷著滿腔的憤怒和悲痛，從南城門出發，朝著豐安縣疾馳而去。江子未能完成之事，由他來完成。

由中蘭城南城門往西走五里，有座名叫秀山的小山。謝剛從那山下奔過，他並不知道山上有個靜心庵，小小的庵堂，乾淨整潔，庵裡只有一個尼姑，名叫靜緣。

閔公子繞過靜心庵，拐進了庵後的菜園子。菜園子邊上用石板鋪了條小徑，有塊板子鬆了，邊緣翹起，容易絆腳。閔公子走到那處，看也不看便大步邁過去，顯然對此相當熟悉。

靜緣師太正在菜園子裡忙碌，她剛給菜澆了水，正蹲著除草。聽得腳步聲，抬頭看了一眼。見得來人，也不說話，低頭繼續忙手上的活。

「今年棗子結得不多啊！」閔公子不在意靜緣的態度，自言自語。

他站在菜園邊上一棵大棗樹樹下，抬頭看了看樹枝，從樹旁拿了竹竿，將最高的枝椏上掛著的紅燈籠取了下來。這燈籠掛得高，夜裡點著蠟燭，於山下就能看到紅光。閔公子將燈籠放在地上，看了看腳邊熟透掉落爛於地上的冬棗，默默抬腳將爛棗踩進泥裡。

「我做完了。」靜緣站了起來，說的話與閔公子的前言不搭後語。她約莫三四十歲的模樣，相貌普通，不美不醜，是扔在人群裡讓人不會一眼便注意到的那種。此時她面無表情，清冷、漠然、嚴肅。

閔公子點頭，「衙門接到公報，紫雲樓也有了反應。」意思是他已證實她完成了任務。

靜緣師太伸出手，向閔公子攤開手掌。她的手指修長，指結有繭，是習武之人的手。

閔公子從懷裡掏出錢袋向她的方向扔去。

靜緣接過，掂了掂重量，將錢袋收入懷裡。

「還要殺誰？」她問。

閔公子失笑，「師太，妳還真是我見過的最愛殺人的人了。」

「你見的人少。」靜緣語氣冷漠，「若不用殺了，你便走吧。要殺誰時，按老規矩，寫上名字時間地點，壓在燈籠燭臺裡，掛起來便好。」

「西平大街招福酒樓的老闆劉則和他的夫人趙佳華。」閔公子遞過去一張紙，上面畫著劉府和招福酒樓的地圖，還寫著劉則、趙佳華的名字以及他們的外貌特徵。

靜緣接過紙，打開看了一眼，問：「什麼時候？」

「三天後。十八的夜裡動手，我會確保他們在府中。」

「行。」靜緣很是爽快，不問這二人與閔公子的關係，不問殺他們的理由，甚至也沒有問價錢。她將紙摺好收入袖中，問：「還有嗎？」

「沒了。」閔公子抿抿嘴，兩個嫌不過癮還是怎地？

「那你走吧。辦完了事，我會把燈籠掛上。」靜緣說完提了水桶轉身要走。

「等等，我還有話問妳。」

「我只管殺人，不管與人敘話。」靜緣師太已走到門口。

閔公子在她身後喝道：「只一個問題。」

靜緣停住了，轉過身來看著他。

「上回與妳說的，出去化緣為人卜卦時順便打聽個人。十二三歲的小姑娘，生得貌美，姓安，中蘭城人氏，妳可有見過？」

「沒有。」

「也未聽人談起過？她十月十五那日離家，那個日子之後，可有人提起見過？」

「沒有。」

閔公子皺皺眉頭，正待再說什麼，靜緣師太卻冷冷地道：「三個問題了，不送。」言罷，轉身回庵裡去了。

閔公子看著她消失在庵門後，聽著門後門閂插上的聲音。等了等，轉頭再看看棗樹，臉色冷了下來。想了想，抬腳下山去了。

靜緣進了庵裡，將後門閂好，放好水桶，在後院井邊淨了手，然後無聲無息走到門後，側耳聽了一會兒，接著拉開了門閂打開門，出去看了一眼。

外頭已沒有人。

靜緣師太不急不緩重又回到後院，閂好門，來到後院與前院中間夾著的一個側院門外。這小側院原是放雜物之用，此時門上掛著一把鎖。靜緣師太開了鎖，走了進去。

院子裡擺了張小桌子，桌子上放著個小盤子，盤子裡盛裡洗淨的冬棗，一個十二三歲生得極貌美的小姑娘正啃著棗子，她聽到動靜轉頭看，而後露出歡喜的笑容，甜甜喚著：「師太。」

◆　◆　◆

安若晨坐在房間裡，忽然想起了四妹。她想起她與安若芳最後一次見面時，安若芳對她說，她會長大，她會回來接她。

安若晨捂了捂眼睛，將那股淚意壓下去。

其實她在思考的是趙佳華，怎麼會想到四妹？也許是回憶起劉茵孤零零站在路邊遭人遺棄的可憐模樣，也許是想起趙佳華說雖然對她欣賞但還不能完全信任她。

但她強調讓她記住她說的每一句話。

安若晨拿出案錄重新再看，趙佳華可不止對她一人說話而已。

看著看著，她忽然靈光一現。

案錄上寫著趙佳華聽到丫鬟來報女兒失蹤後，帶著丫鬟婆子在宅子內外都找了一圈，在招福酒樓和聚寶賭坊也找了一遍，均無所獲，於是決定報官。

聚寶賭坊？

這個詞在這一大長篇案錄裡只出現一次，因為實在是無關緊要，去了哪裡哪裡找孩子沒找到，這種話聽一聽就過去了，衙門甚至沒有找賭坊的人來問話，趙佳華後頭也沒再提這個地點，但這裡她為什麼提？為什麼要告訴太守她去了賭坊找孩子？

雖然同在一條街上，但兩歲多的孩子自己跑去那兒的可能性幾乎沒有，若是懷疑賭坊裡有人劫了孩子偷了孩子，那應該與太守大人好好說說。

然而，趙佳華沒有。感覺她好像就是隨口一提「我去了隔壁趙大娘家裡看了眼，沒有我就走了」似的，像是串門子。這種情況壓根兒不必要在衙門堂上與太守大人廢話。

聚寶賭坊，徐媒婆就是喜歡在這個賭坊裡賭錢，且欠了不少債。

安若晨盯著這個名字看了半晌，然後她出門，再去了趟趙府。

劉則說趙佳華若是答應見客他會派人通知，過了一日，既是沒消息，她再去問也不算失禮。

趙府的門房這回沒馬上拒她，只讓她稍等。

安若晨鬆了口氣，看來趙佳華沒失去自由，她願見她，那情況也許沒她想像的那般糟。

不一會兒，門房出來，領她進了一個院子，又有丫頭過來，引她進了正屋。

屋裡有人正等著她，不是趙佳華，卻是劉則。

安若晨立時防備起來，但仍神色如常寒暄。她問劉則趙佳華可好些了，可否能見見。

劉則一臉歉意，「內子病得比昨日更重了些，昏昏沉沉，神志也不清楚，只喊著茵兒的名字。這才兩日功夫，竟憔悴許多。她素來重容貌愛面子，定不願這般狼狽模樣被外人瞧見，還望安姑娘海涵。待內子病好，我讓她親自到姑娘府上……」說到這兒頓了頓，似乎想起來安若晨的居處並非普通民宅，忙又改口：「待她病好了，定請姑娘來寒舍吃頓便飯，答謝姑娘的關懷。」

一番話一如既往得體客套，安若晨挑不出什麼毛病來。

劉則看她臉色，道：「內子與姑娘也是有緣。她性子頗傲，鮮少與人往來，像與姑娘這般一見投緣，初識便有話相談的，還真是未見過。也不知她與姑娘都聊了些什麼這般投機，姑娘與我說說，待我學得一二，也好討她歡心。」

這是要打聽趙佳華究竟與她透露過什麼嗎？

安若晨笑道：「劉老闆生意忙碌，對夫人還這般體貼關懷，也是難得。我們聊的都是婦人家的閒話，劉老闆怕是用不上這些討歡心。她倒是提過，劉老闆與她感情深厚，夫妻相敬如賓，我聽得頗是羨慕。」

劉則聽了這話笑起來，顯得有些歡喜。

安若晨趁機問：「說起來，她的友人都有誰，平素與誰來往，愛去的地方，劉老闆都知曉嗎？令千金的事，有沒有找找她們相問？」

劉則苦笑，「內子喜靜，很少串門，也鮮有客人來訪，還真是沒什麼友人在城裡。」

「聚寶賭坊那頭可有相熟的人？」

劉則有些意外，臉上露出驚訝之色，「姑娘為何這般問？」

安若晨觀察著劉則的表情，說道：「我聽說徐媒婆生前好賭，她又是尊夫人於中蘭城內唯一的親人，那賭坊不遠，也許經徐媒婆往來，尊夫人認得裡頭的人也說不定，她說她去那兒找過女兒。」

劉則忍不住皺了皺眉頭，這才想起昨日在衙門看案子卷宗，上面確實寫著趙佳華去賭坊找過女兒，但當時並未留意這點。

他想了一會兒，道：「這個，我還真不是太清楚，但未曾見她與賭坊那頭往來。徐媒婆愛賭，內子卻是不喜歡的，而且內子嫁了我後，賢淑守禮，不會去那些地方。且徐媒婆說是她的遠親姑姨輩，但關係並不算親近，沒有姑娘想像著往來那般密切。要是比較起來，反而是我比較熟賭坊那兒的人才對，畢竟離得不遠，我那酒樓又是個吃喝的地方，賭坊的婁老闆是我那兒的常客。他自己來不算，也常請些友人一起小聚。姑娘也知道，做這行當的三教九流都得吃得開，交際應酬少不了，所以與我這兒還真是常來常往，開口閉口還兄弟相稱。再有呢，賭坊與我那酒樓離得不遠，可我那兒臨街，他們卻是背著街，要走到正街得繞一大圈，從我酒樓後院穿過堂廳到正街是條捷徑，賭坊夥計什麼的總圖少走幾步，我看在他們老闆的面子上也未計較，所以他們常在我那兒出出入入。也許內子是因為這個，以為是我帶著孩子去了賭坊，又或者覺得賭坊人多，說不定誰見著了孩子認得幫著留意了。」

安若晨點點頭，「原來如此。」

果然與將軍說的那般，解釋得太詳細了。這是劉則的說話習慣，還是因為他心虛？

安若晨道：「那會不會有賭客欠債太多，又識得劉老闆，覺得劉老闆家中有財，與賭坊關係不錯，故而劫了孩子，想謀財。賭坊客人會不會也是個線索呢？」

劉則搖搖頭，「這一層倒是未曾想過。要說謀財，我也未接到勒索的信函。」他頓了頓，做出思索模樣，「但安姑娘提醒的對，也許真是劫了孩子想謀財，但沒料到我夫人這般快便去報了官，見得官府嚴查，便又不敢了。如此說來，這事值得一查。我得去賭坊那兒找婁老闆問問，有無這般可疑的賭客。」

安若晨還待說什麼，劉則已對她施了個禮，「這事還望姑娘莫聲張，待我先暗地裡問問，若真有可疑人，我再請官府悄悄查。不然驚動了劫匪，傷了茵兒，我可沒法與內子交代。她如今病重，怕是受不得打擊。」

話說得合情合理，安若晨自然一口答應。

她表示願意幫劉則一起查此案找女兒，卻被劉則拒絕了。

「姑娘掛心，我感激不盡，但這事裡藏著凶險，不敢麻煩姑娘。姑娘提點線索，已是幫了大忙了，況且這是我家中私事，姑娘與我們並無深交，如此關切，讓人惶恐。上回姑娘帶回茵兒已讓內子生疑，太守大人也問了我好些話。若是姑娘摻和進來，不免引起麻煩。」

安若晨被噎住，按理說確實如此，她非要插一槓，確實可疑。

劉則道：「我還得處置此事，不能招呼姑娘，就不遠送了。」

安若晨被客客氣氣地「掃地出門」。

與劉府一街之隔的招福酒樓裡，閔公子，也就是解先生，正坐在雅間裡喝茶。

他對面坐著個人，正與他說話。

「謝剛果然走了，但我沒找到他們安插在南秦的探子身分，只知道確實有人，隔段日子便會有情報回來。南秦於邊境的兵力佈署、勇將名單，他們全都有了，這些在謝剛那兒都能找到。」

解先生冷哼了一聲，「真是可笑，在敵軍這頭找到我們這邊的情報，敵軍的情報卻是沒有，這是逗我呢！」

「我盡力了，總不能打草驚蛇。我並不是謝剛的部下，有些事不敢打聽太過，會惹猜疑，進出也得小心。況且這次探子之死，他們定是確定了有內賊。」

「不是已經找好了替死鬼？你自己多加小心，莫要留下線索把柄就好。」

「這我知道。蔣松今日在樓裡安排了人嚴查，這段時日我都不能再有什麼動作。不過現在宗澤清走了，謝剛走了，龍騰稍晚時候也要走。他收到楚青的軍報，似乎是要去前線處置什麼事。這些人都不在，安若晨沒人依靠。蔣松與她雖熟，卻不似宗澤清這般和藹好說話，可不會聽她使喚，且正是嚴查內賊的時候，她也不敢干擾添亂。一個姑娘家，孤立無援，查不出什麼來。況且如今這形勢，才剛死了人，聰明的都不會輕舉妄動，我猜她該會等謝剛或龍大將軍回來拿主意。在他們回來之前，將劉則這頭處理乾淨，就無後患了。」

解先生皺著眉頭，半晌嘆了口氣。

「真可惜，劉則比徐婆子好用太多，殺了他我還真是捨不得。」

「這事必須得了斷。我會跟上頭稟報清楚，是我們共同商議的，也是不得已而為之。你找到頂替的人選了嗎？」

「有一個。」

「誰？」

「暫時與你這邊無關聯，先不說了吧。」

「好吧。那人可靠？」

「得觀察一陣。若他可用，那劉則之死的損失便可降到最低。」

「明白了。」那人點點頭。

解先生問：「宗澤清去了何處？」

「領兵去四夏江了。他甚是擅長水戰，據說前陣子還給龍騰獻了個水戰的好計，許是先過去佈署安排了。」

「那龍騰呢？」

「這個不清楚，我出來之前還未聽到具體安排。」

解先生猜測：「我倒是接到南秦的消息，他們派了兵刺探石靈崖的軍情，有兵士被捕，也許楚青沉不住氣了。」

「若是真沉不住氣便好了。龍騰若先開戰，便省了我們許多事，偏偏這人心思縝密，行事讓人琢磨不透。邊境鬧成這樣，他就是不動手。」

「這次看看如何。我會稟報清楚，再試試別的法子。」解先生頓了頓，問：「他對安若晨仍舊青睞有加嗎？」

「是的，有空便親自教導她武藝招式，兩人時常單獨在屋裡敘話。」

「會是故布疑陣嗎？」

「應該不是，我看著他對安若晨是真的上心。」

「嗯，那就好。你盯好紫雲樓裡的動靜，盯好安若晨。」

對面那人應了聲，之後先行離開。

解先生慢條斯理繼續喝茶吃點心，過了一會兒他起身，在雅間靠牆的案几裡取出兩個紅色鈴鐺飾物，出了雅間，走到過道窗前，趁著四下無人，將鈴鐺掛在了窗櫺幃幔裝飾上。接著他若無其事轉身下樓，結了帳，離開了招福酒樓。

招福酒樓雖是聯絡地點，但閔公子也常在劉則不在的時候過來吃吃飯喝喝茶，就如同一個普通的常客，這樣不會惹人猜疑，而需要約定見面時，那鈴鐺便是暗號。

數量是日子，顏色是時間。

兩個紅色鈴鐺表示兩日後午膳時間他會來，若是藍色，就表示晚膳時候。那時候酒樓裡人來人往，老闆招呼客人不會引起任何人的注意。

劉則看到消息，若沒問題，會把鈴鐺摘下。反之，則是有情況不能見面。

若有緊急事務，同樣以鈴鐺為暗號。根據顏色及數量，他們知道該怎麼見面和處理。

十一月十八這日子啊，解先生慢吞吞邁著步子。中午見面，若是計畫有變，他還來得及讓靜緣師太取消行動，或是計畫照舊，他也能安排些事，確保劉則當晚不會外出。真是可惜，他確實不想失去劉則，但是出亂子了，他沒把握劉則還會像從前那樣聽話，他的夫人在搗鬼，而劉則明顯對自己撒了謊。

不論是劉則夫婦惹下麻煩讓安若晨抓到把柄，還是劉則被逼急了除掉安若晨這個麻煩，解先生覺得，這些都比犧牲掉劉則損失更大。

就讓劉則跟趙佳華多活兩天，他還需要些時間安排打點，確保他們之死會被官府判為謀財害命，可以與他們女兒的案子綁在一起，掐斷後頭繼續追查的線索。

解先生這般想著，他看見了前方的安若晨。他沒停腳步，若無其事地繼續走。

安若晨出了劉府後，遛達了一圈，知道自己要再來怕是不好再打探了，但她不甘心，她決定去一趟聚寶賭坊。

聚寶賭坊外頭看著乾乾淨淨，似普通樓院。

大門開著，進去後才發現裡頭頗深。前院坐著幾個大漢，護院打手模樣，幾間廂房關著門，有間半掩著的能看到裡面似帳房先生在寫帳冊，算盤撥得劈啪響。再往裡走，就聽到嘈雜的人聲，厚厚的大門也掩不住一樓子的人吆喝。

安若晨才走到堂廳大門處就被人攔下了。

一臉橫肉的大漢問她：「姑娘，來找人還是來玩？」

安若晨鎮定道：「都是。招福酒樓的老闆娘說要帶我來玩，她應該就在裡頭等我。」

大漢道：「她不在。」

所以這賭坊裡的人認識趙佳華？

安若晨橫眉，「怎地不在？明明說好的！你認得她模樣嗎？竟說她不在！」

「確實不在。」

「劉老闆呢，他們明明說好帶我玩的，劉老闆在不在？」
「不在。」大漢飛快答，上下打量了安若晨一番，問道：「妳是何人？」
安若晨，卻道：「他們明明說了與婁老闆是兄弟，可以開間雅房帶我玩大的。若玩得好，我再介紹朋友來。」
大漢皺起眉頭，「未聽說今日有安排。妳究竟是誰？」
安若晨也皺起眉頭，語氣蠻橫：「做什麼要告訴你！他們知道我是誰，若是他們來了，你告訴他們一聲，放人鴿子可不好！」
大漢被斥得一愣，未等他開口，安若晨憤然轉身，在數個護院打手的注視下，故作很有氣勢地離開了。
出了大門，她鬆口氣，想起來自己自做了紫雲樓管事後，衣裳特意選暗色，髮式特意梳老氣，總之力求穩重老成正經像個管事。今日穿的就是灰色夾襖配著暗青色襖裙，頭上只一根木簪子，身邊也沒帶丫鬟，整個一老姑娘管事婆子強行假扮大小姐。
安若晨想像了一下，尷尬得差點抖雞皮疙瘩，但……
管他呢，走這趟也算有收穫，噁心便噁心吧！
安若晨看看天色，打算趕緊先回紫雲樓趕在龍騰走之前再與他說說話。賭坊的事要告訴他，也許將軍會有好法子。她一邊盤算著一邊順路繞著招福酒樓走一圈多觀察觀察。走著走著，忽然一頓。她停住了，轉身後退幾步，看著二樓窗櫺幃幔中間掛著的兩個鈴鐺。
這鈴鐺她前日看時還沒有，她肯定。依她滿腦子鈴鐺的狀況，若是有，她絕不會忘。
而且只這個窗戶有，也就是說，並不是酒樓自己的裝飾。

『盯好了鈴鐺，說不定就能找到關鍵的人物。』

趙佳華的話在耳邊響起，安若晨的心怦怦跳。

鈴鐺？鈴鐺……

原來如此，原來如此！

等等，若鈴鐺是暗號，那麼「謝先生」，有沒有可能其實是「解」？

解！

安若晨興奮得腦子裡嗡嗡作響。

解！

是這樣嗎？

不是謝先生，不是「謝」？是「解」嗎？

趙佳華所指的「關鍵的人物」，難道就是指「解」先生？

所以，找遍全城姓謝的都對不上號。

將軍是對的，他就說過既是如此，那這就是個假名或者代號。

徐媒婆跑遍全城，對哪家哪戶都再熟悉不過，在只有兩個人的房間裡密商，還這般稱呼對方，表示徐媒婆並不真正認識他。

外地來的，沒有口音，在城中埋伏安插許多下線，必是潛伏已久，最少也有數年。

中蘭城裡這樣的人太多了，猶如大海撈針，毫無進展。

但現在，線索就擺在她的眼前。

安若晨的心急切地狂跳，她努力保持鎮定，走進了招福酒樓。

解先生走了一段路回頭看，正巧看到安若晨進酒樓。
他皺皺眉頭，想了想，轉身走了回去。
安若晨直奔二樓。那窗戶在樓梯左手過道盡頭，過道兩邊是雅間。
她掃了一眼，快速走過去。三間雅間開著門，空的。三間掩著門，裡面傳來數人說笑的聲音。她敲敲門，進去後看了一眼，說抱歉走錯了再退出來。
沒有年紀身形相仿的人。
一名小二過來招呼她：「姑娘找人還是吃飯？」
安若晨道：「我那友人似乎沒在。」她一邊說一邊退到樓梯口，四下看了看，沒看到什麼可疑人物。沒有人注意她，也沒有人躲避她的目光。
小二看她不像要吃飯的樣子，於是走開了。
安若晨慢慢走下樓梯，邊走邊打量周圍，確實沒看到什麼人關切她的舉動。下得樓來，聽到小二在堂廳迎客：「閔公子，你怎麼回來了？是落了東西？」
「想起要帶隻八寶鴨回去，結果忘了買了。」閔公子道。
小二哈哈笑著，殷勤地讓那閔公子稍等，他去叫廚房趕緊做一隻出來。
安若晨看了閔公子一眼，然後離開了招福酒樓。
閔公子完全不看她，待她走後，微抿起嘴角。
他弄不清楚安若晨跑進來轉一圈就走是什麼意思，她在找誰？
閔公子很不喜歡摸不清狀況的感覺，這讓他不安心。
若是安若芳在他手裡就好了，好歹也是個籌碼，可惜千金難買早知道。

安若晨雇了馬車急奔回紫雲樓。

她需要見將軍，需要馬上稟報。

鈴鐺，她發現了鈴鐺。

趙佳華告訴她的是這個。

不是豐安縣，不是品香樓，而是招福酒樓的鈴鐺。

安若晨跑著進龍騰的院子，一進去有些傻眼，院子裡有很多人。兩隊衛兵列隊，似乎剛受令。她看了看屋裡，有兩名衛兵正為龍騰收拾行囊，而長史李明宇正與龍騰報事。

見得安若晨探頭，李明宇問：「安管事有何事？」

安若晨穩住呼吸，掩住急躁，四平八穩地走進去行禮道：「將軍是要出發了嗎？我過來看看還缺些什麼東西沒有。」

李明宇皺了皺眉頭，道：「不如安管事等我與將軍報完事再來。」

安若晨忙施了個禮退出去了。

李明宇掌管著所有軍方與郡守的公務文書往來、巡崗安排、軍務雜事等等，平常公務與安若晨這管事有少許交集。他講究規矩，對莫名其妙混進紫雲樓的安若晨頗是不喜，平常更願意與方管事打交道。通常案錄卷宗送過來，也是李明宇接收的，軍報令冊也是他打點管理。想來蔣松今日追究查探內奸之事牽扯到李明宇，他也正抓緊時間與龍騰商議。

安若晨為避嫌，站在門外稍遠處。聽不到他們議事的聲音，卻能將他們看清楚。

李明宇表情極嚴肅，悶頭一直在說。

龍騰認真聽著，偶爾抬起頭來，看安若晨一眼。

那眼神安撫了她。

安若晨看著等著，忽然不急不慌了。

紫雲樓裡有內奸，軍中有叛徒。這個內奸冒著身分暴露的危險殺了去豐安縣的探子，導致的結果是謝剛親自去了。細作不是想阻止他們去查探品香樓，相反，他們希望謝剛親自去。

調虎離山！

因為他們知道將軍也要走。

他們真正想阻止的，是中蘭城裡的祕密被發現。他們確實想達到拖延時間的目的，但不是拖延去豐安縣的時間，而是拖延回中蘭城的時間。

線索會被銷毀。

安若晨的心怦怦跳。

難怪她見不到趙佳華了。

『我就是線索，記住我說的每一句話。』

龍騰忽又抬起頭看了她一眼。

安若晨若無其事對他微笑。

李明宇忽然也朝她看了過來，安若晨也對他微笑。

必須有所行動，不然等謝大人或是龍將軍回來，一切都晚了。

將軍說過，她是個有主意的姑娘。將軍誇她呢，她是有主意了。

終於龍騰與李明宇議完了事，對她招手。

安若晨走進去，李明宇拿著一落文書卷宗卻未離開，龍騰屋裡兩個衛兵也還在。

「有何事？」龍騰問她。

「無事，就想在將軍走前問問缺東西沒有。」

龍騰看著她，她殷勤地笑笑。

「不缺東西。」龍騰道。他沒往下說，似在給她機會說話。

「那就祝將軍一路順風。」安若晨道：「我會聽從將軍囑咐，趙佳華的案子，待謝大人回來後再查，絕不擅自行動。」

龍騰再看她一眼，點頭，「那就好。」

安若晨想了想，又道：「不知將軍要去何處，要不要帶些書冊消遣解悶？」

這話一出，屋子裡的漢子們全都向她投來異樣的眼光。軍中苦悶，全是男兒，駐守紮營時，不少人會偷偷帶些春圖冊子解躁，兵士們悄悄傳閱，將官也時常睜隻眼閉隻眼，更有甚者，兵士會帶些新圖新豔冊子討好將官。

這些事在軍中人盡皆知，可安若晨哪裡知道？

她發現自己突然被眾人盯著看，正感奇怪，龍騰施施然道：「兵法書營裡都有。」

衛兵迅速別開頭，假裝忙碌，似未聽到有人說話。

李明宇皺緊眉頭，譴責地再瞟了安若晨一眼。

安若晨莫名其妙，但不管那個，先說正事：「其他將軍事蹟之類的書冊也可研讀。」

龍騰揚揚眉頭，「哦，知道了。」

他看著李明宇又要瞪安若晨，實在沒忍住，為她辯道：「安管事說的都是正經書。」

安若晨猛點頭，對啊，雖然有拍馬屁的嫌疑，但確實是正經書……

等等，剛才大家的反應……難道你們一般看不正經的？

安若晨狐疑地看看這個又看看那個，李明宇突然願意出去了，衛兵們更忙碌了。

安若晨皺起眉頭，太可疑了。將軍，你們行伍中究竟都在偷看什麼書？

龍騰一指頭戳她眉心上，「亂七八糟！」

安若晨吃痛地倒吸一口氣，揉揉自己的眉心。

明明是你們亂七八糟，她可是端莊女子！

此時的趙佳華也痛得吸了一口氣，她的手腕被人用力握著。

她深呼吸，看著面前的劉則。

劉則盯著她，目光凶狠，不似人前的溫文爾雅，聲音卻輕柔：「妳到底做了什麼？」

趙佳華一臉疑惑，楚楚可憐地反問：「我被你關在這兒，我還能做什麼？相公，到底發生了什麼事，為何要囚禁我？茵兒找到了嗎？」

劉則道：「妳見過哪處囚禁這般舒服的？妳若不做傻事，我也不會被逼得如此。」

舒服嗎？趙佳華在心裡冷笑。

這裡不是她的寢居，而是一個密室。房間倒是大，桌椅床鋪屏風等等家居所需一應俱全，東西也頗講究，但這屋子沒有窗戶，只有一扇通往外頭的門，門上有一扇小窗。趙佳華拖了椅子爬上去看過，屋外是個過道，點著火把，昏暗陰沉，加上空氣有些憋悶，她猜想這裡是地下。

從衙門回來後，劉則便質問了她一番，她一口咬定是安若晨做了什麼，她求劉則對付安若晨，把女兒找回來。

但劉則不相信她，她大哭了一場，抱著劉則求他一定要把女兒找回來，但這些對劉則不管用，他懷疑她，雖然他完全搞不明白她做了什麼，目的是什麼。

「在我弄清楚之前，我須得確保妳不會再生出事來。」劉則說完這句話，趙佳華只覺得頸上一痛，便什麼都不知道了。再醒來時，她發現自己獨自在這間陌生的房間裡。

趙佳華沒有慌亂，她仔細查看了一遍環境然後坐下。這是她料想到的最糟糕的情況，如果走運的話，她應該還能辦更多事，可惜劉則沒給她機會。報官是步險棋，她知道，但必須得走這步。

此時劉則的表情讓她心裡頗痛快，但她仍要裝作什麼都不知道的樣子。

「我報官是太衝動了些，可是我害怕呀！女兒就這般不見，你又不在，不報官，我又能如何？太守大人是位英明的好官，他會為我們做主的。那安若晨怎麼都是龍大將軍的人，一般百姓如何奈何得了她？」

「她無緣無故，為何要擄走茵兒？」劉則怒喝：「事到如今，妳還要裝！」

「你不查查，怎知不是她幹的，怎知她是無緣無故？」

劉則勃然大怒，一把掐住她的頸脖，將她壓在牆上。

咚一聲，趙佳華後腦杓撞得生疼，脖子一緊，她本能地抓住劉則的手腕，用力吸氣。

「別再撒謊，別惹怒我。」劉則壓低了聲音一字一句地道。

趙佳華看著他的眼睛，看著他的表情。

「相公既是什麼都不肯信，那我真不知還能說什麼了。」

「妳報官時，為何提到賭坊？」

「兩家時常走動，自然得去問問孩子的下落。既是去了，自然就在證詞上說明白。」

「妳故意的，是不是？故意想讓安若晨猜疑，想讓她盯著我們不放。她跑來問我了，還去賭坊裝模作樣。」

「我怎會故意的？那是她自己多疑，與我何干？」

「妳會害死我們的！」劉則一臉痛心瞪著她。

趙佳華眨眨眼，無辜又無措，「如何害死？我們的寶貝女兒丟了，我們找女兒，這樣就害死了我們自己？」

「她不是我女兒！」劉則失控怒吼。

他用力喘氣，瞪著趙佳華。

趙佳華看他的眼神慢慢轉了冰冷，了然又鄙視的冰冷。

「那她是誰的女兒？」趙佳華輕聲問。

劉則瞪著她，不說話。

「你想殺掉她，是不是？」趙佳華又問。

劉則咬牙，掐著她脖子的手一僵。

「或者，殺掉她還是好的結果了。也許你會把她賣掉，讓人牙婆子把她賣得越遠越好，賣到窮僻偏遠的地方，賣到妓院娼館，賣到哪裡都無所謂，只要她受苦受折磨就好，對不對？」

「她這個孽種！妳騙了我！我那麼喜歡妳，妳卻騙了我！」再掩飾不住，也不想再偽裝，劉則咬牙切齒，厲聲大叫：「妳騙了我！」

趙佳華也無法抑制憤怒了，她咆哮著：「我騙了你？你這人面獸心的禽獸！當初你向我討好示愛之時，我告訴過你我在等趙公子，我中意他，他也歡喜我，他會為我贖身！我告訴過你，結果你呢？你派了人半路截殺他，裝成強盜搶劫的模樣，又找了徐媒婆來花言巧語矇騙我！我等了又等，等不到他，我傷心絕望，樓裡嬷嬷又一直欺我，我在樓裡再待不下去，這才跟著徐媒婆來了！我對自己說過，既是選了你，便一心一意對你！是你情深意重，對我念念不忘，心懷寬廣，不計較我的過往，不計較我曾經鍾情他人，是你在那個時候救我於水火！我感激你，可是原來一切都是陰謀！」

劉則一愣，下意識鬆了手，後退了一步。

趙佳華說到激動處，已眼泛淚光。

「我不騙你，我告訴你實話。我是沒料到已有身孕，但那時候我已經到了中蘭城，我們已經拜堂成親。我不知道該如何與你說。好幾次想開口，想讓你休了我，我帶著孩子自己過，但都沒想好該如何說。我珍惜安穩的日子，我也不想你難過，但最後我還是決心說了。我想好了措辭，我一遍遍練習，只是還沒來得及開口，卻偶然間發現徐媒婆很怕你。我發現原來你竟不是表面看到的那樣和善，你私下與賭坊聯手殺人，所以我害怕了，我怕說出來惹怒了你，我怕自己性命不保，更怕你下毒手傷害我的孩子，所以我瞞了下來。」

「茵兒在哪兒？」

「死了。」

劉則反手就是一個巴掌搧在了趙佳華的臉上，「說實話！」

「啪」的重重一聲響，趙佳華的臉被打歪到一旁，嘴角裂開，劃出一道血痕。

她吃痛得皺緊眉頭，但轉過臉來，已一副冷靜表情。

「她死了。與其被你殘忍殺害或是凌辱賤賣，不如我親手讓她安詳無痛苦地離開。」

「扯謊！妳怎麼捨得傷她？」

「在知道你做過的事後，我沒什麼捨不得的。趙公子來找過我，對不對？他死裡逃生，竟然沒死，你很驚訝是不是？他不知道內情，只聽說我嫁到了中蘭城，他不死心，想質問我為何不等他，於是便來尋我。他找到了徐媒婆，聽說我生了個女兒，算算日子，他覺得有可能是他的，所以他讓徐媒婆帶他找上了酒樓，想看看我嫁的夫婿是個什麼樣的人，他希望能帶我走。你裝成良善和藹不知情，答應帶他見我，當面問問我的意願，結果你帶他去了賭坊，當著徐媒婆的面，讓打手們將他殺了。」

「這些你是如何知道的？」

「徐媒婆貪財，扒了他身上的金銀飾物去當。我逛鋪子的時候看到他的戒指和腰佩玉墜，一打聽，竟是徐媒婆當的，所以我就去問她。」

劉則冷笑，「那婆子還真是個蠢貨。」

「我嚇了嚇她，她便把一切都告訴我。她欠賭坊太多錢，要被砍手，你出面救了她，答應幫她還債，只是要求她為你辦事，便是去豐安縣將我拐騙回來，說服我嫁給你。她確實蠢，她竟然沒想到這是你設的局。」

「笑話！找個媒婆子說親何必設局？花銀子請兩三個，都比替她還賭債來得便宜！」

「這不是還得讓她幫著殺人放火守口如瓶嗎？不止一次賭債，一次又一次，哄著她去賭，拐得她不得脫身。」

劉則微瞇了眼，思索著眼下的情勢，「妳還知道什麼？」

「沒有太多。徐媒婆雖然蠢，但她膽小，可就算她不說，我有眼睛，有耳朵，我會觀察，會思考。我這才發現，原來我嫁的可不是一個普通的酒樓老闆。」

所以真的就這些？

劉則再問：「這是什麼時候的事？」

「徐媒婆死之前。我正打算拉她一起自救，尤其是我知道你曉得了茵兒非你親生骨肉後，我便覺得一定得做些什麼才行。你看茵兒的眼光，那恨意根本無法掩飾。我偷聽到你酒後與婁志商量怎麼對付茵兒。」趙佳華垂了眼，悲傷地道：「可是我還沒想好如何遊說徐媒婆，我對她沒有把握。她有這麼多把柄在你手上，我也得找到她的把柄，但還沒開始，她便突然死了。她死了之後，我這才意識到，我在這中蘭城雖待了三年，卻似一隻被關在籠裡的鳥兒。我出不去，沒有朋友，除了衣食無缺，我什麼都沒有。」

「有了衣食無缺，妳還想要什麼？」劉則一拳打在她耳邊的牆上怒吼著，「妳忘了妳不過是個低賤的歌妓，這世上除了我，不會再有人對妳這麼好！我顧念妳的名聲面子，我特意安排為妳偽造了個身分，我給妳住著華麗的房子，吃著山珍海味，讓妳有奴僕使喚！我對妳這麼好，妳竟給我戴綠帽！這便算了，過去的事我已經打算不計較了，我們可以再生孩子，只要茵兒沒了，從前的事便當未曾發生過！」

「怎麼可能沒發生過？」趙佳華冷笑道：「人在做天在看，你以為殺人不用償命，做了惡事沒人收拾？我再低賤，我也未曾逼迫欺騙你娶我，我再低賤，也知道分辨善惡美醜，你以為給碗飯吃我便該跪著對你感恩戴德？你大錯特錯！」

劉則猛地一伸掌，復又掐住她的脖頸。

趙佳華看著他的眼睛，問他：「你要殺了我嗎？殺便殺吧。殺了我，我到黃泉與趙公子還有女兒團聚。我知道你遲早會動手的，徐媒婆死後，我日日苦思能怎麼辦？我沒有證據，就算報官怕也會被你狡猾逃脫，到時你會反過來對付我。我想找幫手，可惜找不到，直到我聽說了安若晨。」

劉則怒得收緊手掌，咬著牙問：「妳對她說了什麼？」

趙佳華掙扎著用手抓著了劉則的手腕。

「沒有太多，我知道得太少了。我覺得徐媒婆是你殺的，但我怕不是，反而誤導了她。我怕我說的她不相信，畢竟你看上去一副好人的模樣，且幫手眾多，可該告訴她的我都說了，她會去查的。你看到她看茵兒的眼神了嗎？她喜歡茵兒。茵兒的失蹤跟她妹妹的失蹤是一樣的，她不為別的，就算為了這兩個孩子也會追查到底。她會緊咬著你不放，你官府有人如何？安若晨背後有龍大將軍。你殺了我又如何？這世上有活著的人盯緊了你。天網恢恢，疏而不漏，你做過的壞事，一定會被揭穿。會有人替趙公子報仇，替茵兒報仇，替我報仇。」

劉則再聽不下去，他捏住了趙佳華的腮幫子，把一顆藥丸塞進她嘴裡。

趙佳華不願嚥，拚命掙扎，手撓腳踢，卻敵不過劉則的力氣。

劉則確認她把藥丸嚥了下去後，使勁掐她的脖子。

「妳會害死我們的，我可不想如徐媒婆一般的下場，所以妳必須死！」

安若晨無精打采地坐在房間裡發呆，發呆的時間有些長，春曉見狀，忍不住問她怎麼了，安若晨嘆了口氣道：「春曉啊，我覺得自己挺廢物的。」

春曉呆愣愣的，顯然不知道她何出此言。

「現在紫雲樓裡在查內奸，我絲毫幫不上忙。趙佳華的案子我又沒線索，將軍和謝大人不在，什麼都辦不了。」

春曉同情地看著她。

安管事明明是個姑娘家，怎麼就得操這許多本該漢子官老爺們操的心呢？

安若晨振作精神，「這樣吧，春曉，妳找人傳個話給我二妹，就說我想見她。」

「姑娘不是跟家裡鬧翻了嗎？」

「如今無事可做，總得找點事情出來。他們想占我便宜欺負我，我不能坐以待斃。」

「對。」春曉見她如此說，頓時來了勁，「我這就找人傳話去。姑娘好好教訓教訓他們，斷不能再被欺負了。」安若晨被父親打得一身傷逼著嫁給鄰縣六十老頭的事，春曉可是知道的，「姑娘想何時見妹妹？」

安若晨眨眨眼，「妳說，我讓妹妹隨傳隨到，過分嗎？」

春曉覺得不過分。她親自去了趟安府，把話帶到。說是安管事心情不好，想找二姑娘說說話，現在就想說。當然，也不是逼迫著二姑娘馬上就去，只是愛去不去，下回我家管事姑娘何時再有想說話的心情就不一定了。

◆　◆　◆

春曉有心要為安若晨出氣，一番話說得不帶一個髒字，語氣特別委婉，但就是趾高氣昂，蔑視加羞辱。

安家人聽得臉得綠了。管事姑娘是什麼鬼，不過是一個下人！這下人居然有臉再派個下人的下人上門來對「別人家」的姑娘頤指氣使？

可他們竟還反駁不得，因為那是將軍身邊的管事。

皇上，您看見沒有，當官的欺負老百姓啊！

安之甫差點一口老血將自己噎死。

春曉相當滿意，昂著下巴走了。回去的路上努力練習面部表情，打算好好對安若晨學學安家人的臉色。

安若希則是黑著臉到了紫雲樓。大姊派了個如此囂張的丫頭過來挑釁，她的怒火可不比母親譚氏少，甚至覺得自己比母親父親更委屈。

因為夾在中間被兩邊都呼來喝去的那個人是她。

從前還只是被人暗地裡相議，如今安若晨公然讓人羞辱她，她就成了安家的笑話。

天知道那些碎嘴的下人們會嘖些什麼難聽話來，傳到市坊裡，她還有什麼臉面見人？

但即便是這樣，紫雲樓她還是得來。她不來，所有的委屈就白受了，她就又會回到那個她毫無價值，只能任人擺布的局面。安若希覺得自己不能白白這樣受欺負，只要能忍，她便忍，忍到出頭的那一日，她定會還以顏色。

安若希安慰了父母，表明為了這個家，自己受些屈辱算不得什麼。她仔細打扮了一番，盛裝豔抹，打扮得華貴美麗，帶了數個丫頭和家僕，乘著軟轎到了紫雲樓。

春曉正來勁兒地對安若晨模仿安家情形，聽得衛兵來報，忙悄悄去看，回來後捂著嘴直樂，「姑娘，姑娘，妳妹妹來了，這回可真有排場，帶了四個丫鬟和四個男僕。不過是串個門罷了，想跟咱們比人多還是怎地？就這般還想擺威，都沒靠近就被衛兵攔下了。」

安若晨點頭，排場大好啊，這樣誰都知道她見妹妹了。

「讓她進來了嗎？」

「丫頭僕人都在側院門那兒候著，沒讓他們進。姑娘的二妹我引到小廳去了，姑娘晚些再去，讓她等著。」

安若晨笑了笑，當真喝了一杯茶再慢悠悠地去了。

到了小廳，一如她所料，安若希黑著臉，一看就是積著氣。

「來得頗是不情願啊！」安若晨故意道。

安若希原還打算壓著怒火好好周旋，結果爆脾氣一下子被安若晨這句話給點著了，她冷笑道：「姊姊如今好本事，這管事當得越發得心應手。在官衙裡當差，雖也是下人，可就是自己覺得比老百姓要威風呢！」

安若晨也冷冷回道：「別的老百姓我是不知道，但是安家嘛，我自然是要過得比他們好，才算對得住自己。」

安若希防備地問：「妳想怎麼樣？」

「我倒是想問問妹妹，妳想怎麼樣？」安若晨道：「妳來求我為妳找親事，可一晃眼十天過去了，妳卻一點音訊都沒有。我若真是求著將軍幫著辦了，但其實妳根本沒這心思，我白忙一場，還沒法與將軍交代，我的臉往哪兒擱，又如何在將軍身邊立足？」

安若稀有些心虛地抿了抿嘴。

「所以我得找妹妹問問清楚，妳究竟打算如何。若妳並無為我辦事換取嫁到外郡的決心，那我們還是早早說清楚，從此相互不往來，也算了斷了乾淨，互不耽誤。」

「我自然是真心實意的，不然誰又願受妳這份氣？」安若希倔強地道，說完了覺得這話頗不中聽，但來不及嚥回，於是放軟了語氣，重又說道：「妳不是讓我打探消息嗎？我是想著打聽到有用的再來，這般妳也能歡喜些，我們姊妹相敘也才有話好聊，不然妳又給我臉色看，又不願幫我了，我豈不是白來一趟？」

「是嗎？」安若晨淡然道：「那妳打探消息的速度確實是慢了些。」

安若希辯道：「玉石貨品這事上，如何從商舶司取出來的，只有錢老爺知道。那日我趁著榮貴高興，問了幾句。榮貴也不知情。他道爹爹確實也擔心，但錢老爺守口如瓶，爹爹也不好多問。這般境況，我如何打探？姊姊倒是能幹，姊姊怎地不打探出來？倒是會怪我了。」

「妳怎知我打探不出來？爹爹不知道，不是還有知道的人嗎？」

安若希一愣，脫口而出：「錢老爺？」

安若晨盯著她看，「妳是不是跟錢老爺說了什麼？」

安若希不敢看她的眼睛，嘴裡辯道：「我躲他都來不及，怎會與他說上話？」

安若晨冷笑，「妳與陸大娘說，有人知道了她是我的幫手，讓她出入多留心。」

「我一片好心。」

「爹娘知道陸大娘幫了我，頂多會打些歪主意，比如弄些假消息讓她傳到我這兒來。就算有些什麼念頭，也會告訴妳。只有另一個人，做的壞事不會與妳打招呼，且心腸狠毒，對我恨之入骨。」

安若希忙叫道：「就算我不說，爹娘或者榮貴也會告訴他的。我總得說些什麼才好脫身，而這消息是他必然會知道，是不是由我來說又有什麼打緊？我思前想後……」

她說到這兒猛地閉了嘴。她真是傻，一心急便腦袋發熱。她明明可以說是爹爹說的，而她碰巧知道了，於是好心去通知陸大娘。她看了安若晨一眼，覺得她的眼神裡透著一股「妳果然如我所料的那般壞」的意思。

安若希咬咬牙，挺了挺背脊。

她不壞，她總得為自己打算，況且這消息她不說錢裴也會知道。

「妳想左右逢源我不攔妳，但無論妳是想與虎謀皮，還是想為虎作倀，都小心掂量著點。錢裴可不是好惹的，妳向他示好，不過是把自己對他的恐懼暴露了。他會盯上妳，抓住妳的弱點。妳莫忘了，爹爹都怕他，太守大人都顧忌他，妳如何是他的對手。」

安若希心裡咯噔一下，想起錢裴在馬車裡盯著她的目光也是害怕。她嚥了嚥唾沫，說道：「妳說來說去，就是想告訴我爹娘靠不住，錢裴心腸毒，只有妳是好人，我得靠著妳，對不對？」

「不對，妳錯了，我不是好人，所以我很明白地說了，妳為我辦事，我才會為妳辦事。我看不到妳的誠意，從妳這兒得不到好處，妳於我沒甚用處，我便什麼都不會幫妳，最後妳就老老實實聽從爹爹的安排，讓他把妳賣個好價錢。」

安若希咬咬唇道：「我問不出來，榮貴確實也不知道玉石貨品是怎麼拿出來的，我總不能問得太多惹了猜疑。」

「那便等我想想妳還能辨什麼，想到了再告訴妳。」安若晨冷冷道：「妳回去吧。」

安若希瞪圓雙眼，「就這樣？想到了什麼再囑咐我？」她火冒三丈，再次被安若晨的態度激怒了，「妳當真是了不得了，真當我是隨傳隨到的奴婢嗎？」

「自然未把妳當奴婢。我又沒讓妳斟茶倒水。」

說到這個，安若希又是氣，她到這兒等了半天，被安若晨訓斥半天，連杯水都沒給她上。她氣呼呼地站起來，想罵些什麼卻又猶豫。

安若晨正眼都不看她，站了起來逕自往外走，「下回再見吧，妹妹，不送了。」

安若晨走了，安若希氣得直跺腳。

回到安府，譚氏拉著安若希問安若晨都說了什麼。

安若希忍了一路的委屈終於爆發出來，抱著娘親放聲大哭。

譚氏嚇了一跳，忙問怎麼回事。

安若希哪敢說自己與安若晨的條件交換，只得抹著淚叫道：「她心情不佳，找我過去出氣呢！什麼正事都沒聊，就是挑了從前毛病冷嘲熱諷！」

譚氏怒火沖天，「那賤人，欺人太甚！」

安若希放聲大哭。

譚氏趕緊將女兒摟到懷中安慰：「莫哭，且讓那賤人神氣幾日，日後我們定會將她好好收拾了。妳的委屈，娘一定為妳討回來。」

安若希埋頭進母親的懷裡，哭得更是悲切。

很快的，安府上下都知道了，二姑娘與大姑娘起了爭執，大姑娘心情不好竟敢拿安家撒氣。這怨仇可是結大了，怕是有得折騰。

話說龍騰這一頭，他確實是接到楚青軍報稱，南秦有一小隊兵士欲偷襲他們的兵哨，其實是聲東擊西，重點是派了三名南秦兵士越界窺探他們營中軍情。現已將那隊突襲軍擊退，滅殺一名探子，俘擄兩名，懇請龍騰到石靈崖軍營處置此事。

事情聽起來很簡單，但龍騰知道，這事情裡頭有好幾環正按著他設想的那般發生。時機錯過可不行，於是龍騰準備要帶兵過去。

走之前遇著謝剛得去探豐安縣這事是意外，但軍中奸細露出點狐狸尾巴不是壞事，早抓住早好。從前遇著過更複雜突然的狀況，只是這次多了個安若晨。

那姑娘明顯發現了什麼，還自己琢磨了辦法。他明明給了她機會她卻不說，這讓他感覺頗複雜。既欣喜她的自信及警覺，又擔心她的處境和安危。她可不是什麼身經百戰的老將，但他就是莫名地……信任她。

她若覺得有把握，那他也覺得有把握。雖然她自己拿不定主意總來問他向他請教讓他頗歡喜，但他也很歡喜她的有主意。

這心情太難琢磨，比軍情還難。有點難受，又有點舒暢。

龍騰就這般滿心惦記地到了石靈崖軍營。

到了那兒，看了場拷打審訊，又發了頓威風，將這軍營上下將兵都訓斥了一頓，要求重整軍紀，嚴肅軍威，而後又嫌棄抓到的兩名探子不過是小卒，沒什麼用。

「殺了吧，斬了頭顱丟回南秦那頭去，教他們知道來犯的下場。」楚青提議，看著那兩名戰俘驚恐的樣子。

「以為這般就是立威了？」龍騰冷言譏道。

楚青不敢說話，兩名戰俘被蒙著雙眼，大氣都不敢喘。他們看不到龍騰的樣子，但用聽的也知道這人是誰。是生是死，只是這人一句話。

「把他們丟回去，活的。」

兩名戰俘頓時鬆了口氣。

「這才是告訴南秦，我們壓根兒一點不怕。」

「將軍！」楚青急躁得還想勸說，龍騰卻拂袖而去。

兩名戰俘心提到喉嚨，生恐事情有變，卻聽得那位楚將軍罵罵咧咧好一陣，最後終於對衛兵大吼：「給南秦遞箭書，約他們三日後午時陣前相見！」

之後是氣呼呼地重重踏著步子出去又馬上折回的聲響，兩名戰俘聽得楚青吼道：「給我繼續審，把他們知道的全都給挖出來！」

楚青發完了脾氣，怒氣沖沖地奔至營區另一頭的帳內，龍騰正坐在裡頭。

楚青進了去，吐口氣，揉揉臉，怒火全不見了。

龍騰抬頭看他一眼，接著繼續盯著手上的書冊看。楚青一看冊子封面，頓時有些激動，傳說中的《龍將軍列傳》啊！他忙上前兩步，道：「將軍，不如你看些正經軍報，這等閒書由末將幫你看看。」

「好的不學，淨學澤清油嘴滑舌了。」龍騰橫他一眼，繼續快速掃著書冊上的字。其實內容他都記得，但安若晨既是提醒他，他得想想她要說的是什麼，「那傢伙到了嗎？」

「到了到了，將軍有令，那不是屁顛屁顛快馬加鞭地來了，已在縣裡頭打混去了。」

「嗯。」龍騰應了聲，快速翻完列傳，又打開《龍將軍新傳》翻起來，一邊道：「紫雲樓裡混進了細作，謝剛的探子出任務被截殺了，蔣松正在查何人洩密。」

楚青皺起眉頭，「混到紫雲樓裡何其難，還能接觸到軍令，那細作可有些本事。是什麼任務，竟讓他不惜暴露自己？」

「關乎城中細作勢力，所以謝剛親自去了。」

楚青一點就通，「謝剛辦事穩妥，處置果斷，一定能趕在他們的前面。」

龍騰仍在快速翻書。

「這書裡怎麼了？」

「沒什麼。」

楚青：「……」他怎麼聽說是馬屁奇書來著？

楚青看龍騰翻得刷刷的，手很癢，乾脆湊過去趴桌上，摸摸書邊也行啊！

龍騰忽然猛地合上書，拍在桌上。楚青嚇一跳，摸書邊也不行？

龍騰這時已明白安若晨的意思了……調虎離山。

兩本書裡都有用「調虎離山」之計的故事。

龍騰皺眉思慮，不知她從何判斷的？她畢竟經驗不足，判斷錯誤也有可能。

楚青看看龍騰表情，問道：「怎麼了？」

「無事。派人給南秦遞箭書了嗎？」龍騰岔開話題，是他教安若晨的，越少人知道越好，他臨走的時候，她就用了這招。

「安排了，三天後。」

「嗯。」龍騰點點頭。豐安縣的查探有謝剛，中蘭城裡有蔣松，兩邊都不會錯漏什麼。若真有什麼情況，那姑娘應該會知道該怎麼辦。

◆　◆　◆

安若晨一早便在等陸大娘。

陸大娘交完菜貨，收好帳，來到會客小廳見了安若晨，第一句話便是問：「昨日姑娘與安家又鬧上了？」

「大娘聽說了？」

「是啊，這類事總是傳得快。」陸大娘有些為她擔心，「姑娘可是有麻煩？」

安若晨點點頭，「想求大娘幫忙，但不是安家的事，且極有凶險。」

陸大娘頓時嚴肅起來，「何事？」

「我從前拖累了大娘，但大娘不計較，如今大娘又被錢裴和我爹爹盯上了，我愧對大娘。只是眼下這事，與這些都無法相比，我須得與大娘說明白，摻和進來，是會有性命之憂，且得守口如瓶，隱藏祕密。」

陸大娘雙目炯炯，壓低聲音問：「姑娘是要邀我一起對付細作嗎？」

安若晨點點頭。

陸大娘上前一步，用力握住安若晨的手，用極肯定的語氣道：「我願意的。」

「大娘。」雖是意料之中，但安若晨仍受震動。她真的很幸運，遇到這般人物。

「若我是男子，我也想上戰場保家衛國。如今上不得戰場，便在自己家裡，為護國貢獻一份心力，我願意的。」

「大娘，為保順利，此事只能妳我二人知曉。」

陸大娘點頭，問：「出了何事？」

「軍中有奸細，我發現了新的線索，不敢張揚，但時間緊迫，必須追查下去，不然線索會被對方銷毀。可我身處紫雲樓，一舉一動定會被人盯著，那奸細連軍中密令都可知曉，我要做什麼，也定逃不過他的耳目，所以，我昨日故意與二妹鬧了一場。」

陸大娘懂了，「今日再找我，也定是為了安家之事，與旁的無關。」

「對。」

「那姑娘便與我說說安家又如何作孽了。」

安若晨被陸大娘一本正經胡說八道的語氣逗笑了。

她問：「大娘可知道招福酒樓？」

「自然知道。給他家供菜貨的盧老漢與我相熟，城中的上等食材貨品他是最全的，在外縣甚至外郡都有路子，能拿到些稀罕特產，有時我要些什麼貨還得去找他。他為人鑽營，有些貪利。還有跑堂的鐵柱，是我鄰居家的表親孩子，平素常到我鄰居那兒送些好吃的，與我常點頭招呼。」陸大娘頓了頓，道：「姑娘，要是須攀交大人物，我是沒辦法，但我生於中蘭長於中蘭，是道道地地的中蘭人，加之婦道人家想謀一生計，自然得與坊間各色人打交道。販夫走卒、村姑田婦，我是識得不少。」

「那麼聚寶賭坊大娘可知道？」

「知道。我家漢子的同軍兄弟在戰場上跛足折臂，回來後無事可做，為了生計曾為那賭坊守門，我常給他送些吃食，與那裡的人也算認得，可惜他前年重病去世了。他在那兒收養了個孤兒，叫齊徵，那孩子至今仍留在那處做個打雜小工，快十四了，我時常去探望，打算幫他在外面謀個生計，賭場那兒畢竟混雜之地，也不是長久的打算。」

安若晨心裡計較著，這般看來還確是有些打探的希望。

「大娘，我被捲入這些事裡，是與徐媒婆有關。」安若晨將事情的始末說了一遍，略去過程中間自己與龍大將軍的各種接觸，只說因涉及細作，驚動軍方，她報官之時，求入軍效力，於是將軍將她收留。如今是什麼情勢，線索又是什麼，她也一一告之。

陸大娘聽完，頗有感慨：「細作利用徐媒婆控制那些姑娘們，想來也是費了一番功夫，從人選到安排，可不是件容易事。」

「他們在軍中也有人，在其他地方也定都安排了人。」安若晨再次強調，提醒陸大娘南秦細作勢力的滲透可非比尋常。

陸大娘腦子轉得快，「如今為了躲開軍中細作的窺探，找出中蘭城內細作線索，姑娘也打算如徐媒婆那般？」

「我曾受將軍和大人們的教導，對探子行事略知一二。細作如今盯緊軍方動靜，盯緊我的動靜，但定料不到我們用他們的手法同樣在查探他們。」

陸大娘點頭，很有幹勁，「誰會注意粗使婆子、田間菜農和街上的乞丐？姑娘，不是我誇口，街坊上的耳目可不比宅府裡的差。將軍大人們遠從外地而來，想在城中布局，就得靠太守衙門來安排，但如姑娘所言，細作勢力埋得深，想來軍方也有顧忌。細作能這般，可不是幾月數日便能辦到。他們已然成了城中的地頭蛇，想與他們過招，也得有地頭蛇相助才行。」

「大娘所言極是。」安若晨壓低聲音：「這事我們不能教軍方知道，只能暗中行事。待找到確切證據亮出來，才能讓細作措手不及。」

陸大娘點頭。

「趙佳華她生病定是假的，我恐怕她已身不由己，沒了自由。」

「我與劉府沒甚往來，劉夫人的事我暫時沒想到法子查。」陸大娘道：「但劉老闆為人我可以打聽打聽，盧老漢與他打交道多年，該是對他了解。賭坊與招福酒樓是何關係，我也可以探聽一二。」

「大娘得當心。這位盧老漢與妳一般各府遊走，又有外縣外郡的生意貨源買賣，離開本城也不會惹人疑心，傳遞消息物品非常方便，對細作來說，這是個值得收買招攬的人物。」

陸大娘頓時恍然大悟，「姑娘說的對。」

「還有兩條線索須得大娘費心。」安若晨道：「一是劉府的陳婆子和丫頭蘋兒。若不是真心信任，趙佳華不會把女兒交給她倆帶出門。結果出事後，劉則說要遣走了她們。之後沒兩日，劉茵便失蹤了。再有，也是我覺得重點的，便是李秀兒。」

安若晨將李秀兒與趙佳華之間的關聯說給陸大娘聽，然後道：「趙佳華完全不介意將她與李秀兒之間的聯繫暴露於我面前，所以李秀兒也是個暗示，她一定知道些什麼。」

安若晨早想好如何對付李秀兒，如此這般與陸大娘一說，陸大娘覺得可行。

兩個人細細商討後，安若晨又道：「大娘於街坊行動時，可散些話出去，便說南秦與我大蕭眼下情勢緊張，聽說官府提防細作予各處運人運貨，大家近期都安分些，從前有過貓膩的，快些打點好，莫要被抓著了把柄。官府如今要找些人出來治罪，殺雞給猴看。」

「這是為何？」

「那些富商官紳，哪個做生意買賣沒些髒事？有些說不定就是幫了那細作解先生偷摸著運東西。心裡有鬼主意的，都提防著呢。這事若在坊間傳開了，大家奔相走告，各家忙著打點處置，坊間注意力便在這頭。我爹爹肯定也在其中，妳說的那位盧老漢說不定也會對此事上心。」

陸大娘懂了，「這般我去打探時也有話可聊，再者大家關注此事多些，便會忽略我們其他的動作，又覺得妳會利用機會對付安家，忽略趙佳華。」

安若晨點點頭，「未必有效，但攪混些好辦事這是沒錯的。大娘，妳要傳得隱蔽些，莫讓人察覺源頭是妳起的。」

陸大娘應著：「這個好辦，妳放心。」

「還有，妳我不能常見面，須得像從前那般，否則會教人起疑。我記得大娘識字？」

「識得一些。」

「大娘送菜貨來的時候，是直接搬到後雜院，當著衛兵的面點收，然後拿著貨單到西院帳房那兒記帳是嗎？」

「對。」

「去西院帳房時，可還有衛兵跟著？」

「那倒沒有。我一向速去速回，從不瞎逛，那些個衛兵兄弟也知道我夫家是軍戶，對我頗是客氣照顧。有時菜貨太重，也會幫忙搬搬抬抬的。」

「那好，後雜院到西帳房須經過的那個遊廊，第二個轉角旁邊有棵松柏，其廊邊下第三塊石磚鬆動，可在下面壓紙。我昨日在那兒留了張符紙，就是隨便到寺院祈福都能得的那種普通的平安籤，我們日常聯絡便用這個。如這次這般，事情分一二三，賭坊為一，劉則為二，李秀兒為三，哪件事有進展，可在相應的籤文上頭寫上數字。若是需要相約見面，用哪家寺院的籤紙，寫上時辰，我們便於那個時辰在那寺院偶遇。若有緊要事須馬上相議，那便直接找我，過後踹我二妹兩腳，她跑來鬧一鬧，我們見面說的話，自然便是與安府相關了。」

陸大娘在心裡默記了一遍，點點頭。

「另外，我們查案之事，切不可外傳。大娘託人辦事也得分清楚，單線聯絡，勿牽扯太多人。我們不知道哪些人才是可信的。若有人問起，不可說我真名，便說……」安若晨想了想，「便說是鈴先生。」

「林先生？」

「對。給我線索消息的，不是陸大娘，是田老爺。」

陸大娘逐一記下，又與安若晨細細核對一番須查探的細節，這便告辭。

她離開時，經過那個遊廊，留心到第二個轉角廊邊的石磚。她假意湊過去細看松柏，觀察了四下無人，便蹲下擦了擦鞋子，抬了抬第三塊石磚，下面果然有紙箋。她迅速把紙箋抽出塞入袖中，石磚放平，然後若無其事地離開了。

此時的龍騰，正坐在石靈縣山腳村裡，對面坐著石靈縣的韋縣令和高臺縣的陳縣令，這也是他來石靈崖的重要事件之一。

兩個縣令對視一眼，均有些為難，「龍將軍所言我們明白，但事關重大，軍隊要入各村布防，干擾了百姓，我們如何安撫？如此大動靜，又怎敢不報太守大人？按律該是戰時才能封村的。」

龍騰冷道：「我都在這兒了，還不是戰時？是不是得南秦的兵將打過來拿著大刀架在二位的脖子上，才是戰時？本將軍不是與你們商量，而是在下軍令。石靈縣正在石靈崖戰場後方，高臺縣緊挨其後，若開戰，這兩處必是要地，軍方須得提前安排。」

陳縣令剛要說話，龍騰橫眼一掃，陳縣令忙閉了嘴。

龍騰繼續道：「兩個縣的位置都很重要，事關軍機，動作再大，也得完成。百姓安危，本將軍放在心裡，故而提前告之，讓你們早做疏導。今日起，軍中匠兵將入縣衙協助二位大人，限期內務必按我所說安置好。二位大人可明白？」

龍騰擺手，兵士們在兩名縣官身邊站開，其中一人抬起娃娃臉笑笑，正是宗澤清。

兩位縣官忙點頭。

龍騰又道：「大人們還有何問題？」

陳縣令看了看韋縣令，鼓了鼓勇氣，還是問了：「可對太守大人隱瞞不報，這責任下官可是擔當不起。」

「若日後太守責怪你們，你們拿著我的令書公函給他看，一切有我，怎麼都輪不到你們擔當。可若是你們不服軍令，擅自妄為，我怕是大人們沒命擔當。」

兩位縣令臉一白。

龍騰板著臉道：「日後論功行賞，自然也有二位大人一份。」

兩位縣令對視一眼，是不是後半句又是若是不服軍令，怕是沒命領賞了？

結果龍騰沒說，他只是看著他們，看得兩位縣令連連點頭，不敢說個不字。非但不敢拒絕，連龍大將軍的意圖也不敢多問。

參之章

疑忌

陸大娘走後，安若晨一直沒有離開紫雲樓。她向方元討教了管事之道後，就去了校場練習拳腳招式。田慶在一旁指點她要領，一邊陪她比劃招式一邊閒聊：「陸大娘找姑娘何事？」

安若晨一個掃堂腿勉強使出來，無奈得看著田慶玩兒似的抬腳就躲開了。安若晨蹲地上踹氣：「不是她找我，是我找她的。我家裡知道她曾幫我逃家的事了，我恐怕拖累了她。」

田慶一臉同情，話題轉到安若晨的動作不足上，再沒問陸大娘。

稍晚時候，安若晨收到了龍騰的來信。信是長史李明宇差人送來的。安若晨打開看了，信寫得很簡單，就是說他已到了，事情順利。囑咐她把他教的本事都多加研習。

安若晨想了好半天，回了一封信，只兩個字：「遵命。」

陸大娘中午時給聚寶賭坊的齊徵送了些飯菜。齊徵很高興，每回陸大娘來了，他便能吃著好吃的。齊徵拉著陸大娘坐在賭坊後院石椅那，與她話了話家常。

陸大娘看四下無人，悄聲問他：「你在此處可安全？我聽說了些事。」

齊徵一愣，頗有些慌張，「大娘聽說什麼了？」

陸大娘也愣了，原只是想打聽打聽劉則與賭場老闆婁志的關係，看齊徵的反應，難道他還發現過別的什麼大事？

陸大娘道：「這次你必須聽我的，不能再在這裡待了，跟我走吧。」

她勸了這孩子兩年，這孩子都不肯，難道還有內情？

果然齊徵還是那話：「不行，我不走。」

「為何？」陸大娘板著臉，「你要瞞著我到幾時？」

齊徵低下頭，猶豫好半天低聲道：「楊老爹走了這兩年，只有大娘當我是親人。我知道大娘對我好，我不是故意要瞞大娘的，可這事凶險。我知大娘是好人，楊老爹也時常與我說起與陸大叔的情誼，這事若大娘知道了，大娘定會插手，我不想大娘涉險。」

陸大娘愣住，萬沒想到竟會是這個理由。

她一把抓住齊徵的胳膊，「你說清楚，是什麼事，與我家漢子有何干係？」

「不，不！」齊徵忙道：「與陸大叔無關，只是……」他看了看左右，確定無人，又看看陸大娘，瞧著她的表情就知這次真的蒙混不過去，一咬牙，壓低聲音道：「這賭坊裡有祕密，楊老爹發現了。那日他與我說，讓我第二日去找妳，以後跟著大娘妳討生活，他得出城去，怕是沒法好好照顧我。我問他為何，他說我太小，不懂。我纏著他問，他便說，城中有大事發生，他要到遼城駐地找穆將軍報案。」

「穆將軍？」陸大娘愣了愣，當初她丈夫孩子與楊大哥都是在穆家軍裡服役。是什麼事，居然要拖著跛足傷臂，到這麼遠的地方找軍方？

齊徵繼續道：「我是不明白，有報官之事，為何不找太守大人呢？楊老爹說城中有細作，誰知道太守大人靠不靠得住，還是直接報到軍方靠譜。」

陸大娘目瞪口呆，「這是何時的事？」

「兩年前，就是楊老爹去世前。」

陸大娘太驚訝，居然這麼早之前，就已有人發現了細作之事，她馬上有了不好的聯想，「楊大哥是如何病的？」當初連後事都是她料理的，就葬在城外她買的一塊墓地裡，那裡葬著她的丈夫孩子，還留了個位置給自己。

齊徵紅了眼眶，「我覺得不是病了。楊老爹與我交代完，便去守夜了。他打算等第二日我走後便出發，我當時沒多想，聽話睡去了，可第二日一早，他們來告訴我楊老爹受了風寒，病倒了，他們幫著安置在另一屋裡。我去看了，楊老爹臉色發青，沉沉睡著。旁邊有一大夫，說是來給老爹瞧病的。」

陸大娘點點頭，這些她知道，當時齊徵哭著來找她，她慌忙過來探望，確實是病重得厲害。大夫說舊疾犯了，加上夜裡受涼，又喝了酒，一下子就不好了。大夫開了藥讓他每天喝，但也不見起色，拖了三日就去了。

齊徵道：「當時他們不讓我照顧老爹，說我小，容易染病氣，可我有一回趁沒人偷偷進去了，碰巧老爹醒著，他很吃力地與我說，讓我離開這裡，又說留著他的屍體。他當時話說不清楚，我很費勁才聽到些。」

「留著他的屍體？」陸大娘問：「所以他去世後你來求我替他收屍下葬？」

齊徵點點頭，「我沒錢銀，若是不能下葬，就只能燒了，楊老爹說要留著的。」

陸大娘明白了，「你覺得楊大哥的死有蹊蹺，便不願走，想留下來查真相。」

齊徵再點點頭。

「孩子啊……」陸大娘將齊徵攬進懷裡，「你該早些告訴我。」

陸大娘想著遇害的楊大哥，淚濕衣襟。

「告訴了大娘，大娘定不會坐視不管的。這世上，只剩下大娘真心對我好了，我很害怕大娘也遭毒手。」

「我自然不會坐視不管，楊大哥若是被人所害，我們一定要替他討回來。」

齊徵用力點頭，「我這兩年，裝得什麼都不知道，總跟著牛哥他們混，也查到一些事。」

「何事？」

「大娘還是莫要管了，這些事凶險，大娘知道了沒好處。」

「你不過一個孩子，沒人幫你，你如何替楊大哥報仇？大娘不怕凶險。」陸大娘摸摸齊徵的頭，「我得保護你，不然到了九泉之下，見著楊大哥，我如何與他交代？你年紀小，又總在這賭坊待著，認得的人不多，我卻不一樣，我能找來幫手。齊徵，你必須告訴我發生了什麼事。」

齊徵咬了咬唇，「大娘保證不會逼我離開，不會阻止我查下去。」

「那你得跟大娘保證處處小心，不胡亂冒險。」

「我不會的。」齊徵頗有些自豪，「我裝得可好了，這兩年沒人懷疑我，他們不知道我在查事。」齊徵再左右看了看，這裡僻靜，鮮有人來，於是他壓低聲音繼續道：「我暫時沒找著細作的線索，但是我看到他們殺人了，這事還跟徐媒婆有關。」

陸大娘一驚，居然還有徐媒婆，「殺的什麼人？」

齊徵道：「不認得，是位公子。那公子跟著劉老闆和徐媒婆過來的，我那時剛給堂廳客人送完茶水出來，看得劉老闆引人進來，後頭跟著的徐媒婆臉色不太對，他們一直往密室去了。這密室也是個祕密，外頭看著跟正常雅間一般，有回我明明見著有人進去了，過去想偷聽他們說話，結果屋裡卻沒人，變了法術一般。再後來，我又看到那些人從那屋裡出來了，我就知道那屋子裡有古怪。我見得劉老闆他們進去了，緊跟著牛哥他們也過去了，我便想瞧瞧究竟怎麼一回事，結果在門邊偷偷一看，原來櫃裡有個擺件是機關，一轉，那櫃子就開了。那公子被牛哥他們扭著胳膊捂著嘴，押進了櫃子裡。」

陸大娘忙問：「可知那公子姓名，是何長相模樣？」

齊徵搖頭，「未聽得他們喚他姓名，就是看著白淨淨的書生模樣，長得眉清目秀。」

「然後呢？」

「然後我就離開了。過了好一會兒，我幹了些雜活，覺得時間過去挺久了，他們應該已經出來了，我便想去探探那密室裡有什麼。」齊徵說著，被陸大娘瞪了。

齊徵忙擺手道：「莫惱莫惱，我可是很小心的。這不是想著若找著細作證據，找到他們謀害楊老爹的證據，我也要去找穆將軍報案嘛！」他接著道：「我扭開了機關，發現櫃子後頭是個過道，竟是往下走的。也不知怎地，裡頭竟也不覺得憋氣。那過道看著還挺深的，我便進去了，結果往下走挺長一段，竟布了好幾間房。我害怕想往回走，聽到了他們的聲音。他們已經把那公子殺了，還說要砍了再分著送出城丟掉。扔到山裡去，野獸吃得乾淨，就沒人察覺了。劉老闆說混在酒樓每日的泔水桶出城，不會有人知道的。」

陸大娘這一聽，嚇得心跳都停了停，好半天才緩過來問：「這是什麼時候的事？」

「四月十五。」

也就是在安若晨聽到徐媒婆與謝先生議事之前，這公子肯定不是謝先生。

陸大娘在心裡盤算了一番。

齊徵又道：「我當時聽到他們這麼說，嚇得腿軟，哪裡還敢再聽下去，就趕緊悄悄出來了，出來後就被使喚著到堂廳上茶水送點心去。我跑前跑後出出入入的，又看到婁老大往那密室方向去了，沒一會兒看到他們一起出來。婁老大和劉老闆到樓上去了，徐媒婆要去堂廳賭兩把，可沒玩兩把她又悄悄去了密室。我盯著她的動靜，她從密室出來後，也不知為什麼，顯得特別歡喜，跟得了寶貝似的。後來她不是死了嗎？我就猜想，會不會跟這事有關？」

「徐媒婆死後呢，可有什麼特別的事發生？」

齊徵想了想，搖搖頭，「沒有。」

「賭場裡，你可曾見過被稱為謝先生的公子？」

「倒是有個姓謝的人來，可是是個老頭兒，住在西街那兒。我聽他們說過幾回，欠債還不了，要把孫女賣了。」

陸大娘皺眉頭，那這人肯定不是。

「賭坊裡可有什麼公子先生之類的客人與徐媒婆接觸較多的？」

齊徵搖頭，問：「大娘打聽這個做什麼？」

「我聽說徐媒婆與細作有關，故而她接觸的人恐怕也會有牽連。她的死，也許與楊大哥的死一般，都是被滅口的。」

齊徵咬咬牙，「可惜我未查到什麼實證。」

陸大娘忙囑咐：「你可切莫輕舉妄動，這些人都不是善類，楊大哥久經沙場，經驗老道，都被他們明目張膽不動聲色地害死了。若不是你，我都不知原來他的死如此蹊蹺。你莫仗著自己年紀小別人不留意，若是惹了他們疑心，你便危險了。」

「我不怕。」

「我怕。你可不能出事。」陸大娘摸摸齊徵的頭，「這事不能你自己擔當，我與你一同來處置，但你要答應我，這事了結之後，你聽我的，離開這兒，我給你找份差事做。」

齊徵點頭，「只要能給老爹報仇，我做什麼都行。」

陸大娘與齊徵細細囑咐了一番，齊徵認真聽了。

陸大娘告別齊徵後繞去招福酒樓，這一去嚇了一跳，招福酒樓的幃幔布簾裝飾竟然全換成了月白色，雖不似素白那般冷清慘澹，但一個好好的酒樓裝點成這樣還真是頗嚇人。轉了一圈，不見安若晨說的紅色鈴鐺，倒是每扇窗戶幃幔結處都掛著個白色鈴鐺。

陸大娘趕緊去找了跑堂鐵柱打聽。

鐵柱愁著臉道：「東家家裡有喪事，我們今日起不迎客了，半個月後才重新開張。」

陸大娘大吃一驚，「喪事？何人過世了？」

「東家夫人。前幾日不是女兒丟了嗎？夫人受不了打擊病倒了，這一病不起，還瘋瘋癲癲，聽說昨夜裡趁著東家熟睡沒留意，留下遺書上吊了。找了大夫來救，救不回來，就這般走了。」

陸大娘驚得說不出話。

鐵柱抱怨著：「今日突然說了不迎客，訂好桌的客人得一個個解釋退銀兩，明日我們便歇了，這半個月也不知給不給工錢……」

陸大娘匆匆告辭，有些不知所措。

太突然了，這不打聽就算了，一打聽探出好些大消息，她得趕緊告訴安若晨，可今日上午才見過。既是出了事，細作那頭會盯得死緊吧？她轉頭又去，會不會太招惹疑心了？

對了，有辦法！

陸大娘朝安府方向去。

◆ ◆ ◆

閔公子一臉平靜地看著面前趙佳華的屍體，劉則陰沉沉站在一旁。

「我逼問了她才說的。她原來有個情郎，她想去找他，卻知我不會放過她。我們的事，徐媒婆當初與她說過一二，但她不知道究竟是什麼，只道我有些為非做歹的勾當。徐媒婆死後，她覺得是個機會。安若晨報官逃家引起她的注意，她想利用她，於是故弄玄虛，招惹安若晨的注意，欲讓安若晨對付我。這般，她便好趁亂脫身。」

「你親自動的手？」閔公子看著趙佳華脖子上的勒痕。

「只能如此。」劉則的聲音聽起來有些傷心，但算冷靜，「總不能被個賤人拖累。」

「她跟安若晨說了什麼？」

「沒什麼，就是她是被我和徐媒婆強逼著嫁過來的，暗示我並非表面這般良善。她沒證據，說的話不可信，所以也只是說些似是而非的話，挑起安若晨的注意罷了。」

「女兒呢？」

「說起這個，正是這女人歹毒之處。她說她殺了女兒，只為了嫁禍給我。她根本說不出我做過什麼惡事，總得拿出一兩件來，於是自己下手，捏造些事端。我若出了事，她不但得以脫身，還能奪我的家產，到時再去找情郎。」劉則轉頭看著解先生，恨聲道：「你說說，她是不是惡毒至極，只恨我當初沒看出來！」

「歡場女子，你還指望她單純天真？」

閔公子的話在劉則心上狠狠敲了一下，他可是從來沒有跟這位閔公子提過趙佳華是外郡的歡場女子。

「公子說的是。」劉則垂頭作恭敬狀。

趙佳華的來歷，只有徐媒婆知道。徐媒婆於他手上有太多把柄，他料她不敢到處去說。只是如今看來，她是告訴了這閔公子。

閔公子當初說需要個城中到處走動能攀交各戶的婆子，他便介紹了徐媒婆，至於徐媒婆具體做什麼，他是不知道的。徐媒婆好賭貪財，這一點很好掌握。閔公子未讓他出面，而是自己去招攬了徐媒婆。劉則雖與徐媒婆平素打著交道，勒令她幫著做各種事，卻從未聽徐媒婆提起過閔公子一言半句。他也不好問，因為閔公子不允許。

他猜徐媒婆也許並不知道，他們兩人在為同一人做事。

如今想來有些後悔，他不該因為害怕徐媒婆向閔公子透露他的打探而不打探了，徐媒婆根本已經把他的所有事都跟閔公子報告，而他一無所知，這讓他心裡很不舒服。他不是閔公子招攬的，他答應合作的是高權位的人，結果按囑咐為閔公子辦事後，他覺得自己越來越不受重視了。閔公子動輒擺臉色，許多事瞞著他。走到今日，他覺得難以再忍。

劉則裝成若無其事的樣子，繼續說道：「官府那頭我會打點好，內子與孩子午睡時不慎將孩子悶死，怕我責怪，於是想出了偽裝孩子被劫報官的鬧劇來。從衙門回來後，她內疚自責，抑鬱成疾，說話也開始語無倫次，昨夜終是敵不過愧疚痛苦自縊而亡。遺書中說明了一切，只是她太過瘋癲，竟未曾說孩子屍體藏在了何處。」

閔公子沒說話，他看著趙佳華的屍體。

劉則又道：「酒樓歇業半月，我得為內子辦喪事。安若晨探聽不到什麼，時間久了，她便會別處查探去。」

閔公子這次終於有了反應，他點了點頭。

「公子放心，公子吩咐的事，哪次我不是辦得妥妥貼貼的？我可不是徐婆子，公子不讓我問的事，我從來沒多過嘴，徐媒婆到死都不知道我與公子相識的事。」他甚至都沒有問過閔公子徐媒婆之死是不是與他有關。其實不用問也知道，他可不傻。

「我放心的。」閔公子道：「那你好好打理後事吧，我們暫時不聯絡了。」

劉則恭敬答應，出門查看好了無人，讓閔公子悄悄離開。

劉則回到屋內，看著趙佳華的慘白遺容，輕輕撫了撫她的臉。

「若妳安分聽話，也就不必如此了。」

話說陸大娘趕到安府，求見二姑娘安若希，得到的回覆是二小姐正在午睡，不見客。陸大娘不急不惱，只說讓門房再通報一次，她是受紫雲樓安管事所託向安家二姑娘傳個話，若是二姑娘確是不見，那她就回去回話了。

門房嘀嘀咕咕，但也不敢說硬氣話，又進宅裡報去了。

安若希確實在午睡，被丫鬟擾醒了，聽得這個簡直要把床掀了。很好，非常好，這是真當她安若希是個軟柿子隨便捏了！

安若希火速梳頭更衣，一臉寒霜地在會客小廳見了陸大娘。

「大娘如今好啊，攀上了大姊，當起了跑腿的！」

陸大娘笑了笑，「也是託了二姑娘的福。今日上午大姑娘叫了我去，說起昨日見著了二姑娘。知道二姑娘對我的照顧，讓我有機會謝謝二姑娘。」

安若希臉一沉，這是專門來諷刺她的？

陸大娘繼續道：「我說如此我今日便來，大姑娘又正好說起想念家裡廚房做的點心，嘴饞得不行，今日便想吃到。她說她愛吃的，也不知二姑娘知不知道，想請二姑娘挑幾樣給她送過去。她說她的丫頭不太會說話，昨日傳話就把二姑娘惹惱了，今日我既是正好要過來，就幫她帶個話吧。」

安若希拳頭都捏緊了，是啊，昨日那丫頭是不會說話，開口就想讓抽她幾嘴巴子。陸大娘倒是會說的，綿裡藏針，真是抽幾嘴巴子都不能解氣。

昨日才說又沒讓她端茶倒水的，沒把她當丫頭使喚，今日便是想補上嗎？

安若希咬著牙，忍著沒破口大罵。

陸大娘特別和藹地又道：「依我看啊，這吃點心不是什麼大事，二姑娘若是忙，不送便不送吧，大姑娘應該也不會對姑娘如何的。如今畢竟不一塊兒住了，也許她就是想起從前的時光了，順嘴這麼一說。我去給她回個話，便說二姑娘病了，不方便，如何？」

還咒她病了！

安若希咬牙切齒，「我送！不就是幾塊點心嗎？大姊愛吃的，我知道！煩請大娘去給大姊報個話，讓她等著！」

最後四個字說得鏗鏘有力，彷彿她要送的不是點心，是刀子。

陸大娘毫不在意，應聲走了。

也不待陸大娘走沒走遠聽不聽得見，安若希在屋子裡破口大罵賤人、賤婦云云，又是拍桌子又是踹椅子。陸大娘也不管她，急步往紫雲樓回話去。

安若晨聽得陸大娘求見，說是帶來了安家二姑娘的回話，便知有急事發生，只是她萬沒料到居然會是趙佳華的死訊。

安若晨驚得好一會兒才緩過來。

「她女兒呢？」

「這就不知道了。」

「劉老闆呢？」

「該是在料理後事吧。鐵柱只說東家夫人過世，若劉老闆也有意外，他定會說的。且酒樓的事務安排得井井有條，我看掌櫃也未有慌亂模樣，想來東家老闆是無事的。」

安若晨完全沒頭緒。瘋癲自盡了？這怎麼可能？

「陸大娘，妳快去李秀兒那兒，小心安全，莫要讓別人注意妳。趙佳華的死不尋常，若是被人滅口，那李秀兒也有危險。就用我與妳說的辦法，加上趙佳華的死訊嚇她一嚇，務必把話套出來。」安若晨從懷裡掏出銀兩，這還是當初託陸大娘租屋裡的錢銀，如今又再給陸大娘，「嚇唬完了再給點錢，她需要錢，她會說的。」

陸大娘接過，問：「姑娘如何打算？」

「我不能動，就當什麼都不知道。細作定會盯著我，我若無其事，穩住他們。大娘去聽聽李秀兒怎麼說，若她真知道些什麼，想辦法將她帶到安全地方先藏著。」

安若晨想了想，與陸大娘說了個地點。

陸大娘道：「那姑娘多小心。我打聽了，聚寶賭坊與劉老闆是一夥的，還有徐媒婆，他們一起殺過一位公子，不知是什麼身分，就在四月時，地點就在聚寶賭坊的密室裡。」

「密室？」

「聚寶賭坊後院左手第三間屋子裡，櫃子上的擺件是開關。齊徵偷偷跟著下去過，說裡頭有長長的過道，還有數個房間。」

「屍體如何處置的？」若能找到屍體，就能有物證。

「說是砍碎放在聚寶酒樓的泔水桶運出城，再丟到山裡讓野獸吃乾淨，不留痕跡。」

安若晨聽得一陣噁心。這些人，居然如此狠毒！

「還有，我與妳說的那位戰場上受傷致殘，在聚寶賭坊看門討生計的楊大哥……」

「病死的那位？怎麼了？」

陸大娘緩了緩，克制了情緒，「原來當初楊大哥就發現了細作之事。」

她把齊徵告訴她的事細細說了一遍。

安若晨很快反應過來，「他懷疑自己中毒了。」

陸大娘點點頭，「他已經沒法說話，只得留下自己的屍體為證。」

安若晨咬牙，「可就算我們找仵作驗屍，證明他中毒而亡，也沒證據是誰下的毒。」

這確實是無奈的現實，陸大娘也不知如何是好，只得趕緊先處理眼前的，「我先去打探清楚，明日一早找李秀兒。待有了結果，再來報予姑娘。」

陸大娘前腳剛走，安若希後腳就來了。她仍似昨日那般，帶著數名丫鬟和僕役，威風八面地過來。在紫雲樓門口遇著了陸大娘，還狠狠瞪了她一眼。

陸大娘朗聲道：「二姑娘放心，妳讓我轉的話，我已告訴了安管事。」
安若希欲嗆她兩句，可陸大娘說完轉頭就走，完全不給她機會。
安若希又等了好半天，才見著了安若晨。
安若希沒給安若晨好臉看，食盒重重往她面前一推，差點沒摔到地上去。
「喏，妳要吃的！」
安若晨打開看了一眼，想起陸大娘說的碎屍，忙又蓋上了。
安若希大怒，「妳莫要欺人太甚，擺出副噁心模樣給誰看呢！」
「這些不是我愛吃的。」
「反正姊姊也不是真心想吃。」安若希忍不住翻白眼。誰管她愛吃什麼，廚房隨便挑幾樣拿過來的，「姊姊究竟想如何，要羞辱我到幾時？是要等我受不住了，姊姊再故意挑我錯處？藉口不是不幫我，是我沒耐心？」
「還真是。」安若晨淡淡道：「這點妳就受不住了，若真到了跟安家對抗爭取婚事機會的時候，妳又哪來的耐心與毅力？屆時我不止白忙一場還要被妳拖累，我是傻子嗎？」
安若希一愣，「難道婚事有眉目了？」
「當然沒有。」安若晨一盆冷水潑過去，「不是說了嗎？妳現在沒有耐心也沒有毅力，我怎麼敢幫妳？」
安若希咬牙，「妳昨日還說是我沒用處。」
「那也是對的。我重新說一遍好了，妳既沒用處又沒耐心毅力，我怎麼幫妳？」
「妳……」

安若晨冷眼一瞪，把安若希後頭罵人的話給瞪回去了。

安若晨冷道：「妳記住，妳不過是個商賈之女，吃穿比一般百姓好些罷了，見識卻是淺薄的。莫把自己看太高，妳不過如此。我讓妳來，妳便來，來了才有機會。」

安若希抬了抬下巴，也冷道：「好啊，我來了，機會在哪兒？」

「這一回嘛，我告訴妳一個祕密。」

安若希狐疑，「什麼祕密？」

「妳可想知道我是如何逃出家的？」

安若希頓時一震，「如何逃的？」

她怎麼猜都猜不透，爹娘與榮貴幾次三番聊起也未琢磨出來。

「妳可還記得，四妹小時候收養過一隻流浪的黃狗？」

「被榮貴差人打死的那隻？」

「對。四妹對那狗狗極是喜愛，大弟卻叫人將那狗打死了。我把那狗偷偷埋了，告訴四妹那狗不見了是因為牠出去找媳婦去了，可沒想到那隻狗生前在四妹後院的牆角挖了個狗洞。四妹可憐我將要嫁給錢裴，便將此事告知我，她還偷偷幫我將狗洞刨大了。」

安若希呆住，「妳是從狗洞鑽出去的？」

「是。」

「那四妹呢？」

安若晨不答，卻道：「四妹年紀小，卻是比妳我有主意。我在她這般年紀時，可不敢想什麼逃家不逃家的，但四妹卻敢。她為了讓我能離開，偷偷攢下錢銀，又悄悄為我刨狗洞……」

說起善良可愛如今生不見人死不見屍的安若芳，安若晨喉嚨有些堵。

她頓了頓，看向安若希道：「妳如今如我與四妹一般處境，當明白我們當時的心情。若妳有四妹的消息，哪怕一絲一毫的可能，請一定要告訴我。若有機會，請護好她。」

「都這麼久了……」安若希覺得希望渺茫。

「一日未見屍體，一日便有希望。二妹，妳說的對，我們是親姊妹，雖是平素不算太親近，可也無仇無怨。妳若真心待我，我便也真心待妳。我心中唯一的遺憾，是沒能保護好四妹。妳在安家許多事都身不由己，我明白。錢裴什麼事都幹得出來，我也知道，但我們總不能隨波逐流，認命屈從。」

安若希聽得動容，又在心裡警覺這是大姊耍的花招，大棒加甜棗，居心叵測。

「妳回去可以告訴爹爹我找妳打聽爹爹南秦玉石貨品的事，而妳半點都沒鬆口。也可以告訴他們妳套出了我的話，知道我是從狗洞逃的。要說什麼隨妳，總之讓他們覺得妳我見面頗有成效。這般妳再來見我，便無須找藉口了。下一回我們見面時，我再告訴妳一些別的。妳真有本事忤逆他們了，再張羅婚事吧。」

安若希回到家中時，譚氏已在女兒屋裡等著了。她是安若希出門後才知道這事的，早等得心急如焚，見了女兒忙問：「怎麼回事？那賤人又耍了什麼花招？」

安若希張了張嘴，卻把狗洞的事嚥了回去，她道：「也沒說什麼，無非就是找我拌拌嘴擺擺威風。啊，對了，她想打聽爹爹那批南秦玉石的貨是用了什麼手段拿回來的，我將她譏諷了一番。」

譚氏皺起眉頭，「那賤人想抓咱們安家的把柄？」

安若希垂頭，有些心虛，道：「她定不是現在才想，今天問漏了嘴，定是在別處沒找出爹爹的什麼短處來。」

譚氏左思右想，很不放心，「那賤人既是有了盤算，我們還是得當心，幸好當初她在家裡時都有提防她。她還說了什麼？」

「沒什麼了，來來去去就是那些怨氣。」安若希一邊答一邊想著狗洞。不知那洞是什麼樣？不知四妹現在是生是死？

「娘知道妳受委屈了。」譚氏不知安若希的念頭，只當她受了氣不高興，安慰道：「可妳辦得很好，這委屈還得再受一陣子，如今她與妳聊起來了，妳多去幾趟，看看她究竟是何打算。她想找我們的把柄，我們還要找她的呢。」

安若希點頭，「女兒知道。」

她還知道四妹笑起來多甜多可愛，她還知道大姊發起火來多狠多可怕。她們互相怨恨，互不信任，見面爭吵，冷嘲熱諷，各懷鬼胎。想著她們姊妹命運的可笑，明明家住大宅，奴婢僕役整日伺候，最後卻是要鑽那狗洞……

◆　◆　◆

解先生站在小巷僻角裡靜靜等著，等了好一會兒，見到了他要等的人。

他沒有招手，只是稍稍往前站了站，讓那人看見他。那人警覺地走了一個來回確認沒人跟蹤，這才靠在巷子口那邊，背對著解先生，說道：「怎麼突然這麼急見面，這裡離紫雲樓太近。」

「需要做個決定，有些事得確認。」

「你說。」

「趙佳華的事，安若晨知道多少？」

「差不多就是軍方知道的這些，其他的她好像也沒甚頭緒。將軍囑咐她勿擅自行動，等謝剛回來，她便一直沒動靜，似乎很沮喪，還跟安家鬧起來了。」

解先生皺皺眉，「跟安家鬧什麼？」

「跟二妹鬥鬥氣吵吵架之類的。」

「有錢裴什麼事嗎？」

「未曾聽說。」

解先生沉默。

「怎麼？」

解先生低聲道：「趙佳華死了。」

「死了？」那人吃了一驚。

「你不知道？看來安若晨也未得到消息。」

「對，我出來時，她正與她二妹見面。那位二姑娘氣勢洶洶，積了不少怨啊！」

「你確定安若晨沒線索了？」

「要是有，她該會出去查探。她沒出門，心情頗低落，練練拳腳做些雜事，然後就是見見安家那邊的人，沒什麼特別的舉動。」

「李秀兒那邊呢？」

「安若晨暫未與她聯絡，但若是知曉了趙佳華死訊，該是會再查探的。」

解先生想了想，說道：「好吧，那你繼續盯緊她。」

「你有什麼打算？」那人問。

「也許不必損失劉則，我需要再看看。」

「明白了。」

那人若無其事地靠著牆，身後已經沒了聲音，解先生離開了。

◆　◆　◆

這一日中蘭城沒甚大事。趙佳華的自盡並沒有引起什麼大波瀾，除了街頭巷尾開始討論招福酒樓東家劉老闆真是可憐，女兒沒了，娘子也沒了。原是風光得意，轉眼竟成了鰥夫。

衙門派人到劉府看了看，將事情記錄在案，四處查找了一番，未找到被趙佳華誤殺的女兒劉茵的屍體，搜到深夜終於放棄，收隊回去，讓劉則第二日再去衙門結案。

劉則一早便去了，從衙門出來後，他細心留意周圍，沒看到特別的人，也無人盯梢。

劉則未乘馬車，未帶僕從，孤單單自己走去了招福酒樓。一路遇到些熟人街坊，客氣有禮地回應了慰問，得到了許多同情憐憫。

走到酒樓處，劉則看到留資訊的那扇窗戶幃幔那兒多了一個鈴鐺，他心裡一動，進了酒樓，與掌櫃詢問了一下諸事處理情況，然後上了二樓，似在查看樓中狀況。酒樓裡完全沒有客人，他安心走到一個雅間裡，從牆櫃後面摸出一張字條來。字條上寫著「姜家衣鋪李秀兒」，其中「秀兒」兩個字被畫了叉。

給他安排了任務。

這是閔公子試探他，還是表示他重新信任了他？

劉則若無其事各處查看了一遍，與掌櫃和帳房大概對了下帳，讓他們正式關門歇業。

劉則從後廚房穿到後街，進了自家宅院，特意停下與門房交代了幾句訪客應對的規矩，家有白事，這後頭訪客雜事等定會忙亂。幾位門房仔細聽了囑咐，一一應了。

劉則進了宅子，回到自己的居院，將丫頭僕役全屏退了，說是要休息。

◆　◆　◆

聚寶賭坊裡，齊徵心癢得忍不住又去了密屋的外頭。雖答應了陸大娘不輕易冒險，但這密室真的是個藏祕密的好地方。他總覺得裡頭一定有線索，只是一直沒找著機會進去，如今四下無人，是不是個好機會？

正掙扎著要不要進屋去扭一下那擺件開關，卻聽得喀嗒一聲，屋子裡傳來了動靜。

齊徵嚇得趕緊往屋牆後躲去，不一會兒，看到劉則從那屋裡出來。

齊徵瞪大了眼，非常驚訝。他肯定劉老闆今天沒來賭坊，那他是從哪兒鑽進密室的？

劉則出了屋子，警覺地朝四周看了看，然後朝著齊徵藏身的方向走過來。

齊徵緊緊貼在牆上，大氣都不敢喘。

劉則從齊徵身側的通道走過，與他最近時只隔了四五步的距離。齊徵感覺到腿都在打顫，所幸劉則沒有回頭看，他一直走，穿過了院門，背影消失了。

齊徵在原地站了好一會兒，確定周圍再沒有動靜，這才重重鬆了一口氣，腿軟得幾乎站不住。他看了眼雅室門，實在不甘心，但又害怕。掙扎了一會兒，還是趕緊先離開。萬一劉老闆去而復返，豈不是糟。

劉則此時已悄悄上了樓，與婁志面對面坐著。

「如何，查到了嗎？」劉則問。

婁志搖搖頭，「他戒心太重了，一直在城裡繞，每次都會跟丟。兄弟們也不敢跟太緊，萬一被他發現，反而壞事。」

「所以對於他，我們除了閔公子三個字，別的什麼都不知道。」劉則咬牙。

「這般動手太危險了。」婁志道：「他不止我們這批人手，萬一出點什麼差錯……」

「所以他必須是被安若晨和軍方殺死的，這樣誰都挑不出毛病來，上邊的人也不會知道是我們。」劉則道：「現在走到這步，不是他死就是我亡。我若亡了，你也無法安好。我們是一條船上的，他全都不會放過。」

婁志沉吟：「但查不清他的底細，怕會留後患。」

「他不過是個接頭聯絡的，他死了，自然需要有人取而代之。城中形勢我多少知道一些，除了我，沒有更合適的人選了。」

「若他死了，並非換你主事，而是又來一位新的接頭人呢？到時會否查到我們身上？」

「那就等到那時再說，總比現在被他殺了強。」劉則道：「你想想徐媒婆的下場。這姓閔的上回已然發了脾氣，說安若晨盯上我了。他一旦覺得不穩妥，起殺念那是遲早的事，說不定此刻他就聯絡了殺手。」

「可你已將弟妹殺了。」

「那不過是緩兵之計，拖得一時罷了。你莫忘了，安若晨也盯上了賭坊，她就是個狗皮膏藥，甩不掉的麻煩，所以她必須死，可安若晨一死，姓閔的就會找我們算帳，到時我們還不是如今日一般的處境。」

婁志煩躁地動動嘴，沒說話。

劉則知道他有抱怨話沒說，於是道：「這事全怪我，可過了這一關，後頭便好了。從前你有更大的麻煩，我們不也一起過來了嗎？」

婁志被噎得無話可說，沉默了一會兒，點點頭，「好吧，那你安排妥當便好。」

劉則鬆了口氣，拿出那張紙條遞給婁志，道：「姓閔的讓我們殺個人，限期兩天。」

婁志接過一看，「這李秀兒是什麼人？」

「阿華在那衣鋪子製過衣，安若晨也去過。」

婁志鎖緊眉頭瞪著那紙。

劉則道：「所以，你看，只要有一絲一毫的疑點，那姓閔的都想消滅掉。不殺掉他，我們也在劫難逃。」

◆ ◆ ◆

陸大娘去了姜家衣鋪。李秀兒起初並不在意她，客人太多，而陸大娘的衣著打扮看著便不像能在這兒製衣的，她以為陸大娘只是過來湊湊熱鬧，看看衣料款式，羨慕羨慕，怎料這婆子趁她身邊沒人時忽地擠過來低聲道：「我是替徐媒婆來問料子的事，夫人找個清靜地方說話可好？」

李秀兒如聞驚雷，臉一下僵住，好半天才強笑道：「嬤嬤說笑了。」

陸大娘搖頭，「我想要特別的料子，咱們還是找個地方細說吧。」

李秀兒擠著笑臉道：「嬤嬤還是去別家看看吧，小店恐怕沒有合適嬤嬤的衣料子。」

陸大娘來之前在心裡演練多遍，這種情形已有預料，於是道：「那我便回去回話了，只是下次再有人來選料子，便不是我了。夫人請多多保重，也請夫人娘家多多保重。」說完轉身就要走。

李秀兒下意識拉住她的胳膊。

陸大娘轉身看著她，李秀兒僵在那兒，臉色煞白，猶豫了好一會兒才道：「嬤嬤眼界高，不如到後頭雅間裡坐坐喝喝茶，待我拿些好料子給嬤嬤細細挑。」

「也好。」陸大娘老實不客氣地一擺手，示意李秀兒帶路。

李秀兒自然未帶陸大娘去雅間，兩人到後院一僻角，還未站定，陸大娘便小聲道：「趙佳華死了，下一個便是妳。我於心不忍，是來救妳的。」

從鋪面到後院這短短百來步路，李秀兒腦中已轉過數個念頭，設想了來人的種種可能性，卻萬沒料到居然是這話。

晴天霹靂。

陸大娘看了看她的神情，道：「鎮定些，這裡還是有人往來走動，莫教人起疑心。」
李秀兒忙低下頭，好半天緩過勁來，這才開口：「妳是何人？」
陸大娘道：「徐媒婆死後，他們總要找人接手，只是我可不似徐媒婆那般傻。」
話說得含糊，但李秀兒已經上勾。
「你們放心，我一向守口如瓶，這個徐媒婆是知道的。」
「徐媒婆已經死了。」
李秀兒又急道：「我也沒什麼可向旁人透露的，我什麼都不知道呀！」
「與趙佳華一般無辜？趙佳華也死了。」
李秀兒僵立當場，嚥了嚥唾沫，掙扎著道：「我與她並不熟，劉夫人只是常來這兒製衣罷了，跟別的客人一樣。」
「既是不熟，怎會知道劉夫人的閨名？妳私收她的錢銀，又怎會與別的客人一樣？」
李秀兒慌得手指打顫，趕緊雙手交握，咬住了唇。
陸大娘這時候道：「我不是來對付妳的，我是來救妳。這事沒完沒了，死了一個還會再來一個，難道我們便該一生一世受他們控制？稍有差錯，沒了利用價值，便該枉死？」
李秀兒六神無主，仍在掙扎，「我不知道妳說的什麼，我不認識妳。」
「趙佳華已死，她生前只與妳往來，妳想想妳還能活多久？」
「她未曾與我往來，是安若晨，她們二人才是有關聯的。我親眼所見，她們約在我這兒碰面聯絡，但其他的我並不知曉。」
「妳在浪費時間。」陸大娘低沉著聲音道：「安若晨住紫雲樓，衛兵重重把守，妳呢？

有誰相護？妳母親義妹，又有誰相護？妳死了，誰來贍養妳母親？妳那義妹再不得好處，會否將她丟下，捲了財物跑了？妳母親眼不能視物，就算去乞討，又撐得了幾日？」

這些正戳李秀兒要害，她捂著嘴，壓住自己的恐懼嗚咽。

陸大娘這時候看看周圍，挨近她一步，小聲報了個位址，然後道：「來此之前我去看過了，這地方安全，可暫避幾日。妳不信我，我卻還想救妳性命，不能死了一個又一個。」

李秀兒狐疑地看著她，陸大娘問：「妳身上可有傍身的錢銀？」

李秀兒咬咬唇，「都幫補我母親了。」

陸大娘塞過去一塊銀錠，「這個妳先拿著。」

李秀兒看著那銀子，心動了，她伸手接過。

陸大娘再問：「我說的地方妳可記住了。」

李秀兒點頭。

「莫要讓人生疑，一會兒如常出去，稍晚找個理由跟姜老闆說得離開數日，就說母親病了或是別的。若發現有可疑人接近，趕緊逃。別去妳母親那兒，會把危險引過去。到我說的那地方，門口擺上一個竹筐，我便知妳在了，會給妳送些飯菜。後頭待處置好事情，安全了，我就通知妳回家。」

陸大娘說得有模有樣，李秀兒這時候信她了。她問：「要多久？何時才算安全？」

陸大娘想了想，道：「待趙佳華之死真相大白。」

「究竟是誰殺了劉夫人？」

陸大娘反問：「妳可知是誰殺了徐媒婆？」

李秀兒道：「徐媒婆是自殺的。」

「真是巧，趙佳華也是自盡的。」

李秀兒完全呆住。

「她們與妳說了什麼？這些事會害了妳的性命。」

「也沒什麼。徐媒婆不過讓我探消息，別的什麼都沒做。」

「徐媒婆早已去世，重點是那位劉夫人。妳擅自將組織的事外傳，妳好大的膽子。」

李秀兒嚇得叫道：「我沒有！」

陸大娘往周圍看了看，李秀兒警醒過來，趕緊壓低聲音辯解：「我沒有，是她找我的。她說她知道我是徐媒婆的人，徐媒婆死了，沒人會再來照應我，可她能幫我。我需要錢給母親治病，於是便幫她報個信、買輛馬車什麼的。」

「報什麼信？買馬車做什麼？」

李秀兒猶豫。

陸大娘喝她：「這關口了妳要不要命？妳一五一十告訴我，我才能幫妳處理乾淨後患，我可不想被妳拖累！」

李秀兒嚇得一顫，趕緊道：「她想跟安若晨接上頭，也想知道徐媒婆之後誰會與我聯絡，可沒人與我聯絡，妳遲遲未來，後來安若晨來了，我便告訴了她。她讓我找人買了輛馬車，裡頭放了好幾個貨箱，運些衣裳布匹。那些她都買下了，讓我說是外郡的客商置辦的貨，但什麼時候運誰來運我都不必管，只要找工匠做好了車子雇好車夫便行。」

「這是什麼時候的事？那馬車在何處？」

「徐媒婆死後差不多一個月吧，她來找我，後來我們時不時聯絡，次數也不多。她給我錢，我幫她辦事。馬車是向城西姚記車鋪訂的，做好後我把貨品置辦好送過去我就沒再管了。」

「還有什麼？」陸大娘問。

「沒了。」

「當真？」陸大娘沉著臉。

「確實沒了。她很小心，我們見面次數並不多。她也不讓我去找她，生怕別人看到我與她見面。」李秀兒小心看看四周，「我得去幹活了，離開太久相公會疑心的。」

陸大娘拉住她，「記住我的話，這幾日避避。若無處可去，便到我說的那處躲著。」

李秀兒點頭，快速回鋪子裡去。待她忙碌一會兒回轉身找，已不見了陸大娘身影。

◆　◆　◆

解先生站在靜心庵後菜園子的棗樹旁，把一張紙塞進紅色燈籠的燭座下面。紙上什麼字都沒寫，只畫了一個叉，這表示今晚的行動取消，他知道靜緣師太能看懂。按照約定好的方式，解先生把燈籠掛在了棗樹上。

這一抬頭，看到棗樹上的果子真不多，解先生忍不住多看了兩眼。他圍著棗樹轉了一圈，低頭看看樹下，總覺得哪裡不對，卻說不上來。

只是他一直篤信小心駛得萬年船，若直覺不對勁，就必須查一查。

解先生看了看靜心庵，走過去正打算翻牆而入，後門忽然吱呀一聲開了。

靜緣師太站在門後。

「師太。」解先生若無其事地微笑。

靜緣師太面無表情，開門突然看見個大活人杵在那兒似乎也不吃驚。她抬頭看了看樹上的燈籠，問：「又怎麼了？」

「計畫暫時有變。」

「不殺了？」她的語氣似「今天不用買菜了嗎」一般的平常。

「對。」

「變來變去，你們真是當殺人是兒戲嗎？」

解先生的臉抽了抽，究竟是誰把殺人當兒戲啊！

靜緣師太不理他的反應，又道：「好了，我知道了，你把燈籠拿下來吧，不必掛了，不送。」她說完卻不轉身進門，就站在那兒看。

解先生有些悻悻然，但又說不得什麼，於是摘了燈籠放回樹下，拍擦雙手拂去並不存在的髒灰，似不經意地問：「師太這兩日可有出門？」

「沒有。」

「庵中可曾來了外人？」

「有香客。」

「可有什麼可疑人物？」

「除你之外沒有。」靜緣平板板地答。

解先生討了個沒趣，忍不住道：「師太還真不是個好說話的人啊！」

靜緣師太答道：「要找好說話的去花樓，這裡是廟庵。」

解先生被噎得很不痛快。

廟庵？哼，還道自個兒是家正經廟庵嗎？有這麼殺人不眨眼的廟庵？

「若見著什麼可疑人，便通知我。」解先生懶得再與她扯談，拂袖而去。

靜緣師太平靜地看著他的背影消失在山路上，轉身回了院子。

靜心庵小側院院門門縫裡露出一隻眼睛，正打量著側院外頭。靜緣師太走過去，那門後的人往後退，靜緣師太將門打開，門後一個十二三歲左右的小姑娘露著笑臉，甜甜叫著：「師太。」

靜緣師太點點頭算應了，小姑娘跟著她進去側屋唯一的一間小屋裡。那屋子原是放雜物之用，如今整理打點得乾淨，一床一櫃、一几一椅，瞧著也是簡潔舒心。

靜緣師太在椅子上坐下，她喚道：「靜兒，妳坐下，我有話說。」

那喚作靜兒的小姑娘在床邊坐下，白淨小臉大眼睛，貌美又透著可愛。

靜緣師太看了看她，道：「妳可曾想起什麼來嗎？」

十月十五那日，她在中蘭城南城門遇到這小姑娘，那時她正準備出城，這小姑娘過來悄悄拉了她的衣袖，對她輕聲說了一句：「師太，請救救我。」

於是，靜緣帶著她出了城。路上問她，她說她不記事了，只知道自己醒來時是在一處破屋子裡，頭很疼，外頭兩個她不認識的人在說話，說是要把她賣到妓館裡。她很害怕，便想逃。看到屋子裡有個包袱，衣物似是她的，便背上從後窗跑了出來。她不記得自己是誰，來自哪裡，只慌不擇路，意外跑到了城門處，無依無靠，看到靜緣師太，便求她救命。

靜緣收留了她，讓她藏身在這側院小房裡，省得那些人找到她，又給她起名靜兒。

靜兒搖搖頭，「仍是半點也想不起來，給師太添麻煩了。」

「倒不是我想趕妳，只是妳與家人失散，還是得盡快重聚，不然他們得多擔心。」

靜兒咬咬唇，眼裡透出了慌張。

靜緣師太看著她道：「不用怕，在我這兒住著也是無妨，不差妳一口飯。」

靜兒忙點點頭道謝。

靜緣師太又道：「近來丟姑娘的人家多，聽說城裡有戶姓安的人家小姑娘也丟了。」

靜兒低下了頭，輕聲道：「真是可憐，望她與我這般遇上師太這樣的好心人。」

「聽說年紀與妳差不多，是個十二歲的小姑娘。」

靜兒小心翼翼地問：「那……那安家現在如何了？」

「那便不清楚了，我只是聽得坊間這麼一說，未曾細問。」

「哦。」靜兒點點頭。

靜緣師太看了看她，又道：「妳既是不記事了，要不要去城裡那安家瞧瞧，萬一妳便是那些個匪類從安家劫走的……」

靜兒慌忙擺手，「不，不，我記得，我好像是外郡來的。那會兒聽他們在外屋說話時，提到這麼遠的路過來甚是辛苦，我猜該是外郡來的。」

靜緣師太沒說話。

靜兒想了想，又道：「不是我不想找親人，只是我從外郡來，那必不是安家的小姐，若是去了那，教人家以為我是騙子訛詐，又或是教那些個匪類看到我，便麻煩了。」

靜緣師太道：「有理，那妳且安心住下，待日後想起家人何處，再回去尋他們。」

「多謝師太。」靜兒想了想，再問：「對了，師太，那日出城時，好似看到有面寫著『龍』字的大旗，這城裡，可是龍騰龍大將軍駐守？」

「確實如此。」

「啊，我對龍大將軍威名耳聞已久，師太若有機會見到將軍，可否帶我去瞧瞧？」

靜緣師太笑了笑，「我是出家人，哪有機會見到將軍？」

「哦。」靜兒掩不住的失望。

靜緣師太道：「莫思慮太多，覺得悶便念念經書。我昨日給妳的經文抄得如何了？」

靜兒漲紅了臉，「那個……那個，我不記事了，卻是連字也不會寫了。」

靜緣師太笑笑，「無妨，那也不是什麼了不得的事。」

靜緣師太寬慰了她幾句，讓她自個兒玩會兒，待用飯時再叫她。

待靜緣師太走了，靜兒自己坐在屋子裡沉思，忽然用力敲了敲自己的腦袋。真是笨啊，明明不識字，怎地瞎說看到寫著「龍」字的大旗呢？幸好師太沒注意這破綻。

靜緣師太回到自己屋裡，關好了門，拿起桌上那把擦了一半的劍繼續擦。劍刃白晃晃的，映著她冰冷的面容。擦完了劍，她掀起地磚，露出一個大木箱來。她將箱蓋打開，把劍放回箱子裡的黑色夜行衣上。既是今夜不用殺人了，便收起來吧。

說起不識字，安若晨也在沉思。

趙佳華誤殺女兒後悲痛自盡一事已在街頭巷尾熱議，衙門結了案，安若晨自然不能裝作不知道。她之前既是關切趙佳華的動靜，對於她的死訊當然也要反應強烈才合理。

於是，她去衙門欲看看此案的卷宗，卻被主薄江鴻青拒絕。江鴻青道這案子明白清楚，可是與細作及軍務均無相關，且安若晨只是紫雲樓的管事，無權查看案錄。若想看，得拿著軍方的文書令函來。

安若晨只好回紫雲樓找李明宇想要個文書好去衙門調閱案錄。

李明宇皺著眉頭，先是用忙碌打發她，後她再去，他又問是哪位大人讓她來要文書。一番扯皮後道既是細作案的事，等將軍或是謝大人回來了再辦。他很嚴肅地說：「安管事莫忘了，將軍走時是如何囑咐的？安管事做好分內事便好，勿擅自行動。」

安若晨很懊惱，她轉頭去找蔣松，但蔣松不在，她只好先去了一趟劉府，到了那裡果然被門房擋回來了。門房的理由也是合情合理，各家探望慰問的太多，一時亂了套，老爺操辦喪事忙碌，無法抽身好好招待，恐有疏漏怠慢，故而除了至親，其他貴客暫時都不接待。待將各事操辦完，再恭請各位致謝。

安若晨當即表達了自己的慰問之意，說自己雖與劉夫人相識不久，但實在有緣，聞得噩耗痛感於心，希望能有機會弔唁。門房承諾一定會轉告老爺，安若晨一臉無奈地回了紫雲樓。

很好，她的表現很正常，動靜也很大，這下全城的細作大概都知道她處處受阻，什麼事都辦不成了。

只是看不到趙佳華的案錄卷宗真的遺憾，她不知道上面是否會留下什麼線索。

正垂著腦袋回房，路上卻遇著了方元。方管事仍是乾淨得體的模樣，和藹微笑，輕聲問她：「聽說安管事想看看這個？」他將手中布包揭開一角。

安若晨低頭一看，卻是趙佳華的案錄。

安若晨驚喜抬頭，方元談定道：「若說太守大人那頭的人脈誰最熟，這紫雲樓裡沒人能勝得過我。只是既然長史大人不願意，安管事還是莫要聲張得好。」

安若晨連連點頭。

方元將布包遞給她，欠了欠身，轉頭走了。

安若晨趕緊回卷宗。案錄上寫著，趙佳華留下了遺書，遺書確實是她的字跡，胡言亂語，懺悔自己誤殺了女兒，又說女兒來報仇，又說女兒冷，自己要去陪她云云。

安若晨忽然又悟了趙佳華與她說的一句話。趙佳華說自己不太識字，其實她識字，她在衙門案錄上簽了名，且家裡定是有她的抄寫，所以才會有得筆跡比對，但她特意說了一句她不太識字。

安若晨瞪著卷宗，遺書是假的。若是有趙佳華留給她的信函或是字條，也會是假的。這是趙佳華的提示，她防著有人假借她的名義做這類的事。

安若晨重新評估了趙佳華，這個女人太聰明了。她說的每一句話，都得重視起來。

◆　◆　◆

石靈崖軍營裡，龍騰也在看，看的是信，信上只有「遵命」二字。只兩個字，他看了好半天，彷彿信裡寫的不是「遵命」，而是別的長篇大論。

楚青湊過來評價道：「安姑娘的字寫得好，娟秀中有瀟灑，想來是個聰明的姑娘。」

龍騰掃他一眼，沒說話。

楚青繼續道：「這回答簡潔有力，乖巧懂事，想來是個聽話的姑娘。」

龍騰把信摺好，收回懷中，不搭理楚青。想來想去想這麼多，不打仗真是把他閒的。

「我不閒啊將軍，我這是實話實說。」楚青還要強調一下，被龍騰踹出帳外去了。

「把明日移交俘虜之事安排好，莫出差錯！」

楚青背著手遛遛達達走了。將軍真是的，早安排好了，還用得著吩咐？這「遵命」二字不是挺好的，將軍有何不滿意，研究這許久，還能看出花樣來不成。

◆　◆　◆

且說李秀兒這頭，計畫進行得並不順利。她對陸大娘的話左思右想，並不敢全心信任，但寧可信其有，還是出去躲一陣子穩妥。她打算帶上母親和義妹，就說帶母親去外郡瞧病好了，待一段時日再回來。可這會兒近年末了，時機真是不好。

忙碌了一天後歇過勁來，她瞧著相公心情不錯，便提出了帶母親看病離開一段時間的請求，立時遭了拒絕。正室蔣氏還給了她臉色，喝斥她故意選這最忙的時候添亂，是想給姜家難看，故意顯擺自己的重要。不過一個小妾罷了，真當自己是根蔥，她這般的，順手一抓便是一把，莫太把自己當回事，有本事走了就莫要再回來。

姜偉任由妻子罵話，沒給李秀兒幫腔。李秀兒被罵得淚漣漣，這眼淚再遭一輪罵。

李秀兒默默回了房，心知想堂而皇之地走真的是不行了。她睡不著，越想越是委屈，想起自己婚姻的不如意，想起母親的病，想起自己被人拿捏著弱點利用，惶恐度日，看不到盡頭。眼淚止不住，又不敢哭出聲來，生怕擾到了隔壁屋再遭罵。

哭一陣睡一陣，一時也不知是何時辰了。

迷迷糊糊時候，她忽聽到些不太對的動靜，然後她聞到了火燒布料的味道。

李秀兒猛地一驚，今日那婆子的話頓時湧入腦海。

『趙佳華死了，下一個便是妳。』

她火速跳了起來，飛快將衣裳穿上，將白日裡偷偷收好的包袱從床底拿出來，趴在門縫那兒一看。前頭鋪子似冒著黑煙，有兩個人影偷偷摸摸正往庫房去，那兒放著許多布料，看樣子他們點著了鋪子，要再接著燒庫房，而有另兩個人，正往她的房間方向走來。

李秀兒嚇得捂住了嘴，迅速閃身到牆後，生怕被他們看到。

屋子起火，大家必會趕著去救火，她若被人悶死在這屋裡，回頭趁亂往火裡一丟，最後便說是救火時不小心被燒死了。李秀兒閉了閉眼，心怦怦跳，估計依她今日被罵的情形，若相公和蔣氏去報案，會說是她被斥責後懷恨在心燒了鋪子，結果自己被困不小心被燒死了。

李秀兒想到這兒，背上了包袱，悄悄藏到後窗處，正欲往外爬逃走，想了想還是不忍心，伸手拿了個花瓶，抱著花瓶爬出了窗戶。接著她奮力將花瓶往屋頂方向甩去，也不管結果如何，轉身奔向後雜院，穿過院門，跑向街角，躲進了陰影裡奮力奔跑。

花瓶也不知是砸在屋頂或摔在地上，於這寂靜暗夜中摔出了一聲巨響。

李秀兒聽到了，她覺得她盡力了，心中祈禱大家平安，她自己也很想活下去。

李秀兒消失在夜色中，而姜家衣鋪很快被「走水了」、「快救火」、「來人啊，救命」的驚恐紛雜聲音淹沒。火光熊熊，映亮了夜空。

天還未亮，半個中蘭城都被驚醒了。

姜家衣鋪的火勢太大，燒到了左鄰右里，隔壁的隔壁也受了波及，很快整條街的人都被驚醒，大家齊力撲火，偏偏有人趁火打劫，在各家出去救火的時候入室盜竊。一時間，吆喝哭喊尖叫怒罵聲不絕於耳。

太守姚昆也被叫了起來，聞得此事，急急派了人去救火。聽說火勢迅猛，竊匪猖獗，姚昆索性穿戴好官服，親自去了現場指揮。

天大亮時，火終於被撲滅，有房屋倒塌，有人傷亡，整條街黑漆漆水淋淋一片狼藉。

姚昆派人挨家挨戶詢問清點狀況，城中各醫館的大夫被叫來為傷者治傷，屍體被清理出來，寫上發現的地址，尋找家人辨識認領，至於火究竟是如何燒起來的，是意外還是人為，各捕快奉命逐戶查探。

陸大娘混在人群裡，與相熟的街坊探問，聽得事由，倒吸一口涼氣。

聽說火是從姜家衣鋪燒起來的，他家全是易燃的衣料布匹，是有夥計守夜的，也不知火是如何起來的，但夥計已經不見，妾室李秀兒也不見了，不知是燒焦屍體裡的哪一具。

剛才太守大人與姜偉、蔣氏問了話，蔣氏說昨夜李秀兒鬧著要回娘家帶娘親去看病，他們沒答應，李秀兒哭鬧了一場。蔣氏懷疑李秀兒欲燒些衣裳撒撒氣，許是這般火燒起來了。

最後沒料到火勢控制不住，釀成悲劇。

「大人務必將那賤人抓住，將她千刀萬剮！」蔣氏哭喊。

姜偉卻說李秀兒是個老實膽小的，平素也是勤快肯幹，想來不會做這事。也許火燒起來，她沒來得跑，遇了難。說著說著，也是淚流。

夫妻兩人當街為了這個又吵了起來。蔣氏不依不饒，認定李秀兒作惡，而姜偉一心尋屍，想找回李秀兒遺體。

姚昆聽得頭疼，派人速去李秀兒娘家看看，若是她所為，她定會逃回娘家。街坊裡七言八語，皆為李秀兒說話，說她是個良善孝順的姑娘，該是有劫匪欲進鋪子劫財，不慎碰了火燭。許多鄰家紛紛報案，說自家遭竊，也有人提供線索，說看到劫匪黑衣蒙面云云。

陸大娘聽了一圈，心裡沉甸甸的。雖預想了對方會對李秀兒下手，卻沒想到是用這等殘暴手段，燒街劫財殺人，令人髮指。這般一來，欲殺李秀兒這個目的將會被掩埋乾淨，無人察覺。

陸大娘打探完畢，看了看周圍，暗忖不知是否有眼睛盯著自己的舉動。她不敢露破綻，擺出一臉八卦好打聽的樣子又閒扯幾句，然後照常給各家送菜貨。送貨途中特意繞道路過她給李秀兒說的地方，看到屋門緊閉，門外放著一只帶蓋的竹筐。陸大娘認得這筐，正是她放在那屋子裡的，陸大娘心裡安定下來。

安若晨也聽說了這案子，牽扯多戶人家，受害者眾多，鬧得軍方這邊也得派出人手勘察巡衛，嚴防細作趁亂襲城作惡。紫雲樓也加強了警衛，增派了衛兵人手，相關案錄卷宗則有一份迅速送到紫雲樓。

安若晨又去找了李明宇，同樣的她又被拒絕了。與上次一樣，同樣的拒絕表情，同樣的拒絕理由，連站的姿勢都一樣。安若晨也是做足了戲，又是著急又是跺腳。轉過頭，她悄悄去找了方元。

方元很是牢靠，話也不多一句，靜悄悄地就又幫她把案錄弄來了。

安若晨認真看著案錄。十三具屍體，姜氏衣鋪宅址廢墟裡挖出四具，其中一具女屍，已燒得不可辨認。安若晨心跳如鼓，不知這女屍是否是李秀兒。

案錄上又寫著，五人口供道是看見似有黑衣蒙面人行凶，但說不清人數，也說不清高矮胖瘦，當時慌亂嘈雜。其中一人被確認是湊熱鬧說謊，並無看到黑衣人。

姜氏衣鋪是最開始起火的地方，但並不是所有火源都從姜氏衣鋪蔓延過去。有人供述自家起火時，與姜氏衣鋪還隔著些距離。

沒有仵作的驗屍記錄，還未進行到那一步。

安若晨一邊看一邊思索，試圖從中找到有用的線索，這時候李明宇來訪。

安若晨嚇了一跳，以為方管事幫她偷拿卷宗案錄的事暴露了，她忙把東西收好，做好了心理準備欲辯解一番，結果到了屋外卻見李明宇板著臉道：「聽說姑娘近來與家中妹妹往來頻頻繁。」

安若晨一愣。

李明宇又道：「紫雲樓是軍衙，亦是將軍府，軍中重地，可不是隨便什麼人想來便來的。姑娘亦是為軍效力，便該專心用心，總在家務事中糾纏，可不妥當。」

安若晨趕緊應聲：「李大人教訓的是。」

李明宇卻又問：「安管事三番兩次欲取案錄卷宗，可有什麼打算？」

安若晨有些摸不清李明宇的意思，不敢輕易回話。

李明宇道：「這般問是因為安管事畢竟跟著謝大人辦事的，按理，將軍大人有囑咐，謝大人不在，但若安管事有緊急事務，我也得知曉了，好幫著處置。」

這語氣把安若晨噎得狠，「無甚緊急事務，就等大人們回來吧。」

李明宇盯著她看了半晌，「如此便好。我問明白了，等大人們回來，安管事也莫說我為難安管事才好。」

安若晨自知人微言輕，只得陪著笑臉應是。

李明宇走後，春曉安慰安若晨：「姑娘莫往心裡去，長史大人就這樣，總是板著臉，總是到處盯著，好像瞧誰都偷懶似的。」

安若晨應了幾句，心思還繞著案情轉。她想了想，不知陸大娘是否送了消息來，便說要走走散散心。她似隨意逛著，避開了巡察的衛兵，趁四下無人時，來到她與陸大娘約定的遊廊，掀開第三塊磚，果然看到下面壓著張平安箋。

安若晨迅速將箋紙收入袖中，石磚放平，若無其事地回房去了。

進了屋才將箋紙拿出來看，上面寫了個「三」，然後在「安宅」箋詞上打了個勾。

安若晨有些興奮，「三」是指李秀兒，「安宅」表示她成功躲入她們安排的屋子裡。

李秀兒還活著！

安若晨將箋紙燒了，在屋裡來回踱步，盤算著怎麼辦。李秀兒這般躲著不是長久之計，且她掛念母親，保不齊自己就待不住了。她應該見一見她，必須盡快去見她一面。

安若晨出門去了，沒帶春曉，但田慶和盧正卻是要通知的。這是龍騰的規定，無論她在何處，必得有人護衛。若她連田慶、盧正都不通知自己偷溜，就太可疑了。被那內奸知道，事情反而會洩露。

今日由田慶陪同出門，路上聽得大家議論姜氏衣鋪案子，田慶問安若晨不去看看嗎？

安若晨言道，現在衣鋪那兒肯定全是衙差官兵，鋪子燒沒了定也有許多事要處置，自己去了除了添亂幹不了別的。李明宇今日才提醒要等謝大人和將軍回來囑咐了再說，她可不想惹麻煩。

田慶聽了擺了個鬼臉，「李長史。」似乎對這人也頗有微詞。

安若晨笑笑，沒接這話頭。

之後安若晨晃悠到了安府附近，找了個少年給安府傳話。不一會兒，安若希領著丫鬟出了來，走到街口看到安若晨，道：「怎麼？今日自己過來，不威風八面使喚我過去了？難不成妳想回去看看？」

安若晨做了個厭惡的表情，「我才不想去那鬼地方。我們找個地方單獨說說話，不要帶丫鬟，妳來不來？」

安若希自然是去了。

姊妹兩個一路閒逛似地走，最後在清水閣停下。那是一家茶樓，品茗聽曲的地方。安若晨說走累了，就在這裡坐坐吧。

安若希沒意見，她一肚子的疑問，不知安若晨耍的什麼花樣。

田慶見她們停下，便站在街對面等著。

安若晨用眼神示意了一下，田慶明白，點點頭。

安若晨帶著妹妹在清水閣雅間坐下，點了壺清茶，不要聽曲，很快雅間裡就只剩下她們二人。安若希頓時不再偽裝，沉了臉問：「這次又想如何？」

安若晨慢條斯理地道：「我說過，下回見面我會再告訴妳一些事。」

安若希坐直了，「說吧。」

「姜氏衣鋪被燒，牽連全街，十餘人慘死，半條街燒毀的事妳聽說了嗎？」

「聽說了。」說到這慘案，安若希很嚴肅。

「姜氏衣鋪的一些布料是從南秦來的，妳知道嗎？」

安若希一愣，「難道鋪子被燒與南秦貨運有關？」

安若晨搖頭，「具體的我並不知曉，起碼衙門的案錄卷宗上並不這麼寫，但近來有風聲嚴查商舶司走貨通關一事，那這事就微妙了。」

安若希皺起眉頭。

安若晨道：「我是覺得奇怪，若要劫財便劫財好了，為何還要燒毀鋪子，對方是不是想要掩蓋什麼證據？」

安若希馬上聯想到安之甫的玉石貨品，那也是通過不正當手段才取出來的。

安若晨又道：「當然了，這些也只是我自己瞎琢磨的。明面上官府肯定不會這般說，畢竟還要暗查商舶司。我既是希望妳幫我查事，遇著了這等事，我自然也願意與妳提個醒，但這事妳自己知道就好，反正只是臆測。」

安若希不說話，她也想不到這事能有什麼用。

安若晨又問了問安府的狀況，有沒有繼續找四妹等等。

接著，安若晨道她要去茅廁，讓安若希等她一會兒。

安若晨出了雅間門便迅速往清水閣的後院去。走時她掃了對街一眼，田慶正坐在一個貨攤旁與攤主說話。安若晨趁機快步走，穿過後院，從後門出去了。

她出去之後撒腿狂奔，這條路當初她也這般狂奔過，她清楚記得那一天的情形與感受，那是改變她一生命運的時候。

平胡東巷。

她在這裡看到了徐媒婆與解先生的密商，從此一切都改變了。

不過，這次她並不是要去最裡頭的那個屋子，而是旁邊那個，亦即徐媒婆當初與解先生會面的屋子。

這是徐媒婆的舊宅，若不是那時她正巧撞見，誰也不會知道這廢宅居然還用著。

徐媒婆死後，這宅子被官府搜查過，後來繼續荒廢。安若晨需要一個安全的屋子來安置李秀兒，龍騰曾經教過她，若在一個城中長期刺探，需要些隱密地點供逃亡或暫居避禍，這與她當初讓陸大娘幫她租房的對策是一致的，可這次她沒能提前準備，只好碰碰運氣。

走運的是，竟然可用。陸大娘來安排好了，這救下了李秀兒。

最危險的地方，就是最安全的地方。誰會料到當初徐媒婆供細作密商的屋子，會有人用來躲避細作的追殺呢？

安若晨看了看門口放著的竹筐，敲了敲門，「是我，安若晨。」

門後有腳步聲，但門閂沒開。

「快點，我沒時間。」

門後的李秀兒透過門縫看，猶豫掙扎片刻，終將門打開。

安若晨擠身進去，迅速將門重新關上。

「是妳找那個婆子來的？」

「重點是妳現在還活著。」安若晨沒時間與她寒暄客套，飛快將姜氏衣鋪和街坊的情況說了。李秀兒聽得縱火案慘烈的結果，嚇得捂住了嘴。

「衙門去找妳娘問話了，妳有沒有告訴她什麼？」

李秀兒飛快搖頭，「我昨夜跑出來，不敢回去，就來這兒了。」

「那好，現在除了凶手，沒人知道妳究竟是死是活，妳若還想見到妳娘，就必須聽我的話，否則我就把妳踢出去，這樣妳只有兩個結果，一是還未走到衙門報官便被凶手殺死，二是到了衙門，太守大人會將妳視為殺害十餘名百姓，縱火洩憤的惡人，投獄問斬。」

李秀兒慌得六神無主，哭了起來。

安若晨握住她的肩，盯著她的眼睛，道：「沒時間讓妳哭了，妳好好回答我的問題，現在只有我能救妳了。」

李秀兒用力點頭，眼淚還在淌。

「妳知道解先生嗎？徐媒婆提過他嗎？」

李秀兒搖頭。

「說話！」

「未曾聽過。徐媒婆從未說過還有別的什麼人，我也不敢問。」

「妳都告訴過她什麼消息？」

「沒，沒什麼重要的，我沒害死過人，我發誓。」

「重不重要不是妳說的。妳好好想想，什麼消息是她感興趣的，她誇讚過妳幹得好，或者囑咐妳要特別留意誰？」

李秀兒努力想了想，說了幾個名字，其中包括太守夫人蒙佳月，說是她給太守夫人送過料子製過衣，徐媒婆讓她話話家常，試探問問太守夫人與太守大人是否和睦，又問太守夫人與哪些夫人親近，藉著招攬生意的由頭，探探達官貴人女眷間的關係。又說徐媒婆交代她去幾個府上送衣時，觀察對方府內的格局、守衛等等。還有就是有時有些姑娘過來要製衣看料子會塞給她一些信，她再把信轉交給徐媒婆。

「可曾提過招福酒樓劉老闆？」

李秀兒搖頭，「我只認得劉夫人，她常來製衣，但之前她也只是製衣買料子，是徐媒婆死後她才讓我辦事的。」李秀兒將趙佳華的交代又說了一次。

安若晨仔細問清楚了，對她道：「好，妳且安心躲在這兒。除了我和昨日找妳的那個婆子，妳誰也不要相信。若是有人找到了妳，妳就說徐媒婆曾經給過妳證據，妳藏起來了，這般可保命。」

李秀兒嚇得又哭起來。

「我會盡快解決，讓妳能回家。」安若晨再囑咐幾句，才快速奔回了清水閣。

安若希在雅間裡早坐得不耐煩，見得安若晨回來，狐疑地看她：「去個茅廁要這般久？」

安若晨喝了口茶，道：「還遇著了人聊了幾句。」

安若希皺眉頭，「聊得頗費勁啊，氣都喘了。」

安若晨笑笑不說話。

安若希越想越覺可疑，「妳不會利用我做什麼吧？」

安若晨冷笑反問：「妳覺得自己能有何用處？」

安若希的爆脾氣一下被點燃，立時沉了臉。

「行了行了，擺臉色給誰看？」安若晨也裝出不高興，甩臉結帳走人。

安若希與她一道出來，瞪著她徑直離開的背影，心裡起了懷疑。

回到紫雲樓，田慶問安若晨：「安二姑娘離開時臉色不好看，似乎有些可疑，姑娘需要我找人盯著她嗎？」

「可疑是指對我忿忿有怨嗎？若她和藹親切那才是可疑。如今發生了這許多事，城裡夠亂的，人手已然不夠用了，我二妹那邊不必理她。」

田慶沒再說什麼，退下去了。

安若希回到家裡也是一驚，錢裴竟然來了。

安若希馬上有了不好的聯想。姜氏衣鋪被燒，全街牽連，如果真是因為收買商舶司違律通送運貨，那錢裴這時候過來，會不會是因為那批玉石貨品的事來探口風的？

安若希看不出端倪，因為錢裴一直沒提那批貨的事，至少當著她的面沒提，反而扯了扯家常話，又誇安若希越發美貌端莊了，問安之甫給她許了人家沒有。

安若希汗毛直豎，嚇得身體都僵了。

好在安之甫只打哈哈說了客套話，沒往她身上掛「待售賤賣」的牌子。

之後錢裴話鋒一轉，道：「二姑娘近來與大姑娘似乎走得頗近，往來密切？」

安若希的汗毛再次豎了起來，一時間竟不知該怎麼說。

譚氏忙道：「說起這個，我還真是得誇誇希兒。這不是錢老爺有吩咐，要穩住安若晨那賤人，好從她那兒打探些消息出來，希兒真的是忍辱負重了。那賤人如今威風了，說話帶刺，冷嘲熱諷，希兒都忍了下來，這不，與那賤人保持住了關係，能時常有些往來了。」

錢裴笑了起來，「那還真是委屈了二姑娘，不過夫人此話差矣，怎地是為我？安若晨要對付的可是安家，你們探得她的消息，有所防備，那是對安家有好處。」

一句話把自己的關係撇得乾淨，安之甫和譚氏卻不得不連聲點頭應是。

「那麼，二姑娘這段時日與大姑娘都聊了什麼？」

安若希腦子裡亂糟糟的，張了張嘴，沒說出話來。

譚氏瞪了她一眼，「不是探得她想找短處對付咱家嗎？」

安若希一咬牙，說道：「確實如此。聽說官府那邊會審查商舶司收受賄賂、違法亂紀之事。大姊頗是得意，覺得抓住了咱家的把柄，向我探問當初爹爹那批玉石的貨是如何取出來的。我假意答應幫她探聽，然後告訴她這事可沒甚短處可抓。她既發我脾氣，又覺得我還可用。」

錢裴點點頭，又問：「說起來，大姑娘在將軍身邊做事，聽著威風八面，實際上還不是孤立無援。龍將軍就算一時受她迷惑，但終究是要打仗護國的，哪顧得她上許多？於旁人看來，她就是個靠著將軍往上爬的狐媚子，自然看她不起。」

「沒錯，的確如此。」譚氏忙附和。

錢裴問：「依二姑娘看，大姑娘如此著急找妳相敘，是否有何異常之處？」

安若希的心跳得厲害，她猶豫再猶豫，搖頭道：「未覺得她異常，她還是那般自以為攀上高枝，趾高氣揚的樣子。」

她說這話時，錢裴一直看著她，安若希心虛得低下了頭。

這日錢裴留下用飯，而稍晚時候，陸大娘過來替安若晨送東西，是一盒點心。她道安大姑娘說那日二姑娘好心送了她愛吃的給她，今日她也回個禮，給二姑娘回贈紫雲樓廚子做的，讓二姑娘嘗嘗。大姑娘說了，二姑娘對她好，她自然也會對二姑娘好的。

安若希聽得門房的轉述，看著門房手裡那盒點心，真希望安若晨就站在她面前，她好將這盒點心砸她臉上去。

這是故意在害她嗎？

譚氏卻不這般想，譚氏抓住機會再向錢裴邀功說女兒受的委屈也算有回報。姊妹倆如今親近了，日後想拿捏住安若晨便有機會。錢裴笑笑不語，段氏盯了安若希好一會兒。

安若希只覺得心亂如麻。

此時在豐安縣品香樓裡，謝剛的心沉到了谷底。

這裡確實有個裝飾滿鈴鐺的房間，房間主人叫惜音。這惜音與田因，也就是趙佳華，完全沒關係。惜音到品香樓不到半年，而田因離開品香樓已有三年。兩個人從來沒有見過面，也互不相識。

田因本身並無可疑之處，她並非突然來到品香樓，而是小時候就是孤女，十一歲被賣到這裡，經嬤嬤一手調教，學琴習曲，與其他歌妓一般，從賣藝走向賣身之路，所以她不可能是南秦過來藉此地掩飾身分的細作，但謝剛還是查到了一些線索。

當初趙佳華跟徐媒婆走，是被逼無奈。品香樓的嬤嬤招供，田因人美歌甜，很受歡迎，可她獨獨鍾情一位姓趙的公子，竟與那人私定終身。那趙公子給了嬤嬤銀子，讓田因不必再接客，而他回去籌錢，要為田因贖身。田因很是歡喜，等著盼著，最後趙公子未來，卻來了一位面生的婆子。那婆子自稱姓徐，出手闊綽，說是替一位劉老闆來的。她給了嬤嬤一大筆錢，要為田因贖身。嬤嬤因之前已答應了田因與趙公子，因此便說看田因的意思。

田因與那婆子敘話許久，未曾同意。婆子明面上與田因說會耐心等，暗地裡再給了嬤嬤銀子，讓嬤嬤打罵田因逼她接客，又找了其他姊妹日日在田因耳邊譏諷嘲笑。趙公子一直未來，那徐婆子幾番遊說，田因終於跟著她走了。

劉老闆？謝剛已經猜到是何人。

嬤嬤也說那劉老闆是做酒樓生意的，路過此地，來品香樓玩時，一眼便看中了田因，一擲千金，為博一笑，對田因很是癡愛，來了好幾回。聽說有幾回不是為生意路過，而是專程來的。與其他公子一般，這位劉老闆欲為田因贖身，也被拒絕。沒想到他未曾死心，竟找了婆子來遊說。

嬤嬤道徐婆子只說是平南郡的，未說具體情況，但她私底下悄悄問過婆子的車夫，知她來自中蘭城。接著許久之後，趙公子突然出現，說是當年在半路遇劫，險些喪命，重傷養了兩年，惦記著田因不知如何，就找來了。

由車夫查到行蹤，這與他們一般，卻讓謝剛警覺的不是徐媒婆的小心翼翼，而是趙佳華既是被迫嫁給劉則，那整個事情就是大翻轉。

糟糕，他中了調虎離山之計！

◆　◆　◆

龍騰騎著他的駿馬如風，立於石靈崖的高臺之上，看著楚青麾下的兩名副將領著兩隊兵士，押著兩名南秦士兵到交界處。在他們的對面是南秦的軍隊，南秦大將端木傑立於軍前，見得南秦士兵被押回，揮手讓人去接。

楚青立於陣前，喝令手下放人。

兩名副將將人放了，遞上文書。

楚青大聲喝道：「受護國大將軍龍騰之命，現將南秦入侵我大蕭的兵士放回，斷髮剝袍，以示警戒！若爾等再敢來犯，定不輕饒！」

端木傑見兩名被俘兵士被領回，嘴上也硬了起來：「爾等休要猖狂，本將軍奉我南秦皇帝之命，護我邊境，巡守邊防，是你們越界殺人，俘我兵士！你大蕭無恥無德，來日定當戰場上討回！」

楚青聽得他這話，回頭看了山崖高臺上的龍騰一眼。

龍騰抬了抬手，楚青轉頭對端木傑大喝：「要戰便來，廢什麼話！」

「等著瞧吧。」端木傑也轉頭看了看高臺，拍馬轉身領兵離開。

明豔亮眼的日光下，龍騰一身鎧甲閃閃生輝，跨下黑色駿馬高大威武，身後「龍」字大旗迎風飄揚。端木傑走出一段路再回頭，隔著這距離仍覺得龍騰威風得刺眼。

龍騰！龍騰！果然百聞不如一見！

端木傑心裡有了計較，回營後先審了那兩名兵士，兩人說法一致。龍大將軍自大狂妄，楚青將軍急躁沒甚主意，他們已按計畫，若是被俘，便將假情報交代了。

端木傑很是滿意，火速寫了軍報，稟報自己親眼看到龍騰上陣施令。戰俘入營，是殺是放，楚青不敢做主。陣前應戰，楚青亦看龍騰眼色。其決策猶豫遲疑，卻衝動易怒。若無龍騰親守，石靈崖防務遠不如四夏江。

端木傑寫完軍報，一封送四夏江總兵營喬大將軍，另一封送往南秦都城請輝王親啟。

肆之章 ◆ 驚變

安若晨坐在龍騰的屋裡，對面是龍騰習慣坐的位置，她在思考。今日藉著給二妹送點心的事，給陸大娘傳了些口訊，陸大娘去查了，而她亦有些掙扎苦惱，需要龍騰指點。真可惜，將軍不在。

安若晨坐那沉思良久，對著龍騰的位置道：「那就這麼定了啊，將軍！」

安若晨去了姜氏衣鋪，整條街還是雜亂狼藉，許多人在搬抬石塊木料，收拾廢墟。安若晨想像過慘狀，但親眼見得死氣沉沉的大街，也不免痛心。

她一直走，找到了她想找的人——太守夫人蒙佳月。

蒙佳月自上午便在此處了，她領人來給百姓送吃食，為他們安頓住處，發放生活所需，慰問失去親人的婦幼及老人。受難的都有哪些人家，損失情況如何，她一一記下。忙碌了一天，丫鬟勸她回府休息休息，她正欲拒絕，卻看見了安若晨。

「夫人。」安若晨過來施禮，看了她身邊的丫鬟一眼。

蒙佳月認得安若晨，那還是在安若晨離開安家之前見過。之後，她只聽過她的名字和事情。如今見得她這般過來招呼，蒙佳月將丫鬟支開了。

安若晨與她低語了幾句，蒙佳月將她帶回了太守府。

姚昆忙於此案，蒙佳月三番幾次派人請他回家，他皆不肯。最後實在被催得沒法，黑著臉回去，打算好好教訓妻子一番。平素她最是體恤民苦，怎地今日這般不懂事？

結果回了府，卻驚訝看到安若晨，而他家夫人一臉凝重，似與安若晨已密商多時。

安若晨從太守府出來時天色已晚，她看了看天上的星星，負手踩著月光慢慢走。田慶與盧正跟在她身後。

田慶撞了撞盧正的肩，小聲道：「你覺不覺得安管事頗有龍將軍的架勢？」
盧正看了看，不禁失笑，仔細瞧著還真有點。
「她在太守大人那兒待了這許久是做什麼？」
「也許她想到了如何抓住這縱火案的凶手。」
「不是李秀兒嗎？」
田慶搖頭，「不知道。不知太守大人查了一日是否有進展，也許安管事是來問的。」
盧正嘆氣，「看她神情凝重，似無收穫啊！」
可是似無收穫的安若晨晃悠晃悠地去了劉府，大晚上的求見劉則。拍門之前，她讓田慶藏身暗處，只帶著盧正。
門打開，門房一看是她，自然不讓進。
安若晨不急不惱，淡淡地說道：「去與你們老爺說，要麼現在馬上見我，要麼等太守大人派官差抄家，讓他選一樣。」
門房嚇得一愣，但想著安若晨應該是在唬人，官差再蠻橫，也沒有無緣無故抄人家的。門房端正姿態，正要與她理論，安若晨卻是一擺頭，對身後的盧正道：「不肯通報，砍他腦袋。」
盧正二話不說，立刻拔劍。
門房頓時驚得臉煞白，再不敢迸一個字，轉頭便往宅子裡奔。
安若晨鎮定地看著他的背影消失，對盧正道：「一會兒我進去，你自己多小心，嚴防有人偷襲。他們不知田大哥來，避開你偷偷外出的，讓田大哥跟著，看去了哪裡。若我今晚不能平安出來，你們便回去領兵過來拘捕劉則。」

盧正皺眉，「不如我陪妳進去。」

「不。」安若晨搖頭，「若他見到我帶人來，有些話便不好說了。」

安若晨進去了。

門房戰戰兢兢將她領到劉則面前，然後飛一般退下了。

劉則面容嚴肅，板著臉道：「我是不知，不見安姑娘是犯了哪條律例，還得被抄家。這個理，我要找太守大人評一評。」

「我剛從太守大人那兒出來，若是劉老闆願意，我是不介意陪劉老闆再去一趟。」沒人請她坐，安若晨自己找了把椅子坐下了。

劉則瞪著她，不說話。

安若晨回視他，道：「我就不跟劉老闆繞圈子了，事情是這樣的，龍將軍馬上就要回來，我原該等將軍回來，將事情報予他聽，讓他安排處置，可我怕劉老闆沒命等得將軍來。」這當然是唬他的，她根本不知龍騰什麼時候才會回來，所以她才著急。只是她的著急，不能讓其他人知道。

劉則也坐了下來，「我不明白安姑娘在說什麼。」

「當初我與徐媒婆攤牌時，她也似劉老闆這般假模假樣地與我說不明白我在說什麼，後來她死了。」

劉則面無表情。

安若晨看著他，道：「當初我與徐媒婆說的話，如今再來與劉老闆說一遍。我知道你與細作有關聯，你在幫他們辦事。若你願意相助將軍將細作擒捕歸案，將軍可保劉老闆一命。」

劉則搖頭，「姑娘定是有誤會。」

「我有誤會沒關係，我不殺你，但是解先生有誤會就不好了，他會殺你。」

劉則笑道：「我就說姑娘有誤會，我不認識什麼解先生。」

「那你認識李秀兒嗎？她沒死。」

「我也不認識什麼李秀兒。」劉則揉揉額角，「這幾日我忙著處理夫人的喪事，真不知道外頭發生了什麼，是不是有什麼事讓安姑娘誤會了？」

「我的誤會確實挺多的。」安若晨道：「比如，我誤會尊夫人並沒有死。」

劉則揉額角的手頓住了。

「比如，我誤會尊夫人想揭穿你們的惡行，你不得不製造了她死亡的假象，避免解先生真的動了殺機。」

劉則把手放下，抬起頭，冷聲道：「安姑娘這玩笑開得太過了。」

安若晨搖頭，淡定地微笑，「我知道這些是因為遺書是假的，死因是假的，尊夫人視女兒如己命，怎麼可能殺她？但你找不到她了對不對？案子已經報了，不結案官府那頭你沒法了結。尊夫人不死，解先生那頭你沒法交代。你索性兩者併在一起，偽造遺書，一句瘋癲便想掩蓋一切。真可惜，你掩蓋不了。」

「我想安姑娘也瘋癲了。」

「你女兒在我手上。」

劉則的臉色終於變了。

「李秀兒也在我手上。」

劉則不說話。

「我猜這兩件事都會讓解先生非常不高興。」安若晨道：「不過也許又是我誤會了。我誤會解先生讓你殺掉李秀兒一除後患二示忠心。我會這麼誤會是因為，要滅口，殺一個人就夠了，就算假扮成劫匪作案，也不必拖累整條街的百姓。這事解先生幹過，當初他殺了平胡東巷的陳老伯就是這樣，而你們燒了整條街，殺害燒死這麼多人，劫了這麼多戶，就是為了掩飾你們根本沒有殺死要殺的人，那是做給解先生看的。屍體燒成那樣，誰知道是不是李秀兒。」

劉則悄悄握緊了拳頭。

「解先生若是知道你辦事不力，居然還欺瞞他，你說他會不會放過你？或者這樣，我去報官，趙佳華沒有死，讓官府來搜你的屋子。無論你打的什麼主意，我全都能破壞掉。你還想安安穩穩活下去，好好做你的酒樓劉老闆，你就必須按我說的去做。」

劉則冷笑，「安姑娘好大的口氣！」

安若晨微笑，「我敢來這兒，自然是做了周全的準備。從前與你周旋半天，是我沒證據。如今我握著你的把柄，手裡還有人證，我占著上風。你聽清楚，我若不能走出這個門，軍隊立時進來將你全家逮捕問斬。我若走出這個門，解先生就會知道你背叛了他，他也會立時找來殺手將你處死。你看，真是大難題，好像怎麼做都得死。」

劉則抿緊嘴，心裡不得不承認，安若晨說的對。

安若晨看著他，又道：「但你還有一項選擇。我走出這個門，沮喪難過，忿忿不平，什麼都查不到，看到了尊夫人的屍體卻無能為力，我真是愧對將軍。而你，掛起你的鈴鐺，把解先生約出來，把他交給我，你就安全了。」

劉則眼珠子打轉，飛快思索著。

「當初徐媒婆聽了我的建議，說回去考慮考慮。考慮得太久，結果我都沒來得及知道她最後想走的是哪條路。」

劉則自然知道徐媒婆走的哪條路，死路，而他不想走。

「解先生是個多疑的人。」安若晨淡淡地提醒他。

劉則知道，所以他很清楚安若晨擺了他這道真的是狠招。她比他想像的更難纏，他低估她了，明明他已經謀劃好一切，她卻搶先了一步。

劉則沉默半晌，開口道：「我不認識解先生。」

「那你認識誰？」

「在我這兒，他姓閔，我叫他閔公子。」

安若晨腦子「嗡」的一下，想起就在招福酒樓裡，她與那個去而復返要買八寶鴨的「閔公子」擦肩而過，是他嗎？

「二三十歲的模樣，和和氣氣，五官端正，看著沒什麼特徵，身形挺拔，頗高。」

「對。」

安若晨吸了一口氣，居然就是他。

她與他擦肩而過，他就這麼堂而皇之在她眼前晃。

「他全名是什麼？」

「不知道。」

「住在哪兒？」

「不知道。」

劉則看著安若晨眼裡的懷疑，道：「確實是不知道。從來都是他來找我，我曾經讓人跟蹤他，也被他甩開了。」

「你都幫他做什麼？」

「探聽消息，物色人選，周轉錢銀。」

「用酒樓和賭坊？」

「對。」

「你們多久前開始的？」

「差不多四年前。」

「如何開始的？」

「若我能活著見到龍將軍，我就告訴他。妳想知道更多的事，就讓我見龍將軍。」

安若晨盯著劉則看，她知道這是劉則提出的交換條件。想要情報，就保他平安，若他能活著見到龍將軍，就表示解先生也好，閔公子也罷，都不能殺他了。

「你把他約出來，我們就能把他抓住。」

劉則冷笑，「妳根本不知道該怎麼對付他是不是？紫雲樓裡有他的人。」

「是誰？」說到這個，安若晨極嚴肅。

「我不知道。」劉則搖頭，「妳信不信，徐媒婆為我辦事，但她到死都不知道我也為閔公子辦事，就是這樣。我知道他在軍中有人，在衙門有人，在市井有人，但我並不知道是誰。」

「為什麼？」

「如果打探的結果是死，那為什麼要冒險打探？」

「為他辦事，你能得到什麼好處？」

劉則笑笑，「妳以為我的酒樓能做到中蘭城最大，平南郡最有名氣，是靠我自己？有錢有朋友，才好辦事。你不做，便有別人做。別人做了，自然就得把你這個擋路的滅掉。」

「既是靠朋友，你斷不可能對閔公子的人一無所知。你的作用之一，不就是物色人選嗎？徐媒婆不知你做什麼，你卻是知道她的。」

「我知道的事，我會告訴龍將軍。」

「你總得給我一兩個名字，不然將軍怎麼覺得你值得？」

「我若不值得，妳就不會坐在這兒，反而妳需要說服我妳怎麼值得。妳不過是個小卒，我不管妳用了什麼手段接近了龍將軍，但妳不過是個女子，就算妳能迷惑龍將軍，妳在紫雲樓的位置也不過如此罷了。一個下人而已，妳能有什麼用？」

「我以為我的用處很明顯了。」安若晨盯著他，「不是我死，便是你亡。或者我們可以選一條好路，讓大家都能平安。」

劉則探身逼近她，一臉凶狠，「我又怎能肯定妳站在哪邊？大家都平安？妳在講笑話。閔公子一再交代不能動妳，為什麼？也許妳根本就是他的人。妳在將軍身邊，用我們這些棋子來博取將軍信任，爭取更重要的情報。」

安若晨呆了呆，「他這麼說？我四妹呢？你們可有她的消息？」

劉則看著她的反應，往後靠了靠，搖頭，「所以妳還是一無所知。妳不明白他的為人，不知道他的計畫，不了解他的身分，不曉得他的弱點，不清楚他的本事……居然還想抓他！妳憑什麼？」

安若晨咬咬牙，「你約他出來便是。雖有風險，但現在是最好的時機。將軍不在，他掉以輕心，而你有事由需與他商議，他會出來的。你們燒了半條街，殺了這麼多人，把事情鬧得這般大，他一定相當不滿意。再等下去，要麼是他已將你滅口，要麼他已察覺危險躲了起來，你再約不到他了，所有人都會找不到他。」

「他會知道是陷阱，馬上就會有人通知他。」劉則站起來，再無半點冷靜，「妳跟阿華一樣蠢，妳們女人只會壞事。」

「軍方沒人行動，衙門要圍捕的是縱火案案犯，沒人要抓細作。沒有人知道我們的計畫，誰會通知他？」

劉則一愣。

「除非是你通風報信。」安若晨道：「除非你自己找死。」

劉則盯著安若晨，想了想，又坐下來，「妳如何擺平衙門那頭，讓他們聽命於妳？」

「待你跟龍將軍交代清楚細作案，我便告訴你我是如何辦到的。」

劉則在思索著這事情的可行性。

安若晨道：「我想我不必提醒你，不要重蹈徐媒婆的覆轍。」

劉則抬眼看她。

安若晨趁熱打鐵，「你與這閔公子如何聯絡？」

「鈴鐺。」劉則咬咬牙，「用鈴鐺。」

安若晨在劉府裡待了許久，久得田慶忍不住找盧正商量要不要潛進劉府裡看看。安姑娘畢竟經得事少，若劉則真是細作，她一個人怕是對付不了。盧正同意，正想說讓田慶在外頭接應，他進去看看，劉府的大門開了。

安若晨沉著臉走了出來。

田慶、盧正忙迎上去問情況。

安若晨道：「只能等將軍回來才能撬開他的嘴了。」

田慶皺眉，「那可先將他拘捕。」

「不行。」安若晨板著臉極嚴肅，「若抓錯了人，將軍會被有心人抓著把柄。若沒抓錯人，其他細作見劉則被抓，定會逃離隱藏，還是等將軍回來定奪吧。我們沒有證據，他不招供，什麼都辦不了。他如今以為將我糊弄過去，我們還能拖延些時候。待將軍回來，事情便好辦了。」

三人往回走，半路上卻遇著一個婆子，安若晨停下了，「那是太守夫人身邊的人。」

那婆子見得安若晨，趕緊過來，道：「哎呀，姑娘，真是巧！夫人今日說見著姑娘穿著單薄，想給姑娘送件厚披風，新做的，這是我家夫人一番心意，結果我去了紫雲樓，姑娘不在，我這又返回來了，正想著明日再去，卻這般巧碰上，那就在這兒給姑娘吧！」

「多謝嬤嬤了。」安若晨忙接過。在接披風的時候，往那婆子手裡悄悄塞了張紙過去。

婆子藉著披風的遮擋忙將那紙握在掌心，而後自然地塞入袖中。她對安若晨笑道：「我這就與夫人回話去。」

不多時，蒙佳月拿到了安若晨給的消息，道是已說服劉則，對方掛鈴約人，於明日午時在東城門外一里觀柳亭見面。

蒙佳月將字條拿給姚昆看，看完了，就著燈燭的火將字條燒了。

姚昆餘怒未消，「他們竟敢將主意打到妳頭上來！」

蒙佳月握住他的手，「我夫君是平南郡太守，那些細作自然會將我視作目標。明日是個好機會，大人務必要將那頭目拿下。龍將軍不在，這大功便是大人的，保了平南郡平安，百姓也會感激大人的。」

姚昆將她摟進懷裡，「妳平日裡要多加小心，出入時身邊還是多帶幾個護衛吧。」

蒙佳月心裡一甜，對姚昆微笑，有夫如此，心滿意足。

安若晨第二日一早便出了門，她途經招福酒樓看了眼，酒樓的每扇窗戶幃幔裝飾上都掛上了兩個鈴鐺，一個白色一個紅色。這應該是已經給出了信號，約好了。

安若晨願意押這個賭注。

安若晨在劉府後街的一個茶館二樓坐下，這裡可以看到劉府後院那棵大樹和一小片區域，也能看到聚寶賭坊的前院大門。

這裡離衙門也近些，若是午時太守大人成功捉拿到那閔公子，她也能第一時間知道。

安若晨慢條斯理喝著茶，等待著。

齊徵覺得這一上午賭坊的氣氛很不對，雖然這時間是賭坊生意最不好的時候，但從來沒有像今日這般冷清，而且一大清早有一位公子來找婁老闆，兩人初見面時連話都未說，互相給了個眼神，就上樓去了。

若是換在之前，齊徵是不在意的，但自從陸大娘問了他什麼謝先生或是什麼公子之類的事後，他就有特別留意。這位公子，應該就算得上可疑了吧？

也許這位公子就是賭坊冷清的原因，他們在攔客人，也許是不想讓更多人見到這位公子。當然了，這些都是齊徵自己瞎猜的，但齊徵覺得這又是個好時候，大家的注意力都在客人身上，那他偷偷去那密室查看，應該無人發現吧？

於是齊徵去了。這次沒有任何意外發生，他順利扭開了機關，走進了密道裡。

密道裡有些昏暗，只有牆壁上的火把那點光亮。

齊徵一邊走一邊緊張得聽到了自己的心跳聲。

密道裡沒人，路過那幾間密室時他看了，也沒人。其中一間最大的布置得頗華麗，床具桌椅一應俱全，在裡面住人都沒問題。還有一間像是藥房，貼著牆擺著格子櫃，一個格子一個格子的抽屜，跟外頭藥鋪子有些像。另有幾間像是囚禁人用的，牆壁上有粗粗的鐵鍊鎖銬。

齊徵想起了那名被殺的公子，起了雞皮疙瘩。

他一直往下走，不知不覺，竟走到了盡頭。

盡頭也是一個櫃子背面模樣的，跟賭坊密室門背面有些像。

不會繞了一個圈又回來了吧？

齊徵小心翼翼地趴在門後摸了摸，好像木質不一般。一不小心，摸到了開關，門刷一下打開了。他嚇一大跳，忙往旁邊躲。門開了，門外一點聲音都沒有。他等了等，確實沒動靜，往外一探頭，發現這是間書房樣子的房間。

沒見過，不知道是哪裡。

齊徵翻了翻書桌抽屜，看了看書櫃，只恨自己習字不多，多數字不認識，不然要能找出什麼名單或是證據就好了。不過密室裡那藥房說不定就藏著毒藥，但怎麼才能引官府來搜呢？

齊徵正這般想著，忽聽到這房間窗外有腳步聲，他嚇得趕緊蹲下，然後聽到有人說話，是劉則的聲音，他在囑咐下人都警惕些，打起十二分精神來。

齊徵覺得奇怪，為何要警惕？他悄悄探頭往窗外看，發現這是一個大宅子，他沒見過，也許是劉老闆的府宅。齊徵皺皺眉頭，難道真是劉老闆的家？他的府宅竟修了密道與賭坊相連嗎？

齊徵看著劉則走開，趕緊回轉到書桌那邊。要不，找幾本像名冊或是帳本之類的東西先帶走，讓陸大娘幫著看看，說不定就能是證據。

正翻著，就聽著喀嗒一聲響，齊徵全身汗毛頓時豎了起來。

他本能地彎身伏地，接著聽到刷一聲，是密室門開的聲音。

齊徵全身的血液都凍住了。

他聽到許多人的腳步聲，又聽到婁志的聲音道：「勿輕舉妄動，聽我指令行事！你們五個跟我走，其他人先在這裡等著，待我們叫了，你們就過來！」

齊徵嚇得冷汗滑過面頰。

接著是書房門開門關的聲音，有幾個腳步聲出去了，還有幾個留了下來。

齊徵努力不發出動靜往書桌下面爬。剛到桌底，他剛才趴著的那邊椅子被人搬走了。

齊徵眼睜睜看著桌底面前無物遮擋，真害怕那些人彎下腰來瞧一瞧。

劉則獨自待在靈堂的後室裡，他正給棺材裡的趙佳華餵藥。

藥丸化開了水，趙佳華才嚥得下去。她此時微睜著眼睛，呼吸微弱。

劉則餵完了藥，將藥碗隨手放在一旁的桌上，柔聲對趙佳華道：「我知道妳不舒服，可也是沒辦法的事。喝了藥，一會兒妳就有力氣了。今日我就帶妳離開這裡，妳莫怪我，我也不怪妳了。從前是我不好，脾氣太大，可我若不這樣，現在妳我都已經死了，他不會放過我們的。妳說的對，也許安若晨有些用處，她除掉閔公子，我帶著妳遠走高飛，去別的地方過日子。經歷了這一場，我們也算是患難與共，妳就別生我的氣了。」

「誰生賢弟的氣？」一個粗獷的聲音突然響起，將劉則嚇了一跳。

劉則轉身，看到婁志。他剛才只惦記著趙佳華，竟是沒注意到有人進來。

劉則心跳停了停，很快恢復如常，笑道：「大哥怎麼來了？」

婁志看了看他，又看了看棺材，道：「有事想問你來著。」

劉則道：「好，我們去書房說吧。」

「就在這兒說吧。」

婁志說著想往棺材走去，劉則迎上來將他攔住了。

「內子已去，莫驚擾了她，我們出去說話吧。」

「死都死了，有何驚擾的？」婁志粗魯地道。

劉則皺了眉頭，心裡生出不祥的預感。

◆　◆　◆

安若晨一直盯著劉府和賭坊的方向看，心裡奇怪為何賭坊攔下了客人不讓進。沒道理有錢不賺，除非有什麼安排。安若晨皺著眉頭，很遺憾看不到更多地方，盯不到裡面的動靜。正琢磨著要不要做些什麼，面前忽然坐下來一個人。

安若希？

安若晨吃驚地蹙起眉頭。

安若希順著安若晨的目光往外看，看不到什麼特別的，於是問：「姊姊在做什麼？」

「妳怎麼會在這兒？」

「出來逛逛，看到姊姊居然在閒逛，這不似姊姊會做的事啊！」安若希一臉「抓到妳把柄了」的模樣，「我可是等了許久，都未見姊姊出來，所以便上來看看。」

「今日不方便與妹妹敘話，妳快走吧。」

「是嗎？」安若希一臉不高興，「是要等姊姊招呼我時，讓我隨傳隨到時，才是方便與我敘話的時候？」她往後一靠，擺出一副「我就不走，妳能奈我何」的架勢，「昨日錢老爺來家裡了，還問起姊姊。若是我告訴他我感覺姊姊有些古怪，似在做什麼見不得人的事，鬼鬼祟祟的，妳說會怎樣？」

「會把妳扔進大牢，等妳什麼時候學乖管好嘴了再放出來。」安若晨冷板板地道。

安若希臉一沉，「妳真當自己了不得了，衙門都是妳開的，妳說關誰就關誰？」

「莫說我能不能關妳，就說妳這般挑釁我，有何好處？」安若晨盯著她，搖搖頭，「妳怎麼還沒學聰明些，妳還當自己在家裡，爹爹說了算，妳母親說了算？」

安若希噎了噎，冷道：「難道對妳低眉順眼的，便是聰明些了？」

「對。」安若晨不再看她，繼續盯劉府和賭坊那頭，「起碼對妳沒什麼壞處。」

安若希順著她的視線看過去，還是沒看出什麼名堂來。

她轉頭瞪安若晨，道：「妳想利用我，也要說清楚了！」

「我讓妳快些離開，不是已經說得很清楚了嗎？」安若晨真是沒好氣。正待再趕她，卻看到劉府後門忽地打開，一個人似要衝出，卻又被人拉了回去。

安若晨一驚，站起來就往樓下跑。

安若希沒瞧見剛才的情形，不明所以，也跟著跑，叫道：「妳做什麼去？」

劉則在靈堂與婁志對視半晌，終給他拖到一把椅子，與他面對面坐下。

「不知大哥有何事想問我？」

「原是想問問為何掛起鈴鐺。我們不是約好了，頭七那日一起動手嗎？把安若晨和閔公子都引來，喪禮之事雜亂，賓客之中混入了什麼人不好說，總之，細作想對付安若晨，結果兩人都死了，還連累了其他人。不是都定好了嗎？」

「李秀兒之事鬧得太大了，情況有些失控，我擔心閔公子怪罪，後頭的事就不好辦了，所以總得穩住他。」

「那為何瞞著我，未與我商量？」

「沒打算瞞你，我正打算找你商量，你就來了。昨夜安若晨來找我，她說龍大將軍快回來了，她發現了閔公子的線索，讓我招供。我什麼都沒說，她沒了辦法，但閔公子是個後患，我們得盡快解決他。」

「她發現了什麼線索？」

「她認出了閔公子的樣子，知道他是我酒樓的常客，所以昨晚過來逼問，想利用李秀兒的案子逼我開口……她說李秀兒在她手上。」

「什麼？」婁志一驚。

「她說李秀兒知道許多事，所以她找到了閔公子的線索。」

婁志皺緊眉頭，「徐媒婆這個嘴巴不牢靠的……」

「但徐媒婆不知道我們。」劉則道。

婁志思索著。

「所以，唯有除掉閔公子和安若晨，我們才能自保。」劉則言辭懇切，「我正打算去找你商量，要不，就趁這次，在觀柳亭將姓閔的先擒住，然後把安若晨引到一處，一起殺了。等龍將軍回來，一切已經結束。」

「可我還有一個問題。」婁志道：「既是死了，為何還需要吃藥？」

劉則一愣，順著婁志的目光看過去，反應過來他說的是什麼。他給趙佳華餵藥的碗，放在棺材旁邊的小桌上。

「你說我現在走過去，在棺材裡看到的是死人還是活人？」

劉則僵住。

「你在這靈堂裡布置了這許多花，按理說，該是為了掩飾屍臭，可我現在看來，卻像是要掩飾根本沒有屍臭。」

劉則咬緊牙關。饒是他八面玲瓏，一時也不知該怎麼說才好。

婁志道：「實話與你說，你猜的一點都沒錯，閔公子確實覺得你的處境太危險，會給整個計畫帶來大麻煩。你很重要，所以你一定不能落到龍騰手裡。尤其是弟妹開始接近安若晨之後，這種危險顯而易見，所以他想殺了你們……你，還有你娘子。」

劉則心裡一沉。

婁志這般肯定，就表示閔公子找過他了，而閔公子越過自己找婁志只有一種可能。

「你說你對中蘭城太了解，對閔公子的處事方法太了解，你覺得沒人能取代你。你錯了，有人可以取代你。」婁志頓了頓，沉聲道：「就是我。」

果然啊！劉則無話無說，看著婁志。

「你來找我，讓我一起對付姓閔的。姓閔的來找我，讓我盯好你，免你做出什麼傻事來，他甚至暗示了我前頭說的那些。這事挺有意思的，不是嗎？你們兩個，都在找同一個人做幫手。」

劉則閉了閉眼，一臉痛心低下頭，「在我心裡，你不是幫手，是兄弟。」

婁志笑道：「我也是如是想，所以雖然我對姓閔的話有些贊同，但我還是願意站在你這一邊。我按你說的，已經在安排籌畫怎麼讓姓閔的和安若晨死得像模像樣些，莫要留下把柄。我認真考慮若是失手了，我們兩兄弟的退路如何。」

劉則依然低著頭。

「可今天姓閔的突然來找我，問你為何要約他去觀柳亭。他說昨夜你與安若晨談了許久，這事情恐怕有蹊蹺。他讓我來證實一下，若真有要緊事，我給他留消息，他再來見。」

劉則在心裡冷笑，看吧，他就跟安若晨說這閔公子不是一般人，他的耳目太可怕。

「為了以防萬一，我帶了人過來。」婁志說道：「若有軍方的人潛伏在此脅迫你，我就幫你解決掉。」

劉則抬頭，看著婁志，問：「然後呢？」

「然後看你計畫如何，我們再行商議。」婁志也回視他，加重了語氣：「可是，現在我改變主意了。」

劉則等著他往下說。

「你若真的殺了你娘子，我就站在你這邊。若沒有，我就站在姓閔的那邊。」

劉則的心沉到了谷底。他看著婁志的眼睛，知道他是認真的。

「兄弟，我倆近十年共患難同富貴，一起打拚至今日，什麼女人沒見過，你要什麼樣的哥哥我都能給你找來，你何苦執著在這個婊子身上？你是被下了降頭嗎？」

劉則不說話。

婁志一臉痛心，「一切都是毀在了她手上，你自己很清楚，所以你讓她詐死，這樣拖著，姓閔的不會對你們下手，對不對？你連我也瞞過去了，可你能瞞多久？說真的，我原本是不在乎她是生是死，但既是你選擇了詐死這條路，你必是知道她有多危險。她招惹來了安若晨，她有什麼目的？置我們於死地？這樣你還放過她，你瘋了嗎？」

「她只是一時糊塗，待事情過去，姓閔的和安若晨都死了，她會醒悟的。」

「她不需要醒悟。」婁志冷冷道：「你才需要。」

劉則看著婁志，紅了眼眶。

「殺了她。」婁志掏出一把匕首，遞到劉則的面前，「殺了她，然後我與你一起殺了姓閔的，再殺了安若晨。誰擋我們的路，就殺掉誰。」

劉則瞪著那把匕首，手有些發顫。

婁志拉過他的手，將匕首拍在他的掌間，喝道：「難道你甘願被這個女人害死？她不死，我們永無寧日！婊子無情，你本來就不該娶她，她給你惹來的麻煩還不夠嗎？她給你戴綠帽，傷你的心，要你的命，殺了她，有什麼好猶豫的？她必須死！」

劉則一把握緊了匕首。

婁志大聲道：「殺了她！」

劉則「啊」的一聲怒吼，猛地向前衝，匕首朝著婁志刺了過去。

可是他沒有想到，婁志竟是早有準備。

劉則大吼，婁志也大喝一聲，側身一扭，在地上打了個滾，躲過劉則的攻擊。

劉則這一撲拚盡全力，撲了個空，撞在了椅子上，也摔倒在地。

婁志迅速翻身躍起，腿一掃，撩起一把椅子撞向大門。

門被撞開，婁志大吼：「殺！」

守在門外的婁志手下提刀欲衝進來，卻被藏身暗處一直戒備著的劉家護院攔下了。雙方二話不說，廝殺在了一起。

劉婁兩邊的護院打手平素都是一起訓練習武的，武藝功夫都差不多，一時間纏鬥在一起，難分上下，但屋裡的婁志與劉則卻是很快分出了高低。

婁志做的是黑道買賣，打打殺殺是常有的事。劉則則是拉攏著官場權貴，走斯文講禮數的路子，論身手，他自然比不上長年在刀口下討生活的婁志。幾個回合下來，敗象已露。

婁志掄起椅子砸在劉則身上，劉則慘叫一聲，被打倒在地，匕首脫手，甩至一旁。

兩個人都沒注意到屋子裡有瓷碗摔地的聲響。

劉則欲撿起匕首，婁志一掌拍來，他急急滾開躲過。婁志搶過匕首，向劉則撲了過來。劉則來不及起身，被婁志一膝一掌壓住。劉則頸脖被掐，下意識地握住婁志的胳膊，但婁志的另一隻手已經舉起了匕首。

劉則眼睜睜地看著那匕首向自己刺來，卻突然聽得「啊」的一聲慘叫，一股鮮血噴湧，濺了他一臉。頸脖上的壓力一鬆，劉則顧不得臉上的血跡，用力踹開婁志，就地一滾閃開，跳了起來。

抹了一把眼睛，劉則看到了趙佳華蒼白著臉，虛弱地握著一塊破碗瓷片，瓷片上沾著血，而婁志手捂頸脖連退好幾步，血正從他的指縫裡湧出。

「妳這臭婊子！」婁志面目猙獰，猛地向趙佳華衝去。

「不！」劉則完全來不及思考，他撲了過去，擋在趙佳華的面前。

劇痛從胸膛下方傳來。
劉則猛地吸氣，朝著婁志拚盡全力踹了一腳。
雙方都向後倒了過去。
劉則壓在趙佳華身上，感覺她從後頭抱住了自己，「相公……」
劉則說不出話來，他看到婁志爬了起來，拿著匕首再次衝來。
這時候，屋外衝進來兩個劉府護院，擋住了婁志。
「快走。」劉則擠出兩個字。
趙佳華虛弱得沒力氣，根本拖不動他。
劉則轉頭看著她含淚的雙目，一時間有些恍惚。

◆ ◆ ◆

安若晨朝著劉府的方向奮力奔跑。
她腦子裡只有一個念頭——出事了！
劉則、趙佳華、證據，必須保住！
安若希不明所以地跟在她後頭奔，大聲問著怎麼了。
轉眼就趕到了劉府後門處，一個渾身是血的僕役突然倒地摔出門外，安若希放聲尖叫。
一個持刀漢子見得安若晨姊妹倆看到他行凶，趕前兩步就要滅口。
盧正、田慶飛身趕至，劍一揚，將他架住。

安若晨一看院子裡已經打成一團，忙對盧正、田慶喊道：「找到劉則，要活的！」

安若希還在她身後尖叫，安若晨轉頭對她大叫：「去報官，快！」

報官？報官！

「哦！」安若希轉頭再跑。跑出幾步反應過來回頭看，卻見安若晨往劉府院子裡衝。

「姊！」安若希大喊。

安若晨回頭大叫：「快走！」

「攔下她們！」一個打手大聲喊著，領頭衝向安氏姊妹。

安若希頓時嚇得一僵。

安若晨半蹲起式，橫掃腿，腳沉地，旋身，揚腿，後踢。

「砰」一聲，那打手被踹飛出去。

安若希目瞪口呆。

安若晨亦然。

哇哇哇，好想讓將軍大人看到，她居然做到了！若能得將軍誇獎……

等等，那打手爬起身，罵罵咧咧又過來了，另外也過來兩人。

安若晨回頭對安若希再次大吼：「快走，去報官！」

安若希忙不迭趕緊跑，一邊跑一邊回頭看，安若晨竟然還不走，擺出迎戰架勢，但這次架勢實在太難看好嗎？簡直是貽笑大方！真以為自己是武林高手嗎？安若希真想給姊姊兩拳，讓她清醒一點。幸而她那兩個護衛裡的其中一個回身來護她。一腳一拳一劍，迅速打倒那幾人。

安若希跑了幾步再回頭，看見安若晨已經奔進了那院子。
安若希很生氣。那蠢貨，真想踹她兩腳，她到底在想什麼？
安若晨進了院子，直奔靈堂方向而去。她對劉府的格局非常熟悉，圖紙都能背下來。之前也打聽過，西院被布置成靈堂了。她得趕緊找到劉則或者趙佳華，他們是重要人證。
盧正和田慶一路護著她，這劉府裡也不知怎麼回事，突然冒出許多打手護院，也不知道哪邊站哪邊的，反正看見外人就砍。安若晨一路驚險趕到，正見劉則夫婦倒地，婁志揮著匕首砍來，兩個護院將他攔下。
可那兩名護院不是對手，轉眼就被奪了劍。
婁志擊倒那二人，再次殺向劉則夫婦。
「看劍！」安若晨張嘴便喊。
婁志聞聲下意識旋身躲開，定睛一看，有個屁劍，根本是安若晨這狡猾的賤人作怪。
但這停了一停，給了盧正、田慶趕過來的時間。
他們一人攻向婁志，一人攔住了殺過來的兩打手。
「留活口！」安若晨一邊喊一邊奔向劉則。
劉則滿身是血捂著胸口，趙佳華掙扎著欲爬起來扶他。
安若晨一看他的慘狀，心涼了半截，「你不能死。」
有了盧正、田慶的加入，劉府的護院終於能騰出手來，有兩人奔了過來欲救東家。
「快把他抬走！」安若晨喊著，自己架起了趙佳華。
兩名護院一前一後抬起劉則，大家欲往大門處跑，可是跑到一半正撞見婁志的手下與劉府護院打成一團，一人看到他們逃跑，立時橫刀砍了過來。兩護院不得不放下劉則，迎了上去。

安若晨和虛弱的趙佳華一人拖一邊，把劉則往旁邊的房間拖。進去一看，正是書房。

安若晨將劉則放下，趕緊去關門。拖得一時是一時，如今城中到處都是巡衛的衙差兵士，這裡打殺成這樣，很快就會有人來的。二妹已經去報官，應該會有人來救他們。

趙佳華伏在劉則身邊，早已沒了力氣。此時看得劉則奄奄一息，哭成淚人。

安若晨顧不上理他們，她推過桌子，打算將門頂上，沒料到桌下跳出來一個十來歲的少年，一臉驚慌失措，與她大眼瞪小眼。

安若晨抄起椅子便要打，那少年抱頭蹲地大叫：「我不是壞人！」

劉則此時喘過氣來，虛弱地道：「齊……齊徵……」

齊徵趕緊湊過來，道：「劉老闆，我、我不是壞人，我不是來打架的。我怕他們發現我，一直躲在桌子下面，後來打起來，他們出去了……」齊徵想解釋，猛然想起沒法解釋自己怎麼跑到劉府來的。

但是，沒人在意他是怎麼來的。

趙佳華見得劉則能開口了，叫道：「相公！」

她用力握緊劉則的手，哭得上氣不接下氣。

安若晨在一旁叫道：「齊徵？你是楊老爹的養子齊徵？」

齊徵一愣，轉頭看向她，「妳認識老爹？」

安若晨道：「不認識，但我知道他的事。他欲報細作之事，就是我們要查的。」

齊徵頓時精神一振。

外頭打鬥呼喝聲激烈，安若晨看向門口，招呼齊徵一起堵門。

兩人合力將桌子頂在門後，齊徵奔至窗邊察看形勢，安若晨趕緊去看劉則的傷勢。劉則臉色灰白，明顯快不行了。安若晨喊道：「你別死，告訴我名字，還有誰是細作！」

劉則卻不理她，他只看著趙佳華。

趙佳華也說不清自己心中是恨是怨，只覺得難過至極。

「快告訴我！」安若晨握住劉則肩膀，「你不能就這麼死了，你是重要的人證！」

劉則看著趙佳華，費勁地道：「我……」

安若晨不敢動他，屏聲靜氣等他說話。

「不……怪妳，妳也……別……怪我……吧……」

安若晨瞪著他，什麼？

「好。」她聽到趙佳華這麼說。

然後劉則似解脫了一般，忽然放鬆下來，閉上了眼睛。

趙佳華伏在劉則身上放聲大哭。

安若晨呆若木雞，心沉到了谷底。

死了？他死了？

她簡直不敢相信。她探手摸了摸劉則的鼻息，真的沒氣了。

安若晨瞪著他，聽著趙佳華的哭聲，也想大哭。她失敗了，她做錯了，明明這麼重要的事，卻被她搞砸了。她不該貪心想抓解先生，如果不管三七二十一，把劉則先拘捕了，是不是事情就不一樣了？其他細作跑就跑了，起碼她還逮著了劉則。

可是，現在……

安若晨發現自己真的哭了。

她拚命想做好的事，到頭來卻是這樣的結果。她真是廢物，她沒法跟將軍交代。

齊徵也想哭啊！妳們哭個什麼勁，要不要逃命呀？

外頭打手已經在撞門，齊徵趕緊在書櫃那邊摸索找開關，一邊找一邊喊：「咱們有空再哭行嗎？現在先保命吧！」

安若晨看著他的行動，反應了過來，密室？

劉府裡也有密室？

齊徵找到了開關，書櫃緩緩自動移開，露出了密道。

他回頭喊道：「快走！」

安若晨一咬牙，火速在書桌抽屜翻找，看也不看，把帳本名冊記事之類的幾本冊子塞到懷裡，拖過還在哭泣的趙佳華，將她的手架在自己肩上，「留著命，妳還要見妳女兒呢！」

趙佳華清醒過來，奮力邁著雙腿，「妳找到她了？」

「沒有，但是我猜到了。蘋兒和陳婆子帶走了她，是嗎？妳讓她們把她藏在馬車裡，帶出城去了。」

「劉則……」

「他該是不知道。我昨晚說妳女兒在我手上，他很驚訝。妳女兒平安。」

趙佳華又是哭又是笑，藉著安若晨的力，努力向前奔。昏暗的密道裡，她卻看到了未來的希望。她把希望押在安若晨身上，她押對了。

齊徵領著她們跑，告訴她們這密道通向賭坊，方才賭坊的牛哥叫人奔回去又帶了好些人過來劉府，估計那邊沒什麼人了。從那邊逃，應該機會更大些。

說著跑著到了賭坊這邊，齊徵先探頭出去看，雅室裡沒人，他出了來，對安若晨招手。安若晨架著趙佳華跟他往外走。結果，剛出來沒走多遠就被一個大漢發現了。

「站住！」

安若晨扛著趙佳華走了這麼遠，早沒了力氣，只得推著齊徵，喊道：「快跑！」

「不行！」齊徵年紀小，卻是講義氣的。他左右一看，抄起牆邊一根竹竿橫在兩位姑娘面前，頗有小男子漢的氣概。

那大漢看齊徵的架勢，呼喝著舉刀朝齊徵砍來。

齊徵咬著牙準備舉著竹竿拚了，可那大漢還沒殺到，一條鏢索從齊徵身後飛出，襲向大漢面門，正中那大漢左眼。大漢慘叫一聲，大刀落地，人跪在了地上，手捂在眼睛上，血流如注。

齊徵傻眼，回頭一看，安若晨一抖手，把鏢索收了回來。

「好厲害！」齊徵不由讚道。

厲害嗎？安若晨嚥嚥口水，她明明瞄準的是胸口……

還沒來得及說什麼，就聽得四周許多吆喝聲。受傷大漢的慘叫引起了其他人的注意，也不知從哪兒忽然冒出許多打手來。拿刀拿棍拿劍的，看到齊徵和安若晨傷了自己人，全都朝這個方向奔來，還有人大叫著：「殺了他們！」

安若晨嚇傻眼，「你不是說這邊人少嗎？」

齊徵也傻眼，「我明明聽到牛哥喊把人全叫來，難道他們還沒來得及趕過去？」所以，現在的狀況是，人手剛集結好，他們三人就送過來讓人家練手嗎？

安若晨大喝道：「誰是管事，出來說話！」

談判？打手嘍囉們沒興趣，有人叫道：「先綁了再說！」說著就要衝上前來。

只是那人話音剛落，就被從天而降的一箭射中。

撲通，倒地。

打手們頓時亂成一團，有人吶喊，有人逃跑，還有人衝向安若晨他們，盤算著抓個當成人質，好有後路。

幾個穿著軍服的兵士從屋頂跳了下來，殺入戰圈，有人手持弓箭站在屋頂護衛。

安若晨大喜過望，「官兵來了，我們有救了！」

齊徵揮舞竹竿，擊退一人。

這時馬蹄聲響，安若晨轉頭一看，差點喜極而泣。

「將軍！」

來者正是龍騰。

黑色駿馬蹄急如風，眾嘍囉紛紛避讓。

龍騰似從人海中踏出一條路來，奔到安若晨面前。

馬兒停下了，龍騰低頭看著安若晨。

人群裡有打手與兵士殺紅了眼，大聲叫著：「他們人少，殺光他們！」

龍騰未著官服，無人知他身分。打手見他停下，竟揮刀向他的馬和腿砍來。

龍騰叱喝一聲，黑馬旋身飛踢。接著，龍騰從馬背上縱躍而起，反手一揮大刀，瞬間兩顆人頭落地。

周圍人驚呼，紛紛後退。

安若晨頭一回見得如此殺人，整個人呆住，齊徵則差點吐出來。

龍騰落地站穩，看著安若晨，一把將她拉過，把她丟上馬背，「妳先走。」

安若晨還沒反應過來，周圍人還在拚殺，但將軍在，她並不害怕。

重點是，她不會騎馬啊！

龍騰看她呆呆傻傻的模樣，似有些生氣，喝她：「走啊！」

怎麼走？安若晨茫然地看著龍騰。

龍騰沒好氣，橫刀一擺，掃倒兩個砍他兵士的打手，然後一吹口哨。黑色駿馬聽得指令，撒蹄便跑。安若晨完全沒準備，有準備也坐不穩，頓時放聲尖叫，在馬背上顛了兩下，摔了下來。

然後，摔暈了。

伍之章 偏寵

安若晨醒過來的時候，發現自己躺在自己的臥室裡。

紫雲樓，她居然回來了？

回憶一瞬間湧入腦海。

劉則、趙佳華、婁志、齊徵……還有將軍！

安若晨猛地坐了起來，然後痛叫一聲，全身骨頭散架似的，就好像摔過一樣。

對了，她是摔了，當著將軍的面，從馬上摔了下來。

安若晨哀嚎地又躺了回去，拉過被子將自己埋了起來。

她的迴旋踢使得漂亮的時候將軍沒看見，她的鏢索耍得瀟灑的時候將軍沒看見，將軍只看見她狼狽地摔下馬背。

安若晨想起了更多的事。街燒了，劉則死了，還有很多人都死了，她沒用，她沒有抓到解先生，沒有抓到軍中奸細。她鼓動了太守大人，衙門大動干戈，但看劉府的狀況，觀柳亭那頭肯定是撲了空。她什麼都沒辦成，她真是沒用。

安若晨越想越是傷心，忍不住嗚嗚地哭了出來。

哭著哭著哭累了，竟又睡了過去，待迷迷糊糊有意識時，是覺得自己快悶死了，於是掀開被子大口喘氣，忽然醒了過來。睜開眼睛，屋裡點著蠟燭，竟是晚上了嗎？

齜牙咧嘴忍著痛爬起床，再睡就要殘廢了。

春曉聽得動靜進屋來，高興叫道：「姑娘醒了？餓了嗎？飯菜和湯都給您熱著呢！」

這麼一說還真是餓了。

安若晨老實不客氣地吃了一大碗飯三盤菜一碗湯，這才覺得自己又活過來了。

吃飽了覺得臉皮能撐住了，這才開口問春曉自己怎麼回來的。

「將軍抱回來的。」

安若晨羞愧地真想一頭撞牆上，居然還勞將軍大駕弄她回來。

「大夫來看過姑娘了，說看起來無甚大礙，若是起來時沒有不舒服，就沒事了。」春曉收拾碗筷，從食量上看，安管事確實好得很，不用擔心。

「將軍還來看過姑娘。」春曉又說。

「什麼時候？」

「就是姑娘捂著被子哭的時候。」

安若晨想給自己挖個地洞。

「將軍說，讓她哭吧。」春曉學著龍騰的語氣。

安若晨無言以對。

「後來，姑娘似睡著了，將軍又來了一回。他不讓我掀被子，他說姑娘悶死了自然就醒了，不用管她。」

安若晨：「……」將軍真是位體恤人的好男人！

安若晨坐了好一會兒，理了理思路，猶豫這會兒要不要去跟龍騰報告這段時日發生的事，也問問今日這事的結果。時間有點晚，將軍睡了吧？可是，今日見面都沒來得及看清，話都沒說上幾句，她真想見他啊！

安若晨掙扎著，終於決定到將軍院子那兒瞧一瞧。

到了那兒，院門的衛兵擺了擺手讓她進去，這表示將軍沒睡。

安若晨有些高興，剛進去便遇見李明宇從龍騰的屋裡出來，應該也是連夜趕著來報事的。她聽得李明宇站在門口還在說：「安管事行事魯莽，沒點規矩，又常將家事帶到衙府裡糾結，這裡又不是家府後院，被兵士們看著，得作何感想。軍令外洩，也是軍紀不嚴，被人鑽了空子。」

言下之意是她敗壞軍紀？

安若晨趕緊往牆角躲。人家在告她的小狀呢，撞見了多尷尬！只是躲起來了，後頭的話就聽不到，也不知將軍是怎麼答的。

安若晨打了退堂鼓，覺得現在真不是來跟將軍議事的好時機。等了一會兒，李明宇走了，她看著他的背影消失，心裡嘆了好幾口氣，還是硬著頭皮去敲龍騰的門。

龍騰應了聲，安若晨推門進去，還未開口，龍騰就道：「我還在想妳是否打算回去重睡一覺之後再來。」

原來將軍知道她來了呀！

安若晨漲紅了臉，「這不是看將軍有事忙，在考慮要不要打擾。」

「那最後為何又決定打擾了？」

安若晨抿抿嘴，「衛兵都看到我來了，我若連門都沒進就跑了，被將軍知道，還以為我真是來窺探軍機的壞人，那可如何是好？」

「嗯。」龍騰用鼻腔發音，「這是要起性子來了？偷聽旁人說話還理直氣壯呢！」

安若晨咬咬唇，不敢反駁，心裡卻是想著自己可沒偷聽，是光明正大來的。

龍騰又道：「看妳活蹦亂跳的，該是未曾摔傷。」

「我沒活蹦亂跳啊，我是端莊地用走的。」這個安若晨覺得該辯駁一下。

龍騰笑起來。他一笑，安若晨又覺得屋裡花開，暖風拂面了。

她趕緊端莊地輕咳了咳，說正事要緊。

「將軍，今日那些人如何了？婁志抓到了嗎？趙佳華沒事吧？齊徵受傷了嗎？劉則死了嗎？閔公子呢，抓著了嗎？」

龍騰指了指椅子，待她坐好了，這才開始說。

一如安若晨所料，閔公子沒有出現，姚昆安排潛伏的人手空等了一場。劉則死了，婁志也在拚殺中身亡。趙佳華中了毒，已經請大夫看過，她說有話要對安若晨說，希望能見安若晨一面。

齊徵沒事，只是聽得兵士們喊龍將軍便當場抱著龍騰的大腿高呼有要事稟報。龍騰問他何事，他呆愣呆愣的，似乎反應過來不用報了，但既已開口，還是說了城中有細作，龍騰就回他道：「知道了。」

安若晨聽得噗哧一聲笑出聲來。將軍的大腿當真是好抱，人人都愛抱啊！

「他還說他的養父為了此事被毒殺，可是他沒有找到證據。」龍騰道：「我答應他了，會驗屍重新查案。」

安若晨用力點頭。

龍騰繼續往下道，齊徵向他稟告了密道之事以及賭坊平日的勾當。趙佳華說她察覺劉則行為詭異，與他起了衝突，才有之前的那些事，她還說了劉則被殺的經過。劉府的家僕丫鬟報告了東家今日的囑咐和安排，賭坊的打手護院招供了婁志的計畫和吩咐。姚昆也仔細說了安若晨向他請求派官差拘捕嫌犯的經過。

安若晨越聽臉越垮，委屈想藏都藏不住。

「怎麼？」龍騰挑眉頭看她。

安若晨支吾半天，「要是……要是我沒摔昏就好了。」那些她都可以稟告，她明明都推斷得七七八八，也不是想邀功，就是明明有這麼多話可以與將軍說的，最後卻變成自己要從將軍這兒知道消息。將軍說話又簡潔，三言兩語就說完了。

龍騰板著臉。

安若晨沒注意到龍騰的神情，手指撓著桌面懊惱道：「那些打手護院沒什麼大本事，將軍以一敵百都不成問題，我其實不用先走。」

龍騰臉色更難看了。那是怪我囉？

安若晨低著腦袋，仍沒察覺，還在小聲嘮叨：「齊徵和趙佳華也未曾逃，不也平安無事嗎？我其實也能幫上將軍的忙。」下回想射胸膛擊退敵人時，她瞄準腿不就行了嗎？扎眼睛是有些太殘忍血腥了。安若晨想到那個畫面還覺有些噁心，臉不禁皺成一團。

「安管事。」龍騰終於沒忍住。

「啊？」安若晨抬頭，小埋怨還掛在臉上。

「身為將軍衙府的管事，居然不會騎馬，妳這樣像話嗎？」

安若晨張大了嘴，傻了。現在說到哪裡了？騎馬？怪我囉？

安若晨此時才後知後覺地發現將軍不高興，而且將軍不高興的表情有點微妙。嗯，可能也許還有點不自在？

將軍在不自在什麼？安若晨認真端詳著龍騰的臉。

「明日起，妳給我好好學騎馬！」龍騰極嚴肅。

「啊？」說翻臉就翻臉喔？

「現在晚了，回去睡覺。」

「啊？」不是聊得挺好的嗎？她還有好多話沒說呢！

安若晨錯愕地被趕出去了。

龍騰沒用踹的，但那種揮手很嫌棄的架勢，讓安若晨比被踹一腳還受傷。

夜空朗朗，星光閃爍，情緒有點糟糕。

安若晨嘆氣，這一定是睡得太多的緣故。

她背著手圍著龍騰的院子遛達，看見有將官過來，很快進院子去了。看來將軍頗忙碌，也許大家在連夜審著劉府和賭坊的人。安若晨想了想，往西院廂房而去。

趙佳華被安置在廂房裡，門外有衛兵把守。安若晨向衛兵詢問了狀況，屋內趙佳華竟醒著，聽得她的聲音忙喚她，安若晨進去了。

趙佳華仍是副虛弱模樣，躺在床上眼睛半睜著，似強打著精神。

「我一直在等妳來。」趙佳華道：「不知妳情況如何，怕妳來時我睡著，錯過了。」

「有何事？」

趙佳華轉頭看了眼門口，門關著，屋裡只有她與安若晨。

她轉回頭來，壓低聲音道：「我女兒，別告訴任何人。」

「我沒說。」安若晨替她掖掖被子，「我也沒這般神通廣大，並不知道她在哪兒。」

趙佳華笑了笑，「我想告訴妳她在哪兒，畢竟我恐怕短期內都無法遠行。劉則死了，我希望她能回到我身邊。」

「妳想讓我去接她？」

趙佳華問：「可以嗎？現在我只相信妳一人。」

安若晨笑起來，「我可記得當初妳說不相信我。」

「對，當初妳也不會信我。」趙佳華道：「我與蘋兒和陳婆子說好了，若我一個月內沒有去，讓她們再換一個地方。若有人找她們，除了妳，誰也不要信。我當初的打算是，報了官，把他們引得在城裡找，拖延兩日，讓她們有時間跑得遠些。等她們安全了，我再把事情全部告訴妳，無論妳信不信，無論妳會找劉則說什麼，那時候我已經走了。」

「可惜妳當天就被囚禁了嗎？」

「是的，情況比我想得糟糕。」

「妳女兒有危險，與細作有關嗎？閔公子要用她要脅你們夫婦，而劉老闆打算屈從？」

剛才龍騰並未提及這部分，想來趙佳華並沒有透露。

「不是。」趙佳華抿緊嘴，只道：「與細作無關，恕我不能說更多，這只是家務事。劉則既是死了，我暫時便不打算離開中蘭城。在我改變主意之前，我女兒還得在這裡生活。」

她頓了頓，似有些傷感，「說起來，除了中蘭，我也沒有別的可以稱之為家的地方了。」

安若晨明白了，點點頭，沒追問。

「對不起，若我有有用的線索，一定告訴妳。」趙佳華見她沉默，忙解釋，「可惜我所知不多，幫不上太大的忙。從前我真的不知道相公做著那些勾當，後來也是從徐媒婆那兒曉得我有位故人死在他們手裡。徐媒婆向我承認了這事，但她並沒有說細作。是她死後，我特別留心了，才發現異常。我看到劉則書房裡有好些鈴鐺，但他並不在家裡掛，然後我偶然在酒樓窗戶看到了鈴鐺，每次鈴鐺出現，他就開始忙碌。我也曾想找出那個掛鈴鐺的人，但是沒有發現，然後我察覺我女兒有危險，所以才計畫了後面那些事。」

趙佳華把自己是怎麼選中安若晨，怎麼安排計畫都說了。

「我想就算我死了，這世上還有一個人不會放過他。妳一定會追查到底，是不是？」

「是。」安若晨點頭，加重了語氣，「是。」

「其實走到這步，我卻不知道該不該恨他。原先我是覺得，我仗著他的喜愛，一定能報仇的。」趙佳華眨了眨眼睛，把眼淚眨回去，「如今該算是報了仇吧，我卻未曾歡喜。」

安若晨不知道該說什麼好，報的什麼仇也不好問。劉則是極喜愛趙佳華的，這個毋庸置疑，但趙佳華對劉則是何感情，安若晨不知道，她猜也許趙佳華自己也不知道。

從趙佳華屋裡出來，安若晨信步走，走著走著一抬頭，怎麼又到了將軍的院子外？她沿著龍騰的院子遛達了一圈，正打算回屋，卻見面前擋著一人。

龍大將軍揚著眉頭正看著她。

「大晚上的不睡覺，圍著我轉，確實會讓人覺得妳有所圖謀啊！」

安若晨：「……」

將軍自己剛趕回城打了一架，審了半天案，這麼累還不睡覺瞎遛達才可疑呢！

兩人大眼瞪小眼。龍騰既沒讓她走，也沒有自己要走的意思。

安若晨覺得這情形放在荒郊野外，就是遇匪遭劫了。既是被堵截，就聊聊正事吧。

「將軍，我得出門一趟，您能不能幫我安排個馬車，派一隊可靠的衛兵送送我？我約莫三四日便能回來。」

龍騰奇了，「要去何處？」出屋的時候她擺了委屈模樣，不會鬧離家出走吧？

安若晨將事情說了。

龍騰點頭，「既如此，便去吧。我也得離開數日，正想著去妳那兒與妳說一聲。」

安若晨心裡一暖，莫名覺得心情變好。

「將軍要去哪兒？」

「前方軍營還有些軍務要辦。」

他在南秦兵將面前亮完相就速速趕了回來，其實事情還沒辦完。

「哦。」安若晨這才想起自己不該問。

「這邊後續查案我已交代下去，他們會嚴審劉府與賭坊的那些管事和打手。」

說到這個，安若晨想起自己的錯處來。她咬咬唇，覺得慚愧得難以啟齒。

龍騰揚揚眉毛，「怎麼？」

「我、我魯莽衝動，犯了大錯，請將軍責罰。」

龍騰看她的模樣，動了動眉毛，再抬頭看了看星空，這才道：「這麼晚了，天也挺冷的，還是回屋責罰吧。」言罷，他背著手領頭轉身回院裡去了。

安若晨囧一臉，這若不是在紫雲樓，若不是將軍大人，真會覺得遇到了歹人登徒子。不過這等大事，確實回屋細說比較合適。她不由嘆口氣，這一晚是第二次踏進龍騰的屋裡了。

龍騰坐下後，安若晨趕緊開始反省：「將軍恕罪，是我太魯莽了。我不知將軍何時回來，也不知謝大人那頭情況如何，但謝大人走後，我判斷我們都中了調虎離山之計，恐怕這幾日細作那頭就要清算滅口毀掉證據，所以心裡著急，確實是太莽撞了。若是我能穩著點，待將軍回來再處置，劉則就不會死，他此時已經招供，而解先生也必能逮住。」

龍騰問：「妳且說說，妳是如何決斷的？」

「……」安若晨有些緊張，一時不知該如何說起。

龍騰細化了問題：「為何讓劉則約在今日？為何向太守大人求助？」

安若晨趕緊道：「紫雲樓裡有內奸，那內奸既是連謝大人給探子下的軍令都能知曉，那當然也知曉我查探李秀兒和趙佳華，知曉趙佳華給我留下的謎團線索，知道趙佳華與李秀兒是一夥的。趙佳華死後，李秀兒便是個威脅，如同當初徐媒婆一般，姜氏衣鋪的縱火案證明了這一點。他們要殺李秀兒滅口，但這事情鬧得太大，本不該鬧得這般大。將軍教過我，細作行事，最重要的查探情報，低調穩妥為主，能不生事，不留線索，便不會輕舉妄動。當初租屋的那位陳姓老伯，還有徐媒婆，就死得悄無聲息，無從查起，但刺殺李秀兒這事就不一樣了。於是，我大膽猜測，這事是劉則奉命行事，但他派的人未能完成任務，便殺了許多人燒了許多屋，擾亂視線，掩人耳目。」

「妳怎知他任務失敗了？」龍騰問：「姚大人親自嚴查一日，都未得結論李秀兒是生是死，姜家眾人也說不清屍體裡是否有李秀兒。盤點各家失蹤人口對照屍體，覺得有一具女屍該是李秀兒，只是仵作還不敢斷言，姚大人仍在等消息。」

「李秀兒在我手裡，我將她藏在一處安全的地方。」

龍騰驚訝地揚起眉毛。

安若晨抿抿嘴，接著往下說。她說自己便是拿這事去威脅劉則，因為她猜劉則行動失敗後這般做，定是為了拖延時間。李秀兒未死這事瞞不了多久，而他想趁拖延的這些時間做些事。也就是說，劉則與細作的頭目解先生或者閔公子有分歧，這是個可以利用的地方，也是個需要抓緊時間馬上利用起來的緊急事件，所以她才著急忙慌地擅作主張。

「劉則說他不認得解先生，與他接觸的是閔公子。這兩人年紀身形頗有些相似，但我不能確定是否同一人。我在酒樓裡見過那閔公子的相貌，這次若我再見到他，定會認出他的。」安若晨頓了頓，道：「劉則知道許多內情，他說他幫閔公子打探消息，物色人選，周轉錢銀，可他說具體細節只願向將軍面稟，卻因為我太魯莽衝動，未等將軍回來，他死了，再也拿不到他的線索了。還有婁志，他也死了，重要的線索都沒了。」

安若晨說著，羞愧難當，低下了頭。她有負將軍重託，實在是愧對將軍。

好半天屋子裡沒有聲音，龍騰沒有說話，安若晨更不敢抬頭，她下定決心無論將軍要怎麼責備她處罰她，她都好好受著，今後絕不能再犯同樣的錯。

等了又等，龍騰終於開口，他道：「不是還有妳嗎？」

安若晨一愣，簡直不敢相信，以為自己聽錯了，她抬起頭來看著龍騰。

「誰說重要的線索都沒了，不是還有妳嗎？劉則死了，婁志死了，但是趙佳華還活著，李秀兒還活著，劉府、酒樓、賭坊裡，許多夥計、文書、冊錄、帳本都還在。我們知道了密道，在密道裡找到間銀庫，那裡有許多錢銀，有名冊，雖然都是化名和代號，但那些錢銀他們再也用不了。毒藥、武器等等，全部收繳。這些都是線索。若妳沒有及時處置，待我回來，也許這些全沒有了。」龍騰道：「賭坊一個姓牛的打手頭目，是婁志的左膀右臂，他招供說，婁志與劉則曾有計畫要殺掉閔公子和妳，堵上密道，轉移那些物證，把他們曾經為細作做過事的痕跡打掃乾淨。之後再處理城中關係，打算讓劉則取代閔公子的位置。只是後來劉則背叛婁志，所以婁志改變了計畫，但他也沒想到劉則計畫當日要逃，召集了打手護院戒備，這才亂戰了一場。」

安若晨吃驚，事情竟比她以為的還複雜。

龍騰道：「雖說事情的結果不盡如人意，但在妳能處置的範圍內，妳做得很好了。」

安若晨仍是有些懊惱，「可是，我多等半日，將軍就回來了。若將軍在……」

「按我的計畫，我今日不該回來，況且若我在此，閔公子就沒膽子跟劉則他們糾纏這許多，許多事的計畫定不是這般了。正是因為我不在，又引開了謝剛，才會有今日這結果。」龍騰看著安若晨，「妳那般安排，是沒錯的。這事情裡唯一的缺憾是，妳沒有權力，妳調動不了人手，沒有自己的勢力，掌控不了資源。」

安若晨咬咬唇，她一個逃家的商賈之女，還談什麼權力？將軍沒責怪她，還肯定她的作為，這已讓她很滿足了。她自覺盡了全力，但真的相當自責沒把事情辦好。

「妳孤立無援，不知紫雲樓裡的奸細是誰，所以妳去求了太守派人。姚昆告訴我，妳探得細作探查他夫人，必要時會對他夫人下手以脅迫他。細作不除，他夫人安全堪憂。」

安若晨赧然，「確實是有此事，不過我稍誇大了些說。太守大人深愛夫人，我想這般說他會多上些心思。」

「他確實上了心思。今日與我議事時，他對細作之事未有太多推諉了。」龍騰道：「妳倒是看得透姚大人，知道利用拿捏他的軟處。」

安若晨想說其實自己也沒把握，但被逼到緊急關頭，只能冒險一試，可她還沒開口，龍騰卻又道：「其實我會這時候趕回來，也是因為妳。」

話題轉得太快了，安若晨先是茫然，而後恍然大悟，搶著道：「將軍看懂了調虎離山嗎？我覺得將軍的信是這個意思。我回信時想著，將軍囑咐我莫要輕舉妄動，我乖乖聽話，讓那內奸以為真是如此，迷惑於他。」

龍騰的話被打斷，一臉沒好氣，「下回可以多寫幾個字。平常話這麼多，回信只回兩個字，我若是那內奸，就能看出來妳是故意的。」

「妳不是內奸也看出來了呀！」

龍騰被她的大實話噎住。重點是這個嗎？是這個嗎？

安若晨驚覺自己頂嘴不妥，趕緊端正姿態，擺出乖順的樣子來。

「有時妳聰慧得出乎我的意料，有時又覺得妳蠢得可以。」龍騰這般道。

安若晨沒聽出來這是誇她，還是貶她，當下為自己說了句公道話：「人無完人嘛！將軍，我會繼續努力的！」

「努力做什麼？」

對哦，努力做什麼？

安若晨想了想，大聲表忠心：「努力做好管事之職，為將軍排憂解困！」

龍騰瞪她半晌，忽而嘆氣，「妳連自己錯在哪兒都不知道，我怎指望妳排困解憂？」

安若晨沒聽懂，但這次她聰明地道：「請將軍指點。」

「妳及時處置果斷施為是對的，只是妳在紫雲樓裡沒甚地位，但也正因如此，敵人輕視了妳，妳才有機可乘，所以若要總結此次失敗經驗，妳該向我討教如何組建勢力，向我討要更多權力。」

安若晨垮臉，她雖臉皮厚，被逼急了會膽大，但向將軍要勢力這種事哪裡敢？

龍騰從懷裡掏出一塊小巧的玉質腰牌，上面雕了個「龍」字。他將腰牌放在桌上，推到安若晨的面前，道：「想去找妳主要也是要給妳這個。我不在時，若遇危急情形，記住，是遇危急情形，無人可為妳作主之時，妳可用這腰牌調令兵將。」

安若晨震驚地看著，這東西簡直燙手，她哪裡敢要？

「我希望妳沒有得用上它的那天，畢竟妳的身分地位，用這東西也頗費勁。用得不好，落人話柄，也容易招禍。」

是啊是啊！安若晨猛點頭。自己招禍不算，恐怕還會給將軍帶來麻煩。

「不如將軍給我點實用的。」安若晨厚臉皮道。

剛說完就被龍騰瞪了，「這東西不實用？」

安若晨被噎住，趕緊拍馬屁：「實用，實用，就如將軍教我用的匕首一般，我若有本事練好了，便可殺敵，但未練好，也會傷了自己。」

「那就好好練！」龍騰臉黑黑的。

「哦。」一拿就拿，誰還怕好東西不成？

安若晨將腰牌收入懷裡，想了想，又有些慫，「將軍，若這牌子落到別人手裡，是不是他們也能拿去調兵了？」

「是。」龍騰故意瞪她。

安若晨的臉頓時皺成一團，所以說自己魯莽衝動嘛，現在退回去來得及嗎？

「妳那什麼表情？」

嫌棄它的表情！可惜她不敢這麼說。

安若晨道：「多謝將軍信任。」

龍騰一臉嫌棄，安若晨不敢有異議。

「妳說實用的東西，是什麼？」

「什麼？」安若晨還在苦惱那腰牌，一時沒反應過來。

「妳方才說，給妳這個不如給點實用的，那是指什麼？」

還能換？安若晨頓時來了精神。

「將軍，我缺錢。」

龍騰：「……」

安若晨一看龍騰的表情，精神氣頓時消退一半。

「呃……我是說，我打探消息收買人心什麼的，總是需要些錢銀打點的。我到這兒也有一段時日了，那什麼，好似也未曾與將軍認真討論過錢銀之事。然後呢，不止我的月錢，若能多給點，我出去辦事也會方便些。」

這個理由很合理，安若晨目光炯炯地看著龍騰。

龍騰也在瞪她，那腰牌能號令能調兵，不值錢是吧？缺她吃的還是缺她穿的？對了，給她錢銀置裝，結果看她把自己打扮成什麼樣？他都忍著未曾說嫌棄話，她倒是老實。

「晚了，該回去睡了。」龍騰揮揮手，又開始趕人。

安若晨愣愣的，怎麼又不聊了？她還有好多話想說，錢到底給不給呀？

龍騰把門關上了，安若晨瞪著門板一會兒，嘆口氣，背著手溜達回屋去了。

將軍心，海底針啊！

第二天一早，安若晨剛起身就聽得春曉報了不少事。

一是龍將軍昨晚連夜走了。

二是龍將軍昨晚下令安排了兩輛馬車和兩隊衛兵供安若晨差遣，衛兵隊長已經來安若晨院子打了招呼，說是隨時聽候吩咐。

三是太守大人早上派人過來請，說是龍將軍昨日交代，細作案情是由安管事偵辦的，細節事宜待安管事過去稟報和協助偵查，於是太守大人派人來催，要求安若晨今日去太守衙門。

四是帳房先生讓安若晨得空去一趟帳房領錢核帳。

五是李長史要求安若晨過去完善文書案錄。

安若晨一邊吃早飯一邊聽著一邊盤算這些事處置的先後順序，這時春曉又添了一項：「對了，送菜貨的陸大娘也留了口信，說昨日姑娘的二妹摔傷了腳踝，不過聽說沒甚大礙，在家中養著。陸大娘怕姑娘惦記，就留了話。」

安若晨扶額，還真把安若希給忘了，她怎會摔了呢？

春曉眉飛色舞地道：「我仔細問了。原來是昨日安二姑娘跑衙門去報官，一路高呼救命一路衝，後頭跟了一串人，也不知要救誰，就跟著她看熱鬧。結果旁人看到了，還道後頭的人在欺負安二姑娘，便叫嚷喝阻，總之是亂成一團。接著安二姑娘還未跑到衙門便摔了，腳扭到了爬不起來，旁人便問她這是怎了，她說報官救人。人家問救誰，她琢磨半天說救我姊。人家又問妳姊姊在哪兒，她又說不上來那宅子是哪，就說是招福酒樓後頭。」

春曉演得投入，一人分飾多角，看得安若晨笑起來。

「後來就有人好心說幫她報差爺，又幫她雇了轎子，讓她回府去了。眾目睽睽之下，聽說頗是狼狽丟臉。」春曉道：「如此說來，姑娘二妹也不是太壞。」

安若晨笑問陸大娘可還在，春曉去看了，回來報還未走，於是安若晨去見了陸大娘，與她說聽說了安若希的事，讓她幫忙送個平安符給安若希，便說謝謝她。春曉在旁邊嘻嘻笑，說姑娘時不時上廟裡祈福，這會兒派上用場了。

安若晨趁著春曉去幫她取香囊符袋時，與陸大娘交代了幾句李秀兒的事。陸大娘也趁機說了崔姑娘一直觀察招福酒樓周圍，看到一直在酒樓旁邊賣貨的貨郎，大清早剛出攤看到了窗戶上出現了鈴鐺後就趕緊走。崔姑娘一路跟著，跟到了城東的頂松坡，看到貨郎將四個鈴鐺掛在坡頂亭子的四個角上，然後貨郎便回到酒樓旁繼續擺攤子，之後再無其他異常。

安若晨知道這位崔姑娘其實是招福酒樓附近活動的一位乞丐老頭。

「崔姑娘看到有人來取鈴鐺或是過來觀察嗎？」

「沒有。我今早來之前還去看了，亭角還掛著那四個鈴鐺。」

安若晨點點頭。她之前就在想，劉則是酒樓老闆，在他酒樓掛鈴鐺他能看到，但與他接頭的人呢？總不能天天按點來酒樓看看有沒有鈴鐺。

傳出趙佳華死訊那日，酒樓掛出的鈴鐺變了，這是劉則傳出的訊號。後來她也在劉則嘴裡證實，他並不知道閔公子在哪裡，一直都是閔公子來找他的。

安若晨一開始便與陸大娘商議過，要找個合適的人觀察酒樓，以便尋找掛鈴鐺的人，或者找出傳遞消息的方式。現在雖未找到閔公子的下落，方式卻是知曉了——劉則掛鈴，貨郎便去傳訊。

說話間，春曉拿著東西小跑著回來了。

安若晨一語雙關對陸大娘道：「那就麻煩大娘了。」

陸大娘會意點頭，一口應承下來。

春曉還有些不滿意，很想自己給二姑娘送去，親眼看看二姑娘狼狽的模樣。

「妳不是才誇我二妹也不是太壞？」安若晨撇眉頭，近來她覺得眉頭靈活了許多。

春曉笑嘻嘻的，「不太壞也不耽誤想看看她呀！」

安若晨故意嘆氣，「看來還是二妹招人歡喜，妳惦記著她摔了，也不想想我也摔了。快幫我去廚房說說，給燉個湯補補腿腳吧。」

「啊！」春曉似才想起自家安管事還真是也摔了，「我這就去！」一溜煙小跑往廚房去，跑了一段又回頭道：「姑娘，這般說來，妳們還真是親姊妹。」笑完又跑了。

安若晨心裡一嘆，是啊，還真是親姊妹！

安若晨支開了春曉，去了西院廂房，與趙佳華悄議一番後，便去了太守府。

姚昆一夜未眠，連軸審案，臉上顯出倦意，但見得安若晨來，仍熱情接待了她。

只一日之隔，態度當真是天差地別。

安若晨有些受寵若驚，又小心翼翼，生怕出點什麼差錯給龍騰招了麻煩。

姚昆將審到的案情與安若晨細說一番，道已將四個城門封住，嚴查進出人員。龍騰昨夜與他說了閔公子一事，他已命官差審問了酒樓掌櫃夥計和周邊商戶，確實有位熟客閔公子，可惜無人知道他的來歷和住處。他已讓人畫了畫像，貼在城中各處，通緝此人。

安若晨看了畫像，確有幾分像，但這閔公子無甚明顯特徵，打扮打扮怕是也不容易認出。可既是不少人認得他，那麼他定也不敢如從前那般在街上逍遙了。

安若晨忙報：「大人，我聽得趙佳華說，她曾經試圖追查掛鈴鐺的人，可惜沒找到，但她見到酒樓附近一貨郎行動有些怪異，有可能是為那閔公子傳消息的。」她把貨郎攤位和特徵細細一說，姚昆當即派人去捉拿。

姚昆又細問安若晨一些問題，提到姜氏衣鋪縱火案，安若晨道：「李秀兒確實是徐媒婆的線人，且與趙佳華有接觸。趙佳華死訊傳來，她必會恐慌，故而逃走。如今大人將案件偵破，李秀兒若聞訊，定會回來投案，還望大人念她提供線索有功，從前也未做何大錯事，對她輕判。」

姚昆皺緊眉頭，安若晨見狀，忙道：「大人對她輕判，我才好去說服其他曾被徐媒婆利用的姑娘，問出她們究竟向徐媒婆報過什麼消息。」

姚昆一聽有理，遂點頭答應。

不多時，貨郎被押了回來。他聽聞昨日劉府慘案，不敢出攤，捕快打聽得他的居處，將他捉拿。這貨郎早嚇得瑟瑟發抖，可惜他知道的並不多。他說是劉則給他錢銀，讓他見到酒樓窗戶上掛著鈴鐺，便去頂松坡的亭子四個角上掛紅色鈴鐺。只需掛上，其他都不必管。他並不知道這些鈴鐺做什麼用，只要掛上就能拿錢，他便做了。這般行事已近三年，除了掛鈴鐺，他未做過任何別的事。

「這些鈴鐺有何講究？」安若晨問。

貨郎搖頭道不知。他只知道若是酒樓窗戶上掛著藍色紅色鈴鐺，他便不用理，若是其他顏色的鈴鐺，他便去亭子那也掛上四個紅色鈴鐺便好。

姚昆讓人將貨郎押了下去，對安若晨道：「看來他只是個傳信的。劉則用不同顏色和數量的鈴鐺表示不同消息，而這貨郎只是去通知閔公子或是什麼人，劉則有新消息。」

安若晨扼腕，「可惜我們不知道對方是誰或在哪兒。」

姚昆道：「在頂松坡附近。那兒是那一片地勢最高的地方，在亭子上掛鈴鐺，住在附近的抬頭便能看到。那位閔公子既是不想讓別人知道他的居處，那他想獲得消息，就得找個看得到消息的辦法。看到鈴鐺，便是劉則有事找，那他再去酒樓，便不會錯過。」

姚昆說完，叫來捕頭和都尉侯立良，讓他們分別帶人包圍頂松坡附近區域，挨家挨戶地搜查閔公子的下落。

太守大人如此機智和果斷，讓安若晨一改對他的從前印象。果然能坐穩這官位定是有些本事，做不做事只是看他想不想做而已，蒙佳月果真是他的脈門。

姚昆看了看安若晨，也嘆道：「當初安姑娘半夜來擊鼓，我道姑娘只為爭些家宅怨忿，卻沒料最後還真是靠著姑娘，一舉搗毀了細作潛伏在中蘭城裡的組織。」

「若能抓到那閔公子就好了。」

「就算沒抓到，他們在我平南郡也完了。」

完了嗎？安若晨並不樂觀，她可沒忘了紫雲樓裡的內奸。就算那閔公子無法在城中活動，就算在市井裡的勢力土崩瓦解，但軍中呢？官府裡呢？

一座華美的府宅裡，閔公子坐在屋裡遙望頂松坡觀景亭四角上的鈴鐺，一臉陰鬱。

他對面坐了個人，那人卻是一張笑臉。

「我早說過安若晨會是個大麻煩，偏偏你不同意對她下手。」

閔公子冷冷地道：「若我需要對誰下手，是我覺得對大局有必要，而不是為了你。」

「為了什麼都好，她都不該這般逍遙自在。你看看，如今你若是想出門，還得易個容化個妝，在中蘭城是沒法施展拳腳了。你拿什麼臉回南秦？我都替你憋屈。」

幸災樂禍得如此明顯，閔公子恨得咬牙。

那人又道：「現在怕是姚昆已安排人手開始搜城了。你在我這兒很安全，只是下一步如何打算，你得想好了。我不是總在這城裡的，有事你得提前說。」

閔公子不語，他知道對方不過是在提醒他如今他的安全全仗著他。雖很不滿，但對方說的是事實。下一步如何辦，他也不知道。他已飛鴿傳書出去，等著吩咐行事。

這感覺，真的很憋屈。

◆　◆　◆

安若晨在衙門守了一日，並沒有更多的好消息。

李秀兒來投案了，她按陸大娘囑咐的，隻字未提陸大娘的存在，只說安若晨曾經說過細作狠毒，而徐媒婆和趙佳華的死都讓她恐慌。她原想帶著娘親去外地看病避開這禍事，但沒走成。看到有人燒屋，她趕緊逃了。什麼丟花瓶示警，出去後想到徐媒婆有個舊宅已廢於是便去了等等，全按陸大娘教的說了。

李秀兒說完，看了安若晨一眼，安若晨對她眨眨眼安撫。李秀兒看到她表情，鬆了一口氣。陸大娘說若不投案，後患無窮，若她來了，安姑娘會關照她，想來她們定會遵守承諾的。果然姚昆對她並不嚴厲，只是細細盤問了當初徐媒婆讓她做的事，李秀兒仔細答了。最後姚昆未投她入獄，准她回家。

李秀兒千恩萬謝，安若晨在她走時說：「若為這事夫家不能容妳了，妳便來找我。」

李秀兒聽得此言，淚水奪眶而出。這兩日擔驚受怕，擔憂自己的性命，擔憂母親的安危，也深恐日後無依。今日得安若晨一句，只覺真的有人關懷。她深深鞠了一躬，退下去了。

姚昆見狀，忙差人護送李秀兒，與她夫家說明緣由，讓夫家莫要多責怪。

只是當日夜裡，李秀兒仍去了紫雲樓，她不但被姜偉一紙放妾書休棄，也被街坊鄰居唾罵。她無處可去，想回娘家，來與安若晨告別。安若晨讓她見了趙佳華，趙佳華握著她的手道：「我當日承諾過妳的事，定會遵守。」

李秀兒痛哭一場，終是拜別二人，回去找她娘親去了。

兩日後，閔公子的下落依然沒有找到。招福酒樓和聚寶賭坊的眾人已經初步審訊完畢，安若晨替趙佳華爭取到了繼承招福酒樓的權益，一切安排妥當，於是按趙佳華給的地址，出城去接劉茵。

接人的過程很順利，那蘋兒和陳婆子得了趙佳華的囑咐，對安若晨很是信任，聽說是帶她們回去見趙佳華，二話不說收拾東西就上車了。至於劉茵，看見甜棗果子糖就對安若晨特別親。

回來後趙佳華母女重聚等就不多贅言，倒是安若晨這邊明顯感覺到自己被查探了。先是她離開前安排兵隊和馬車，李明宇就頗有微詞，對她及衛兵隊長盤問了一番。先前就劉則等的細作案情，李明宇盤查安若晨比太守姚昆查得還細，對安若晨如何獲得情報尤其關切。他甚至說得出那幾日安若晨明明未曾出門，只與其妹妹接觸談話，為何會有機會示警李秀兒，為何能從李秀兒那處得到消息，是之前就知道還是之後才知道，之前知道的為何沒有報予將軍，之後知道的又是在何時。趙佳華曾經說過什麼，何時所說，為何懷疑劉則，為何謝剛離開了她才說鈴鐺與品香樓無關。劉則與婁志惡鬥那日她為何在現場，為何其妹妹也在現場。貨郎之事是如何知曉的。又說明明將軍交代她切勿輕舉妄動，她陰奉陽違，是何道理……

問題之多之細讓安若晨很不舒服，雖然她明白因為這關乎案錄細節，而她為了隱藏陸大娘及其他線人，故而供詞也並非完美，但李明宇的態度讓她反感。他比任何人都懷疑她，比任何人都關注她辦事的細節。只要抓到某個小破綻便咬死不放，似乎在等待她無法自圓其說，自露馬腳。

去接劉茵的路上，盧正安慰安若晨，說李長史是個認真的人，對誰都那樣，正是他的嚴謹細緻，將軍才會將紫雲樓的各項雜物令書案錄等等交予他管理，讓安若晨別放在心上。田慶聽了，在一旁撇嘴，對李長史的不滿溢於言表。

安若晨接完人回來，春曉告訴安若晨，李明宇趁她不在，來院子裡翻查物品，還對春曉等人問了一大堆問題。陸大娘、守大門的衛兵等，還有方元管事，都被李明宇問話了。春曉很不高興，覺得李明宇官職沒多大，威風倒是擺得挺足的。

這些事讓安若晨有些防備，她除了照常打理府院雜事，跟跟衙門跟進案情之外，再不做別的小動作。與陸大娘也無正面接觸，只悄悄收到她留的消息，說頂松亭的鈴鐺一直無人來取。市坊間風平浪靜，未有任何細作的行蹤線索。

安若晨回來時，謝剛已經從豐安縣返回。安若晨聽說李明宇已經搶著向謝剛仔細細報過了這段時日案情，將安若晨的作為舉止也告了一狀。安若晨心裡頗不舒服，不過謝剛沒說什麼，當著安若晨的面只說她處置及時。

安若晨覺得李明宇並不服氣，對她的事格外留心起來。

之後龍騰也回來了。他與謝剛時常忙碌，總在郡府衙門和城郊兵營之間奔走。安若晨不知是什麼事，也不問。她這邊也在忙。趙佳華的毒清得差不多，但身體仍虛弱。劉府的丫鬟僕役被抓的抓，被趕的趕，還有些是趙佳華不放心的，遣走了好些人。而李秀兒回到娘家處境也不好，有人認為是她害死了半條街的街坊，又說她是奸細叛國，時不時上門辱罵，村長也出面要求她們離開。趙佳華聞訊，乾脆將李秀兒一家三口接到劉府裡來。

至於酒樓那邊，同樣也是一番整頓，掌櫃從前對劉則忠心耿耿，對趙佳華頗是不屑，陸大娘推薦了另一位掌櫃人選。趙佳華談過之後，將酒樓的人手換掉了七成，剩下的都是聽話能用的。而李秀兒在府宅替她管事，新掌櫃打點酒樓事宜，齊徵也進了酒樓，幫著跑腿辦雜活，開始學習跑堂等事，很有幹勁。

趙佳華身體雖仍虛弱，但一切事情慢慢井井有條起來。她請了安若晨到新的招福酒樓吃飯，對她道：「日後若有任何事，需要我幫任何忙，只要妳開口，我絕不推辭。」

安若晨笑了起來，「那第一件事就是生意一定要好。妳這生意好了，把安家那三家酒樓的客人都搶過來，我就高興了。」

經歷了那些事，又是一女子做東家，招福酒樓元氣大傷，名聲一落千丈，那些達官貴人避嫌，怕是短期內都不會再來了。此後境況定會不易，但趙佳華仍哈哈大笑，接下了安若晨的鼓勵，表示一定好好努力。

與安若晨這頭的苦中作樂相比，安家的情況有些微妙。

買賣生意上，安家的生意忽然間好了不少。

一是酒樓這頭，因著招福酒樓出了事，年底宴請會客等都從招福酒樓轉到了別家，安家三間酒樓忽地日日爆滿。

再有安若晨在破獲細作之案中立了大功，全城皆知安家大女兒入軍效力成了英雄，不止在軍方站穩腳跟，還讓太守及其夫人對她青睞有加。太守夫人不但送禮給安若晨，還邀她到府中做客。

大家似乎都忘了當初安家與這大女兒在逼婚逃家之事上的怨仇，只覺得安家處處閃光，不但跑去安家的酒樓吃飯，還順便藉著年末年關時候巴結送禮，討討交情。

安之甫卻不覺得全然喜悅。有錢掙當然是好，他只喜這個，可人人過來都要誇幾句安若晨是要怎樣？這簡直是一巴掌一巴掌往他老臉上搧。還有，他那個傻乎乎的二女兒，蠢成啥樣會被安若晨那賤人支使著滿城瘋跑啊？最後摔了腿丟了人，淪為笑柄。

安之甫覺得安若晨是故意的，絕對是故意坑害了安若希，給他們安家難看。

關於這件事，譚氏的怒火遠超安之甫，她除了把犯蠢的女兒臭罵了好幾頓之外，還把安若晨託陸大娘送來的平安符、託丫鬟送來的燉湯等等全都砸了。那賤人自己風光，卻害得她女兒遭人恥笑，這口氣怎麼嚥得下去。

反而是安若希，說不上自己究竟如何。她是覺得很丟臉，也很生氣，畢竟當日屁股後頭跟了一串人看熱鬧，最後被看笑話，狼狽爬上雇轎回來的人是她。可她聽說安若晨平安無事後鬆了一口氣，聽說她讓人送東西過來也有些耍脾氣地想「哼，算妳還有點良心」。聽說她成為英雄後，她覺得這不是壞事，若大姊爬得越高，那能給她的幫助就越大。當然，前提是，如果她願意幫她。

安若希是賭了一口氣的，自己委屈成這樣，大姊若還不幫她，她做鬼也不會放過她。

這段時間安若希閉門不出，一是養傷，二是沒臉。家裡賓客往來頗多，都與她無關，但錢裴忽然到訪，說是近年關了，要在中蘭城中小住，與各家友人走動走動，來安家也拜訪拜訪。

譚氏讓安若希打扮打扮好出席家宴。

安若希腳傷已好，別的好推辭，這個她不敢。

席上膽戰心驚，生恐錢裴注意到她，但越怕什麼就越來什麼。錢裴不止注意她、誇讚她，居然又問起她的婚事安排。不止問，還熱情地說自己也會留意留意有無合適人家。

安若希的筷子差點掉到地上。錢老爺對她的婚事怕是比她親爹都殷勤，要是沒打什麼鬼主意，她肯定是不信。

錢裴問完了親事，安若希就想下面該問她與大姊近來走動情況了。果然，錢裴的下一句就是不知道大姑娘近來如何。

安若希瞪著面前的碗，食不知味。

就聽錢裴說聽說二姑娘與大姑娘聯手擒賊，傳為佳話，這真是好事。安府出了兩位好女兒，還是安老爺教導有方。二姑娘的腳傷如今看來無礙，倒是可以與大姑娘繼續走動往來了。

安若希不知道錢裴是年紀大了還是如何，每次都嘮叨說著同樣的事，卻又未見他到底想做什麼。每次都拿親事嚇一嚇她，每次都要求她去見一見大姊。

然後呢？

安若希想起安若晨說的話，讓他看到了妳的恐懼，他就會牢牢抓住。

安若希發著呆，被譚氏暗地裡踢了一腳，安若希醒悟過來，忙對錢裴微笑應好，她會繼續對大姊虛與委蛇，與大姊聯絡交心。

一頓飯下來吃得辛苦，最後安之甫要與錢裴聽曲兒聊生意，安若希趕忙告退。

走出廳院鬆了口氣，腳步剛輕快了些，卻聽得有人喚。轉頭一看，卻是四姨娘段氏。

「二姑娘有空，去我那兒喝杯茶消消食吧。」段氏居然這般說。

安若希嚇了一跳，四姨娘這段時日雖正常了些，似是已經接受四妹失蹤，也許再回不來的現實，但安若希心虛，一直很怕她。如今聽得她的邀約，正待推拒，卻被段氏抓住了手腕。

段氏這段日子安分平靜，卻瘦了一圈。她的手指骨節分明，似用了十分力氣，抓得安若希手腕生疼。「二姑娘來坐坐吧，我有些話想與二姑娘說。」她貼近安若希，壓低了聲音。

那架勢讓安若希害怕，但也好奇，四姨娘能有什麼話與她說？

安若希心裡一動，難道四姨娘有了四妹的線索？

安若希去了。

段氏帶著安若希進了屋子，親自為安若希泡了熱茶，又讓丫頭上了點心。態度和藹，語氣親切，又誇了安若希的丫頭幾句，賞了她點心果子，讓她與自己丫頭外頭玩去。

眾僕歡喜，笑語盈盈，安若希一時間差點有了家宅和睦的錯覺。

待屋裡只剩下了她與安若希二人後，段氏溫柔淺笑地聊了幾句家常，然後問安若希那日怎會與安若晨一起去劉府探案。

安若希尷尬得撫了撫頭髮，「未曾與姊姊去探案，只是正巧碰上了。」

段氏笑道：「我好奇問了梅香，她說那日確實是碰巧遇見了大姑娘。大姑娘上了茶樓後，二姑娘在外頭等，等了許久，便讓梅香去買熏香先回府了。」

安若希一僵，跟她的丫頭打探她的消息，是何意？

「確是想到熏香未買，就讓梅香去了，而後我與姊姊說了幾句話，姊姊說有事待辦，讓我先走，結果就撞見劉府裡殺人，我便急著報官去了。」她頓了頓，看著段氏道：「這事我與爹爹報過了，全府都知道，四姨娘想說什麼？」

段氏陪著笑臉忙道：「二姑娘莫要誤會，我沒什麼旁的意思。就是聽坊間說，劉府裡頭有密道，關了好些人。不知二姑娘有沒有跟著進去過，見沒見著裡頭的人，可有我家芳兒？」

安若希呆了呆，蹭地站了起來，「四姨娘難道是說我跟大姊夥同外人，將四妹藏了起來嗎？我能幹出這種事來？」

「不，不！」段氏忙將安若希拉住，「二姑娘莫要惱，我真沒別的意思，這不是沒了辦法，只能多打聽。不是說二姑娘怎麼了，而是安若晨那賤人歹毒，什麼事都幹得出來。我是覺得，她讓二姑娘去報官，許也是個陰謀，她自己背後就是官，還用得著二姑娘去報官？怕是她想掩飾什麼，把二姑娘支開。」

安若希簡直不知該說什麼好，只得安慰道：「四姨娘多慮了。那密道太守大人和龍將軍派人查封了，裡面東西盡數搜走，又用泥磚堵了，這是中蘭城人人皆知的事。若是裡頭藏了人，藏著四妹，哪裡瞞得住？」

段氏呆愣，沉默了好半天，忽然又問：「那賤人可曾告訴妳，她是如何哄騙我芳兒離家的？門房都說了未看到人出去，芳兒是如何出去的？」

安若希的心跳得快，猶豫了一會兒，道：「她未曾說過，我也不知。」

段氏失望地看著安若希，就這麼一直盯著，過了好一會兒，忽道：「我覺得芳兒沒有離開這府裡，那天是安若晨那賤人將芳兒殺了，將屍體藏在她屋裡……」

「四姨娘！」安若希的雞皮疙瘩都冒了出來，她強忍著沒去撫手臂，道：「四妹失蹤那日，大姊被鎖在屋子裡呢！」

「是啊……」段氏隔了好一會兒才應，「她真是太狠毒了，太狠毒了！」

安若希沒說話，覺得渾身直發冷。還以為四姨娘正常了，原來她只是學會了把瘋癲隱藏起來。安若希坐不住了，她想趕緊走。

這時候段氏從一旁的抽屜裡拿出一個小紙包，與安若希道：「二姑娘，咱們是一家人，四姨娘託妳一件事。」她這會兒說話語氣神態又極正常了。

安若希強笑道：「四姨娘請說。」

段氏將小紙包塞到安若希手裡，她的手又冷又硬，安若希差點打冷顫。

段氏微笑著，極小聲，神神祕祕地道：「二姑娘與那賤人關係親近，這般極好。我看妳們還互相送些吃食，這般極好。這藥粉妳拿著，待再去將軍府時，將這藥粉放到那賤人的茶水或點心裡……」

安若希嚇得尖叫地跳了起來，「這可使不得！」

段氏看著安若希微笑，說道：「如何使不得？妳們一起敘話，總得喝喝茶用些點心。再不然，妳讓廚房做些好吃食帶過去給她，把藥粉放進去就好。她吃下後，幾個時辰之後才會肚痛，穿腸而亡，不會有人知道是妳幹的。妳看，我也是好心腸，不想害到別人，這才與妳說這些。」

「我去見了她，她便死了，怎會不知道是我？」安若希差點用吼的。這女人瘋了嗎？還說自己好心腸，難不成她想說她本可以放到她帶去給大姊的點心裡，若她與大姊一起吃了，一起死嗎？

段氏一把拉住安若希的手，將她拽回椅子上，手按在桌上。她的手冰冷，力氣大得驚人，安若希被嚇到，竟不敢掙扎。

段氏將那紙包塞進安若希手裡，笑道：「二姑娘多慮了，怎麼會以為是妳呢？妳是她的親姊妹，親姊妹怎麼會害死親姊妹？不會有比那個賤人更毒的了，只有她才會害死親姊妹，別人不會的。妳先拿著，若有機會便放了。若沒有，妳找個機會領著我去紫雲樓，或是幫著安排我見她一面。我自己去怕那賤人不敢見我，妳帶著我，她便會見了。到時我來收拾她，便與二姑娘無關了。」

安若希的手在發抖，想丟掉那紙包，手卻被段氏握得緊緊的。

「妳拿著，先去見她，看機會辦，好嗎？」段氏的眼神如蛇一般冰冷，語氣非常堅定。安若希一時被鎮住了，不敢說不，下意識地點點頭。

段氏笑了，終是放開了她。

安若希不敢再待，慌忙告辭。出得門來，心還在狂跳。她生怕別人看到，紙包握在手裡絲毫不敢鬆開。也不等丫頭，自己一路疾走回到屋裡，這才緩了口氣。將紙包丟在桌上，遠遠瞪著它看。看著看著覺得眼睛疼，似中毒一般，又趕緊丟進了抽屜裡。再看不到，覺得安全了。

然後，安若希忽然心思一轉，心裡冒出個可怕的猜測。

自四妹逃家後，段氏就沒怎麼出過門，出入也皆有人跟著。若這紙包裡真是毒，她哪弄來的？下人們肯定不敢幫她買這個。那也就是說，這毒是很早之前她便有了。為誰準備的？沒有用上？

安若希越想越害怕，冷汗冒了出來。

◆　◆　◆

安若晨剛回到紫雲樓就聽得衛兵說龍大將軍要見她。安若晨頗興奮，一打聽，將軍在側院的馬場那兒，安若晨趕緊去了。

到了側院，遠遠便看到了龍騰，他正替一匹棗紅色的馬刷背。站在健壯的馬兒身邊，居然也顯得他很高大強壯。

用毛刷從馬頸沿背一直刷到馬臀的動作，讓他肩膀和胳膊的線條賁起。他的手臂很長，手掌很大，看著很有力量，動作卻是相當溫柔。

龍騰轉頭，發現了安若晨，對她露齒一笑，安若晨才發現自己偷偷看了他好一會兒。

「妳來。」龍騰對她招手。

安若晨莫名緊張起來，握緊了手中的點心盒子。點心是招福酒樓的新廚子做的，她覺得味道很好，忍不住想帶一盒給將軍嘗嘗。宗澤清從前與她聊天時曾說過，上場殺敵之時，還未交戰，只握住了兵器，便覺緊張興奮，心怦怦跳。她如今手裡沒有兵器，拿著點心都覺得心怦怦跳，似要上陣殺敵的感覺。

安若晨咬了咬唇，她到底在激動什麼？

走過去了，龍騰揚了揚眉毛看她，「這表情怎麼回事？」

「許久未見將軍了，有點緊張。」瞎掰得挺好的，安若晨鼓勵自己。

「許久？」龍騰笑了起來，「有多久？」

五日了！

安若晨差點脫口而出，及時打住。

「將軍日日早出晚歸，甚是忙碌，還是要注意身體。」

看看，她如今說話也越發圓滑，話題轉得多麼自然！

龍騰微側頭看她，安若晨的心又似要上陣殺敵了。

「這是什麼？」結果龍騰卻是問她手上的盒子。

安若晨低頭看看，道：「點心。」

「好吃嗎？」

「好吃。」安若晨點頭，沒好意思說是特意拿回來給他的，稍晚偷偷放他屋裡好了。

龍騰又在看她。

安若晨下意識抬頭挺胸站得筆直。

龍騰忽然板起臉來，道：「上回與妳說的讓妳學騎馬，學得怎麼樣了？」

安若晨：「……」

將軍當時就這麼一說，第二天就走了，之後回來再沒提，她也就早丟到腦後。

難道那個不是調侃，而是命令？

安若晨看了看那馬兒，下意識地後退了一步。

從馬上摔下來的痛可是記憶猶新，而且幸好只是痛，沒斷胳膊沒斷腿，腦子和胸沒被踩上兩腳，簡直就是幸運至極。她去燒香拿平安符時，為此還跟菩薩多磕了兩個頭。

龍騰看她那慫樣，揚起眉梢，「妳過來！」

安若晨上前兩步，下意識抱緊點心盒子護著胸。

她記得將軍那匹大黑馬可是會後旋踢的，這匹紅色的小一些，不知武藝如何。

「摸摸牠。」龍騰用下巴指了指那棗紅馬兒。

他的語氣一貫是發號施令的，頗有些命令她過去做登徒子的感覺。

安若晨有些猶豫，被龍騰瞪了，便趕緊向馬兒靠近一步。她的胳膊伸到最遠的長度，也才碰到馬兒一點點。

馬兒動了動，安若晨似被踢到般往後跳。

龍騰沒好氣，乾脆伸掌握住她的手，將她往身邊拉來。
安若晨嚇了一跳，心臟咚咚咚敲起了戰鼓。
將軍的手掌很大，而且很溫暖。
安若晨的心飛騰跳躍迴旋踢，開始殺敵。
「妳過來，站近一點，妳的害怕會影響牠。」
安若晨眨眨眼，將軍在講什麼？哦，對了，是馬兒！
她現在不害怕啊，她就是有點激動。
龍騰握著她的手往馬兒身上放。這次馬兒沒有動，牠的皮毛光滑水潤，也很溫暖。
安若晨順著龍騰握她手的力度，輕輕撫摸著馬背。
龍騰放開了手，她自己還在起勁地摸啊摸。
「喜歡牠嗎？」龍騰問。
「喜歡。」牠讓她與將軍站得很近。
「牠是匹好馬，溫馴強健、穩定，有耐力。」龍騰道。
「嗯嗯。」安若晨覺得自己也是這般的，若是將軍如欣賞這馬兒一般欣賞她就好了。
「我親自挑的，頗費了些時日。」龍騰又道。
「真是匹好馬。」安若晨應著，反正拍著將軍的馬屁就對了。
龍騰笑了起來，安若晨的心又開始咚咚咚。將軍笑起來這般好看，他自己知道嗎？
「妳幫牠取個名字吧。」
「戰鼓。」安若晨想都沒想。咚咚咚，咚咚咚，就是戰鼓啊！

龍騰：「……」

安若晨輕輕拍馬兒的腦袋。戰鼓，這名字多棒，多威風，配得上將軍。戰鼓啊戰鼓，雖然你長得沒有那匹大黑馬兒高壯，不過將軍親自挑了你，你好好努力，定能討得將軍歡心。

「為何叫戰鼓？」

「威風討喜。」安若晨眨巴著眼睛看龍騰，眼神裡滿是期待，「這名字可以嗎？」日後將軍騎著馬兒出去，旁人誇讚「這馬兒真是英偉俊俏，叫什麼名字呀？」將軍答：「戰鼓。」旁人便說這名字好啊，誰取的？將軍答：「我家安管事。」

哎呀，多叫人歡喜！

安若晨抿著嘴笑，瞅著戰鼓，又覺得牠俊朗了幾分。

「妳覺得好便好。」龍騰道。

安若晨用力點頭。她覺得好極了。

「戰鼓是姑娘。」

安若晨：「……」

「是給妳騎的。」

安若晨：「……」

等等，等一下！

安姑娘，妳這馬兒真是聽話好看，叫什麼名字呀？

什麼？戰鼓？不是姑娘嗎？誰取的名字啊？

這情形完全不一樣了。

「呃……」安若晨愣愣地看看戰鼓，再看看龍騰。

龍騰沒在看她，他正招手囑咐馬夫過來給戰鼓上馬鞍。

安若晨再看看戰鼓，在心裡安慰牠：其實，這名字也挺不錯的，對吧？

戰鼓用鼻子噴氣，看著她。

安若晨與戰鼓大眼瞪小眼，直到馬夫搬來了登馬凳。

龍騰用眼神示意安若晨上馬。

安若晨抱緊她的點心盒子。

龍騰瞪她。

這點心金貴還是怎地？又不給他吃！

安若晨判斷了一下形勢，看來今日龍大將軍頗得空，這騎馬是不得不學了。這段時日確實少有機會見到他，今日算起來不吃虧。騎就騎，若是摔了，將軍一定會接著她的。

安若晨一路小跑把點心盒子放到牆邊，再奔回來。將軍就站在戰鼓身旁等著她，高大挺拔，俊朗英姿。咚咚咚咚，咚咚咚咚，安若晨心裡又打了起來。她紅著臉頰奔到馬兒旁，一腳踩上馬凳，瀟灑翻身……

「啊啊啊……」

若不是龍大將軍捉住了她的腰帶，扶了她一把，她此刻已經翻到戰鼓的另一側去了。

坐穩，低頭，看到將軍果然在瞪她。

「越摔越得學。」龍騰道。

安若晨漲紅臉，她又不是故意要摔的，就是有點小激動，而且現在低頭看到將軍，激動又有點小小變大了，她居然能俯視將軍。

安若晨一連看了好幾眼，一邊看一邊忍不住笑。

將軍仰著臉的樣子真是好看！

「坐直了笑，不然真摔了。」龍騰訓她。

「不怕。」她還在笑，要是摔了，將軍一定會接住她的。

「不會。」

「什麼？」

「不聽話摔了，我不會接妳。斷了腿，妳便記得教訓了。」龍騰平板地說。

安若晨的笑僵住，忍不住撇嘴。將軍又嚇唬人了，差點忘了將軍有這喜好！

安若晨清清喉嚨，抬頭挺胸，坐直了。

龍騰擺擺手，讓馬夫退下。他牽著韁繩，拉著馬兒慢慢走。馬兒一動，安若晨在馬上便晃了起來。她緊張地握緊馬鞍，走了一會兒，晃習慣了，這才放鬆下來。

「戰鼓以後歸妳了，妳記得每日看看牠，學會照料。」龍騰牽著馬，跟她道。

「是。」

「不但要學會騎馬，拳腳防身之術也莫荒廢了。」

「是。」

「別光答應。我不在時，妳練得很少。」龍騰戳穿她。

安若晨漲紅了臉，刀劍拳腳什麼的，她沒什麼天賦。

「我還讓人給妳製了套弓箭，平日裡有空時，妳便練練。」

安若晨用力點頭，「將軍若是需要我上戰場，我便去！」

龍騰回頭瞪她，「搗亂是不是？誰讓妳上戰場了？」

安若晨不敢回嘴，確實歡喜過頭失言了。

將軍為她牽馬呢，她能為這事歡喜到白髮蒼蒼。

「年前姚大人設宴，宴請平南郡的重要官紳，妳陪我去吧。」

「好咧！」安若晨答得歡快。

龍騰忍不住又回頭瞅她一眼，用這種店小二的口吻應他是怎麼回事？

「這兩日方管事便要回太守府去了，妳提前與他商議好人手的安排，該添置些人的地方，就添置上。」

安若晨點點頭，這事她知道，方管事與她說了。

「那閔公子與軍中的奸細都還沒找到，妳要多留心。」龍騰道：「閔公子的相貌已經暴露，這般境況，他在中蘭城已經沒有價值了。若他是我的探子，我會把他派遣到別處，用新面孔取而代之。這意味著，他需要與新的細作聯絡人交代清楚城中之事。市坊間的大勢力應該是沒了，得重新組織，但他軍中和衙門裡肯定還有人。」

「衙門裡也有？」

「軍中都能安插，衙門又怎會放過？這個我與姚大人商議過，他對身邊親近之人暫時沒想到什麼可疑的，只是招福酒樓和聚寶賭坊的帳冊名錄裡都有商舶司官員的線索。姚大人近期會先把商舶司辦了，前段日子一直沒動是在深究內裡。如今情勢明朗，會在近日拘人。」

龍騰回頭，對安若晨道：「妳爹的那批貨出關之事，並無違律，劉德利早辦完手續，只是押著貨沒給他。」

安若晨點頭，「那定是錢裴搞的鬼，用來威脅我爹爹將四妹許給他。」

「而妳爹還一直以為這是做了什麼違律叛國的勾當才將貨取回。若是商舶司那頭被嚴查，劉德利被拘捕，妳爹會怎樣？」

「嚇死他了。」安若晨忽然深思起來，她明白將軍的意思了。

「誣告是要被治罪的。」

果然啊！安若晨心裡暖洋洋的。將軍軍務繁忙，卻還惦記著她的事，她很是感動。

龍騰嚴肅又正經，「妳的家務事我是不會管的，妳自己處置。只要莫惹麻煩，莫要落把柄，到那時候，我可不會護著妳。」

安若晨看著龍騰硬板板的臉，忍不住微笑，然後她抬頭挺胸，大聲道：「將軍放心，我，不，奴婢定會學好本事，保護將軍！」將軍不護她沒關係，她要護著他！

龍騰看著她，臉似乎板不下去了，嘟囔著說了句：「又胡鬧！」

安若晨聽著了，正色道：「可不是胡鬧。將軍，從我入得紫雲樓那時便是知道的。將軍需要的不是柔柔弱弱的婦道人家，將軍需要的是能為他效力回報於他的鐵馬漢子。我雖沒甚本事，可我用心啊，我努力啊，定不負將軍所託。」

龍騰沒好氣，「託妳成為鐵馬漢子了嗎？」

安若晨晃晃腦袋搖搖頭，「我是成不了鐵馬漢子了，可我能做忠心婆子啊！將軍，我到老時，也願為將軍效力！」看看人家陸大娘，俠義果敢，人脈通達，是她的榜樣。

龍騰沉默地看她半晌，面無表情把韁繩給她，「好了，牽著妳走了兩圈，會了嗎？」

咦？安若晨傻眼，她不會啊，站在下面牽著走和坐在上面是兩回事！

「輕夾馬腹，讓馬慢慢走起來，抖抖韁繩。」

安若晨照辦了，戰鼓沒反應。

安若晨又試了一遍，戰鼓還是沒反應。

安若晨琢磨了一會兒，大概她腿短夾不起勁。

「用腳輕輕踢一下可以嗎？」她問。

「妳試試。」龍騰雙臂抱胸站著看。

試試？試完了被馬兒踹下來，將軍你管接嗎？

安若晨沒敢問。鐵馬漢子忠心婆子，她可以的！

安若晨鼓足勇氣一咬牙，用腳踢了踢。這回戰鼓動了，走了起來。這突然一走，嚇得安若晨差點尖叫。驚嚇過後是喜悅。看，她會騎馬了！可還沒喜悅兩步，戰鼓停下了。

不是吧，戰鼓，你就這樣偷懶踏兩下就算完了？安若晨尷尬地看了龍騰一眼。

龍騰嚴肅道：「好好練。」然後就走了。

走了？居然走了！安若晨傻眼。

沒人在旁邊看著，她怎麼敢練？

將軍是在罰她嗎？她做錯什麼了？她明明情深意切地表過忠心了。

安若晨此時孤伶伶地在後院的小校場裡，想回頭看龍騰去哪了，但又不敢轉身太過，怕驚動了馬兒，把自己摔了。

不敢動，乾脆摸了摸馬兒的脖子，道：「戰鼓啊，你做錚錚鐵馬，我是義膽俠女，咱們也能一道威風八面的。不著急，一會兒來人了，就能把我給放下去了。」

戰鼓噴了口氣，踏了踏前蹄。安若晨嘆口氣，剛才她真的沒犯錯嗎？認真想了想，她覺得她真沒有，她明明很誠懇又忠心耿耿。

謝剛辦完事回到府裡，騎著馬從側門進來，一眼看到小校場中間杵了一馬一人。

「安管事？」謝剛認出來了，「她怎地了？」謝剛不忙著過去查看安若晨，先向周圍看一圈，看到馬圈旁盧正、田慶在，李明宇也在，便過去問了問。

「似是龍將軍在教安管事騎馬。」盧正答，一邊答一邊偷笑。

「哦。」謝剛再看看周圍，「那將軍呢？」

剛問完，就見龍騰正騎著他那大黑馬從馬圈躍出來奔向了安若晨。

安若晨聽到馬蹄聲，回頭一看，喜道：「將軍！」

「學會了嗎？」龍騰騎著馬到她面前，安若晨這下又得抬頭仰視他了。他的馬比她的高，人也比她高。

學會什麼了？騎著馬罰站她確實會了。

安若晨苦著臉，「戰鼓雖名字響亮，卻頗害羞，還得適應適應。」

龍騰朗聲大笑，他一夾馬腹，馬便竄了出去。

他騎著馬奔騰跳躍踏步，圍著安若晨轉了兩圈。

謝剛覺得不好意思看，盧正和田慶也愣愣的，李明宇乾脆轉頭走了。

盧正問：「謝大人，將軍多大年歲了？」這狀況叫頑皮嗎？

謝剛使勁咳，沒臉替將軍回答。

安若晨那邊，她也愣愣的。
將軍，你這般示範太快，我看不過來！
主要是，我只注意到將軍英姿，顧不上觀察御馬的動作了……
況且教人騎馬是這般教的嗎？
安若晨有些被欺負的感覺。將軍，你逗我呢，是嗎？
可是，將軍看起來很歡喜，他騎著馬又圍著她轉了兩圈，馬兒騰躍瀟灑，他英偉俊朗，笑起來真是好看。安若晨恨不得自己腦袋能轉上一圈看個夠。
將軍歡喜，安若晨覺得她也歡喜起來。就算是被罰站，也是歡喜。

◆◆◆

閔公子最後再看了信函一眼，然後就著燭火將那信燒了。
「如何？」坐他對面的人問道。
「王爺拿到了大蕭於南秦的細作名單。」閔公子的表情並不開懷。
他對面的人微笑，「想來王爺會對你很不滿。你在這兒什麼都沒幹成，龍騰至今未出兵開戰。你於坊間的勢力幾盡剷除，自己還落得躲躲藏藏的境地。就連大蕭的細作名單，都得王爺那邊親自從京城那頭拿到。我真替你發愁，回去了如何與王爺交代。」
閔公子根本不想理他，若是可以，他早一刀將此人了結，只可惜，成就大業還得靠他。
閔公子道：「我會把最後一件事了結再走，之後會有人來接替我，這裡發生的事，我已盡數告知他，他會來找你。他會告訴你他姓解，來中蘭城做買賣。」

「好的，我就如同招待你一般招待他，問他響不響。」

「他說兩個鈴鐺才夠響，這才對了。」

解先生是代號，解鈴人之意。當初他來時，說的是一個鈴鐺就夠響。他是第一任解先生，就這般離開實在是不能服氣。運籌了近五年，這城裡的根基全是他一點一點夯實的，其中的辛勞艱苦，只有他自己知道，如今卻要狼狽逃離，將自己的成績拱手讓人，待大業成時，竟不是他最後贏的。

閔公子咬咬牙，除了完成該完成的事，他得再做出額外成績回去漲點臉面才能滿意。

閔公子易了容，貼了鬍子，弄了花白的頭髮，穿了身粗布衣裳，去了趟靜心庵。

馬上就要過年了，就連靜心庵這種清冷的庵廟香客都多了起來。

閔公子照例往庵後菜園子走，看到那兒有兩個孩童在捉菜蟲子玩。他們看見閔公子也不懼，香嘻嘻喊著「老伯」。閔公子未理他們，正準備先繞到別處，有人叫喊孩童名字，兩個孩童應了聲，跑掉了。

閔公子等了等，這菜園子再無人來，他便走到棗樹下，拿起燈籠，在燭臺下塞進了一張紙，然後將燈籠掛了起來。

接著他在後門處聽了聽，沒聽到什麼動靜，一推門，門卻是閂著的。

他縱身一躍，翻身進了牆內。

這後院他只進來過一次，對擺設都還有印象，一切似乎還是老樣子。

閔公子一邊觀察著一邊往裡走，走到側院門口時，看到一個毽子。

閔公子停下腳步，正待彎腰去撿來仔細看看，身後忽然有人道：「老丈走錯地方了，前堂才是進香祈福之地。這後頭是貧尼居所，不接待來客。」

閔公子停了動作，轉過身來，看到只有靜緣師太一人，便道：「是我。」

靜緣師太表情不變，道：「看來老丈近來過得不甚順遂，還是早些離開好。」

閔公子惱怒，知靜緣師太在暗諷他的處境。城中的案子鬧得很大，加上他易容到此，她自然都明白了。

閔公子自覺處處受了壓制，連個死尼姑都敢這般譏他。他道：「是比不得師太近來忙碌，正事還是不要耽誤，並非每個香客都如我一般好說話。」

靜緣師太指了指前院，「老丈請回吧。」

閔公子壓低聲音道：「師太，這裡佛門地方，怎會有毽子這等玩物？」

靜緣師太冷靜答：「有香客帶孩子來。你從後牆進來，方才應該看到了才對。許是哪家孩子不小心遺留下來的，我替他們收好了，免得回來來找。」言罷，俯身將那毽子撿起，收入袖中。那一臉平靜，似乎地上從來沒有過什麼可疑物品一般。

「妳是否有事相瞞？先告訴我，便不會有人追究，否則換別人來，可就不一樣了。」

「等別人來了，讓他自己與我說怎地不一樣吧。」

閔公子盯著靜緣師太看了半晌，轉身走了。

靜緣師太看了側院門一眼，也轉身回了前院。當日稍晚時候，靜緣師太送走最後一名香客，到了菜園旁的棗樹燈籠那取信，信裡寫上了人名、地點和時間，這是給她的任務。

靜緣坐在屋裡看了那信很久，細細體會心中滋味。似乎很久沒殺人了，她覺得渾身不舒服，說不出的難受。她把信燒了，拿出她的劍仔細擦。
只是殺了人之後，卻是另一種難受。

陸之章

挑撥

安若希在招福酒樓與安若晨碰面，這是兩人繼劉府風波之後的第一次見面。

安若希看起來有些緊張，安若晨看著她，不動聲色。對這個妹妹，她始終不能放心，但她利用了她，從前相談的事，她還是願意幫她的。說不出姊妹情深，但或許有些愧疚感。

「妳當真想好了要嫁到外郡去？」安若晨問。

安若希點點頭，忍不住又說賭氣話：「拜姊姊所賜，我在中蘭城的名聲又大了些。」

安若晨喝口茶，不想跟她計較。她道：「招福酒樓老闆娘的事，妳聽說了嗎？」

「她相公是細作的事？傳得滿城風雨，怎會沒聽說？」

「她就是孤身嫁到外郡，結果出了事，叫天天不應，叫地地不靈，這還是細作，官府可查辦嚴懲，若是行些小惡不違法的，時常打罵侮辱，沒個娘家人照應，可如何是好？」

安若希皺起眉頭，怒火又起來，「姊姊是不想幫我了嗎？見我沒甚用處，是不是？」

「沒甚用處是大實話，嫁到外郡有不好也是實話。妳想想我娘，娘家在外郡，出了什麼事就沒個依靠，妳娘是本郡鄰縣，時常回娘家走動走動，不也挺好。」安若晨倒是真沒多想什麼，盤算了她所見的幾門婚事，還真是如此。

安若希急了，「什麼妳娘我娘，這又是在拐著彎罵我娘當初欺負妳娘了嗎？這關娘家什麼事？妳娘是有多好？大家都不喜歡她。我娘再如何，也是幫襯著咱家不少，咱家能有今天，我娘是出了不少力的。妳們只會說風涼話，只會心懷怨恨，可曾想過別人的處境？我為什麼想嫁到外郡，妳不是清清楚楚嗎？前兩日錢老爺又來了，又在重複那些話，什麼婚事了，什麼妳姊姊如何了，我嫁得好了，妳這不才省心了嗎？」

安若晨皺眉頭，「妳好好說話。」

「我怎地不好好說話了？妳嫌棄我沒用處，我與妳說，我用處可真是大的。四姨娘想讓我給妳下毒，為四妹報仇雪恨，我動手了嗎？若不是有我，四姨娘說不定找了別人真會下手，或是自己就想法來害妳了。我還好心與妳通風報信，好心沒真害妳。」

「沒害我就算好心了？」安若晨瞪她，「妳家的好心腸標準怎地這般低？」

「總比妳勢利瞧我沒用處便一腳踢開的強。」

「我踢妳了嗎？這不是眼見著好幾個姑娘沒嫁好受了苦，我事先提醒妳。妳自己想好了便成，莫忘了，嫁了之後可沒人能幫妳了。就算夫家將妳打斷了腿，折磨妳，那也是家務事了。」

「就不能先挑個好的嗎？」安若希嗓門大起來。

「外郡人家誰認識，誰知道好不好？妳看這招福酒樓的劉老闆好不好，結果呢？」

安若希想了想，氣焰頓時萎了下來。

「那……總歸是得嫁的。我們女子的命，就是這樣。在家裡受父母的擺布，嫁了人受夫家的擺布。父母沒得選，夫家就盼著能選個好點的。」安若希嘟起嘴，「總得試試。我跟妳說，我真的是好心，錢老爺一直不死心，他跟這郡裡哪家都熟，我嫁到哪兒，他過去串個門子又跟我說讓我找妳聊聊什麼的，妳也煩心不是？四姨娘也來串個門，今兒個買著新毒了，妳再去給妳姊放點，讓她嚐嚐。」

安若晨：「……」

「妳不嫌煩，我還嫌呢！」

安若晨嘆氣，「我只是想提醒妳。妳若定好主意，把八字給我，我想辦法幫妳辦。」

安若希眼睛一亮，「當真？」當下趕緊把八字報了。

安若晨記下了，與她道：「妳娘什麼態度，妳可要打點好了。父母之命，媒妁之言，便是將軍也插不得手。我可為妳在外郡尋媒婆留意好人家，但最後親事成與不成，還得看爹爹和妳娘的意思。爹爹那頭我們都明白，妳拉攏好妳娘，哄得她幫著妳，這事才有勝算。」

安若希點頭，「這個我自然明白，我會與娘說好的。」安若希一邊應一邊想著母親偏心弟弟，一心要拿穩安家的得意，不由抿了抿嘴。對母親來說，兒子才是依靠。

安若晨又道：「還有，給妳提個醒，太守大人要辦商舶司了。這幾天就會辦，說是年節設宴時好擺威慶功，喜慶喜慶。這次招福酒樓和聚寶賭坊的事，拿到那邊的證據了。爹爹那批貨裡不是有些不乾淨嗎？他自己趕緊想辦法吧。到時受了牽連，我恐怕妳的婚事更不好辦。」

安若希一驚，「此事當真？」

「自然是真的。爹爹在衙門裡不是打點了許多關係，讓他打聽打聽就知道了。」

安若希蹙眉。

安若晨又道：「若是我，就先下手為強，狀告商舶司欺凌百姓，逼迫百姓交錢護貨。明明太守大人都下了律令封鎖關貿，商舶司卻說只要給錢就給放貨通關。做生意的，買賣裡頭全放著身家性命血汗錢，自然被牽著鼻子走了。腦子一熱，做了糊塗事，就給了錢銀行了賄。這也是逼不得已，且事後敢怒不敢言，但如今聽得太守大人願為民做主，故而上告，將商舶司罪行揭發，求大人主持公道。如此，雖可能賠上些罰銀，但不會被這案子牽連，被汙衊通敵叛國了。」

安若希懷疑地看著她，「妳會這般好心？」

安若晨搖頭，「我不好心。只是我無法離開中蘭城，有個妹妹時不時來找我哭訴要嫁個好人家，她不嫌煩，我卻是嫌的。」

安若希被噎住，擺了臉色走了。

安若晨又訂了一盒點心，與趙佳華聊了聊，這才抱著點心盒子走了。剛出門走沒幾步，覺得似有目光盯梢，盧正、田慶常跟隨她暗中保護，不會令她有這種感覺，於是她不動聲色悄悄看了一眼，卻見是李明宇在酒樓外的一個店鋪裡盯著自己看。見得安若晨看過去，他若無其事轉頭拿了貨品與掌櫃說話。

安若晨皺皺眉頭，轉頭尋找盧正的身影，今日是他隨自己出來。盧正在一茶攤喝茶，見她遞眼神詢問，聳聳肩表示無奈。安若晨在心裡搖頭，沒放在心上。她只惦記著點心，想著這回回去一定要馬上直接將點心放到將軍屋裡去。

上回學騎馬被罰站後，她把點心的事忘了，待想起來，回馬圈那頭找，馬夫說那盒子一直擺著，不曉得是誰的，他們就給分著吃了。

安若晨很是痛心，這次一定不能忘了，要讓將軍吃上。

李明宇見安若晨走得稍遠，又看到盧正也走了，便把手上的東西放下，繼續遠遠地尾隨。他問過盧正和田慶，安若晨不愛帶丫頭婆子，她在紫雲樓裡來去自由，無人監督跟隨，他們只在她外出時護她安危，而她外出接觸的人，於李明宇來看，真的是太可疑了。但是將軍相信她，李明宇覺得這是極不妥當的。

安若晨忽然停了下來，她在看路邊貨攤的小玩意兒。李明宇往旁邊的小巷子裡避了避，正欲探頭看看安若晨的動靜，忽然一個陌生的聲音在他身後響起：「安若晨是細作。」

李明宇嚇了一跳，下意識想回頭，那聲音卻道：「莫回頭，回頭我就馬上走，你再也沒有機會抓到她了。」

「你是誰？」

「知道她底細的人。」

「細作？」李明宇的心狂跳，「你是解先生嗎？」

「真有解先生這個人嗎？」那人反問。

李明宇頓時渾身一冷。

「誰見過解先生呢？誰聽過這個名字呢？只有安若晨是不是？」

李明宇在腦子裡拚命搜索。是的，只有安若晨。他所讀過的所有卷宗案錄，提到這個名字的，都是安若晨。是她說偷聽到徐媒婆與解先生密謀，是她說用解先生之名恐嚇徐媒婆向龍將軍自首，一直都是安若晨，而拘捕到的其他人證、相關人等，知道的都是閔公子。

「你們最後通緝的，不是閔公子嗎？」那人似有讀心術一般，說出了李明宇的疑惑。

李明宇努力鎮定，未敢回頭，只問：「你是誰？閔公子？」

「我是誰不重要，重要的是，安若晨比你們所想像的更可怕。為什麼她能順利走入紫雲樓？她一介商賈之女，深居閨中，毫無見識，憑什麼查得出細作？徐媒婆怎麼死的，自盡？被解先生殺的？可沒人見過解先生，安若晨倒是滿城遊走。她是怎麼認識龍將軍的？怎麼讓龍將軍對她有興趣的，怎麼就會覺得她就能幫忙抓住細作？」

李明宇打聽過，先前未曾留意，但偶爾聽得閒言碎語，於是乾脆打聽清楚了。怎麼認識的？太巧的巧合。怎麼有興趣的？因為她偷聽到了解先生與徐媒婆密謀。怎麼進紫雲樓的？因為徐媒婆死了，妹妹失蹤了，她說細作會對付她。

李明宇閉了閉眼，是解先生的存在將安若晨推到了龍將軍的身邊，可除了她，確實沒人見過提過解先生。如今破解掉的細作組織，也只知道領頭聯絡的是閔公子。這人說的對，哪來的解先生？而這安若晨無時不刻不在想辦法討好諂媚將軍，成日黏著將軍。

「憑她一個弱女子，單槍匹馬，如何擊敗劉則？」那人還在刺激李明宇的疑慮。

「你想如何呢？」李明宇問。

「她不仁，我自然不義。她想藉著攀上高枝便將我一腳踹開，讓我背黑鍋，那可不行。她立了大功，蒙蔽大人們，自以為高枕無憂了，總要有人來揭穿她。」

李明宇有些激動，感覺血都熱了起來，「怎麼揭穿？」

「你先別急，我是有條件的，我手上有安若晨和安家通敵賣國的證據……」

「安家。」李明宇頓覺明朗，難怪安若晨搗毀劉則那派人馬時，不停與安家人聯繫。

「沒錯，不止安家，還有別的權貴在幫她。計畫裡，她進了紫雲樓，迷惑龍將軍，拿到情報。這些我手上都有證據，但我有個條件。」

「你說。」

「我把證據交給你的那日，你要調開東城門盤查的衛兵，只需一小會兒就好。」

李明宇一僵，「你想逃跑？讓我助你逃脫，那是萬萬不可能的。」

身後人冷笑，「那我就不跑了，你等著安若晨下一步對付你，你等著她把情報交給南秦，你等著龍騰人頭落地，等著平南郡失守……」

李明宇不說話。

「是放過我一個損失大，還是賠上整個大蕭損失大？」

李明宇猶豫半天，道：「好。你何時給我證據，怎麼給？我何時調開城門衛兵？」

「你先確定好你何時能調開衛兵，然後你提前一天去頂松亭，將亭角四個鈴鐺取下。我看到後，第二天一早會將一半的證據放在頂松亭的椅子下面，你自己去取。午時，你到東城門，調開衛兵一會兒，我順利出去後，把另一半證據放在東城門外觀柳亭的椅子下面，你將那一半取了，東西就全了。」

李明宇心思轉著，盤算著這事的可行性。

他可以先派人在觀柳亭外埋伏，待拿全證據，便將這人拿下。

「你若是事前與任何人說了此事，我可保不齊安若晨會不會先來對付我，或者對付你，她的眼線耳目很厲害。若我覺得有一絲一毫的不安全，我是不會出現，也不會把證據交出來的。只有我安全離開中蘭，你才可能拿到全部證據，那才是有用的東西。」

李明宇心一跳，覺得自己被看穿了。

他掙扎道：「頂松亭和觀柳亭，都是案錄上記錄的地點。」

「對，是劉則用來聯絡的地方。劉則的案子已經了結，所以這些地方才是最安全的，誰會料到有人冒險再用來聯絡呢？」

「我如何驗證你給我的證據是真的？」

「那就看你願不願意冒險了。我沒空給你驗證，我要的就是一個離開這裡活命的機會，還有，我不想讓安若晨得意。她一腳將我踢開，自己欲享榮華富貴，我成了喪家之犬，她與她背後的那些人都別想好過！」那聲音恨恨的，咬牙切齒。

李明宇思慮片刻，咬牙道：「好，我答應你。」

背後那人沒答話，李明宇等了等，以為對方還要提什麼要求，結果一直沒聲音。

他猛地回過頭來，發現身後空無一人。

李明宇雙腿一軟，靠在了牆上。若不是身處在這人來人往的街頭巷口，小販的吆喝聲不絕於耳，他還真以為剛才只是一場夢。

◆ ◆ ◆

安若晨回到紫雲樓，一看龍騰不在，很高興地把點心盒子放他桌上，然後走了。

稍晚時候，她讓廚房準備了一桌酒菜，在自己的院子裡擺了一桌酒席，宴請了方元。方元很快要回太守府，安若晨要答謝他這段時日的照顧和指導，又想藉機向他探問是否有外郡的人脈關係，託他找媒婆幫妹妹說一門外郡親事。一老一少平素雖不常閒聊，但頗投機，方元一口答應下來。方元淡定沉著，善察言觀色，又熱心助人，安若晨對他既欣賞又尊重。

自她進了紫雲樓，方元一直默默在幫助她，不勢利討好，不嫌棄看低。她想到不久後要再見面便沒如今這般方便了，不禁有些傷感，連敬了方元三杯酒。

龍騰來時，安若晨與方元正為一件趣事哈哈大笑。

安若晨先發現了他，她的笑意還在臉上，眼睛彎彎的，嘴角翹翹的，臉頰紅撲撲的。

「將軍！」她大聲叫著，聲音又嬌又脆。

方元聽得叫轉身看，趕忙起身施禮。

安若晨後知後覺這才跟著起身一起施禮。

龍騰擺擺手，「無事，你們繼續吃。」

方元卻是識趣，客氣有禮地道：「也正是結束的時候，將軍便來了。」又與安若晨道：「承蒙安管事的款待，感激不盡。安管事所言我記著呢，回頭聯絡好了，我便與安管事說。」

「多謝多謝。」安若晨也客客氣氣回應。

方元告辭走了，安若晨盯著他的背影看，轉過頭來，發現龍騰盯著她看。

她忙對龍騰招手，「將軍用過飯了嗎？我叫人換副碗筷，再吃點吧。」

「不吃。」龍騰背著手往外走，「走走。」

走到院門口回頭，發現安若晨還杵在原地，他揚起眉梢，「走啊！」

「哦哦。」安若晨趕緊跟上，原來「走走」的意思是讓她一起走，不是說他過來這裡是因為「走走」路過。她不自覺學龍騰背著手邁步的樣子，所以說將軍的心思不好猜，太言簡意賅了。

「每回晚歸都看到妳有人相陪飲酒說話。」龍騰走了一段路，突然道。

安若晨搖頭晃腦，「哪能啊，將軍晚歸次數這許多，不歸的次數也許多，只碰巧撞見兩回罷了。」說著說著，還要蹦兩步。

飲完酒她的心情似乎不錯，龍騰差點伸手扶她一把，可手微抬又縮了回去。

「哪時將軍有空，也一起喝喝酒聊聊天吧。」

龍騰莞爾，「妳是喝醉了才有膽子這般邀請我？」

「是啊！」安若晨點頭，又搖頭，「我沒醉。」說著又想蹦一下，看了看龍騰，瞧將軍走得多穩重，那她也穩重點。

「將軍，你為什麼走路喜歡看地上？」安若晨低頭看，路上沒什麼好看的，「路有修整過，不會絆腳的。」

「我不喜歡喝酒。」龍騰轉移話題。

「為什麼？」安若晨轉頭看著他問。

轉移得很成功，龍騰微笑，回道：「喝完酒會頭疼。」

「啊？」安若晨停下了。

龍騰也停下，「怎麼？」

「不是說有什麼三軍慶功擺酒宴，還有戰前滴血入酒立誓，還有什麼皇上賜宴，還有什麼官場應酬的，那不是都得喝嗎？那得頭疼好幾回。」

她認真計較的樣子真可愛。

龍騰笑了起來，「疼就忍忍。練武辛苦殺敵負傷也會疼，這有什麼？」

「哦。」安若晨背著手繼續走，忍不住又問：「所以地上究竟有什麼好看的呢？」

「妳怎知路都平整？」

「我天天走啊！」為了琢磨哪個地方可以偷藏字條傳情報，她摸遍了整個紫雲樓。

「我雖不喜喝酒，卻是喜歡喝湯的。」龍騰轉了話題。

「哦。」安若晨還在研究地磚。

「不問為何？」

「為何？」她真是位聽話的好管事。

「因為行軍或作戰時多食乾糧，有時連水都喝不上，所以我喜歡喝湯。」

「好。」那她以後囑咐廚房多給將軍做湯，「所以地上哪裡好看？」

龍騰哈哈大笑，她多喝兩杯真的會鑽牛角尖。

「那妳看看，若看到什麼特別之處就告訴我。」

「好。」她有在看，可是沒看到什麼。除了影子、落葉、塵土，還有什麼？

龍騰與她並肩，兩個人默默走了一段路，安若晨突然想起來，「將軍來找我何事？」

「無事便不能找妳？」

「可以的。」忍不住又蹦了一下。將軍來找她，她高興啊！

「我回屋後發現一盒點心。」

「……」安若晨蹦不起來了。

「也不知誰留下的。」龍騰故意道。看著安若晨臉蛋紅撲撲，眉心團起來有點小尷尬的樣子，他嚴肅道：「問了衛兵，衛兵說只有安管事偷偷摸摸進來過。」

這回安若晨蹦起來了。

「哪有偷偷摸摸？我是光明正大的！」進去的時候還抬頭挺胸，道貌岸然。

「好歹留個字。」

安若晨的臉發燙，「這不是挺清楚明白的嗎？點心放那裡就是給將軍吃的。衛兵看到了，就是我放的，將軍吃了覺得味道不錯就是好吃唄！」

「安管事。」龍騰瞪她，「這點心來路不明，妳從哪兒弄來的，數量多少，是不是被人調過包，是不是有人偷吃，為什麼拿來，想要什麼結果，可有期限，什麼餡兒的，甜的鹹的，是只給我一人吃，還是讓我分著給各同袍吃……」

安若晨的臉垮下來，將軍大人，您認真的嗎？

龍騰認真地說：「應該留個字。」

安若晨張大了嘴，一時噎得無語可說。

龍騰又溫和地道：「妳可以說，遵命。」

「遵命。」安若晨聽話地應，頓了頓，再補兩個字，「將軍。」

「所以回去就把字條補上吧。」龍騰微笑起來。

這笑得春風拂面，綠草芬芳，安若晨實在沒法說「不」字，她腦子裡甚至已經開始想這字條該怎麼寫才好了。結果，最後這字條寫了四遍。

第一遍原是想著按將軍說的那些寫寫就好，什麼哪兒買的，什麼餡兒的，放兩天壞不了啥啥的，寫著寫著，覺得自己太敷衍了，於是撕了重寫一遍，這一次有感情多了。她寫上了對龍大將軍的感謝，感謝他救了自己一命，還對她耐心栽培和照顧，還一直在幫她找妹妹。她如今過得很好，見識多了，有正事可做，能結交志趣相投的朋友，能發揮自己的作用。這一切，全是因為有龍將軍。

她將感恩之情寫出，還誇他是個心地善良，扶助弱小，俠義心腸的俠士，所以她買了點心表示一下感謝……等等，這前面寫得恩重如山，詞藻華麗，後面跟著是一盒小小的點心……不行不行，這點心出現得太不誠懇了，而且寫得太多了，將軍沒耐心看吧？再有就是，這信看起來很輕浮，會不會讓將軍誤會她什麼？嗯，總之，就是不夠坦蕩的感覺。想了半天，開始寫第三遍。這次舒爽多了。將軍大恩，無以為報，棗蓉點心，三天不壞，好吃再買，笑口常開。很好，這次滿意。這種毫無文采不力求表現又把話說清楚了的字條，一點遐念胡思都沒有。嚴肅中透著些許親近，很好，但就是字沒寫好。

於是，安若晨寫了第四遍，然後滿意了。

她趁著殘留的酒意，一路小跑到龍騰的院子裡，果斷勇敢地把紙箋往龍騰的面前遞過去，道：「將軍，給你字條！」也不等龍騰有反應，她一溜煙又跑了。

跑出院子看到守院門的衛兵，她招招手，示意自己沒有偷偷摸摸的，然後轉身，結果卻看到了李明宇。李明宇站在龍騰院外的一棵大樹下，也不知是要進去還是剛出來沒多久。

安若晨突然看到他，嚇了一跳，待回過神來，施了一禮，「李長史好。」

李明宇回了禮，轉身走了。

安若晨有些愣愣的，覺得這種才叫偷偷摸摸呢，她才不是。

她心情很好地蹦著回去了。

李明宇走了一段路，走進樹底陰影裡這才轉身看，正看到安若晨輕浮不檢點地連蹦帶跳。他看著她的背影消失，猶豫半晌，終究還是轉身回自己屋去了。原是想來與將軍說說細作找上他之事，其實他也不確定該不該，因為將軍被這妖女迷惑了。

後來還是想來試探試探，若將軍還對這妖女有一絲戒心，那他便把事情說了。成也好敗也好，端看將軍自己決斷。只是剛到門口，就看到安若晨兩眼發光兩頰紅豔地跑了出來。李明宇的心涼了半晌，不是他看輕將軍，只是將軍為何會被這妖女所迷他當真不能理解。

李明宇覺得無論如何，現在都不是與將軍商量此事的好時機。他剛從溫柔誘惑裡出來，他猛地澆一盆冷水，怕是會起反效果。

◆　◆　◆

安若晨回了屋，覺得自己完成了一件大事，可以安心了，便喚來丫鬟準備熱水，打算洗漱好準備就寢。丫鬟捧來了大銅盆，放在架上，倒好了水，準備好巾子。

安若晨站了過去，門外忽然傳來春曉的聲音，道：「姑娘，龍將軍差人捎來封信。」

信！安若晨嚇得跳了起來，猛地轉身。

她不過給了個字條，人家殺回來一封信？還這麼快？

轉身動作太大，撞翻了水盆和架子，安若晨嚇一跳。為了躲那盆子和水，她急忙往後退，卻撞倒了一把椅子，又撞到了桌子。桌子晃了晃，到是沒倒，但劈里啪啦一陣響，桌上的水杯水壺掉在地上。那邊繼續劈啪響，水盆架子倒下撞倒了屏風，屏風倒下勾住了床尾幃幔。嘶啦一聲，幃幔撕裂了一塊，一連串的動靜終於停了下來。

安若晨與丫鬟均目瞪口呆看著，半晌沒緩過來。

剛進屋的春曉也愣愣的，想想，拿著信，問道：「姑娘，信放到哪兒去？」

安若晨捂眼，簡直無法直視這屋子跟她自己。伸出手去，春曉把信遞到她手裡，安若晨若無其事般默默將信塞進懷裡，然後淡定自若地吩咐喚人進來收拾。

婆子和丫鬟趕緊進來，安若晨出去透個氣，給大家騰地方。

一出去便僵住了，她就該杵在屋子被擠扁了也不出來的。門外有好幾個人，小院子擠得滿當。盧正、田慶在，蔣松、謝剛也在。最可怕的是，龍大將軍也在。

不就摔了個盆撞了把椅子倒了個架子掀了個屏風嗎？動靜大到把所有人都招來了？

安若晨背著手故作鎮定地站著，「大人們好。」

蔣松嘀嘀咕咕道：「不知道的，還以為來刺客了呢！」

安若晨漲紅了臉，覺得來刺客都不如現在這般境況可怕，尤其是被將軍這麼盯著，你們不覺得嗎？她緊張得心快要跳出來。

安若晨看看大家，大家也在看她。「有耗子。」安若晨鎮定地道。

剛說完就看到龍大將軍的眉毛挑得老高，安若晨不自覺地眉毛也跟著動，可惜不夠靈活。練成這個也不容易，她心裡默默轉移著緊張情緒。一轉眼，看到大家的背後，院門那處還站著幾個人，有衛兵，還有李明宇。

李明宇看她看過去，轉身走了。

李明宇這次覺得，他沒必要再去跟將軍說什麼了。那個神祕細作說的對，安若晨比他們所想像的還要危險，故意找事端，與將軍眉來眼去暗中挑逗，這種不動聲色的殺招才是真危險。

他決定冒險，他要拿到證據。他要將證據擺在龍將軍面前，揭穿安若晨的真面目。就算被那細作騙了也沒什麼，讓他跑了，與現在大家沒抓住他是一樣的結果。他沒做錯什麼，這個險值得冒。

而稍晚時候，安若晨躲進了被窩裡才敢把那封信開來看。

這不能稱之為信，信上只有兩個字：好吃。

「嗚……」安若晨一聲哀號，拖過被子，把自己埋了。

◆ ◆ ◆

李明宇在書房裡挑燈夜讀，認真研究著東城門的防務安排。自劉則那一派的勢力被剷除後，滿城通緝閔公子。各城門都加派了人手，除了固定崗哨，還有巡查。

城門崗哨不歸他管，但值崗的人他都認識，而觀柳亭在東城門外一里。那細作說他若覺不對勁便不會留下證據，他是打算出城門後在觀柳亭先看看城門形勢，恐他安排人手馬上追捕他？

他若是依約，定得將東西帶到身上，那他所說的威脅便是空話。不，他不會這麼傻，所以他肯定還有幫手。待他出了城門，安全離開，他的幫手才會在觀柳亭內放下證據。

是這樣嗎？李明宇思索著於東城門處的行動，既要製造片刻的混亂讓那細作得以出城，又要在城外將他拘捕，東西若在他身上，拘捕後便能拿到，東西若不在，他走遠後拘捕，他的同夥並不知曉，也會留下證據。

因此，重點是，在東城門盯好他是誰，並安排好人手在城外悄無聲息地截住他。

李明宇思索著，認真想了一夜。

◆ ◆ ◆

安若希回府後即刻找了譚氏說商舶司將被查辦的事，譚氏大吃一驚，待到傍晚時安榮貴和安之甫從鋪子裡回來，她趕緊把事情說了。

安榮貴將信將疑，覺得說不定是安若晨胡說八道故意嚇唬他們，安之甫卻相當緊張。

玉石貨品雖是讓他賺了不少，但當時拿貨的事確實是扎在他心裡的針，他總覺得那是個大隱患。況且前頭招福酒樓被查辦時，市坊間就有傳言說商舶司已經被太守盯上，大家有交際往來的都得當點心。再有招福酒樓被查辦了，各酒樓也人人自危，因為許多食材貨品來路都是一樣的，生怕都沾上通敵叛國的嫌疑。

而他安家可不止酒樓招人眼，他還有貨行，最重要是他的玉石。若說其他的家家有，玉石卻是他花費心機拿的獨一份好資源。他早聽得外頭有傳言說他安家不乾淨，跟南秦有這個那個的。加上他當初與南秦那些玉石礦商友好，往來密切聯絡，可是大張旗鼓，恨不得所有人都知道，所以他害怕。

前兩日錢裴來時，安之甫還特意問錢裴這事，若商舶司被查，玉石貨品之事是否會有麻煩。錢裴壓根兒不搭他這話，只顧調戲歌女，喝酒作樂。在安之甫看來，錢裴這反應就是心虛。

安之甫心更虛，因為錢裴的背景關係比他硬太多。人家跟太守那是敢直呼其名的關係，而他安之甫不過是個商賈，比常人多幾個錢銀罷了。若真出了什麼事，錢裴肯定會拿他當墊背。

安之甫不敢等到第二天，連夜就讓安平去衙門打聽了。

安平去了許久才回來，說遞了銀子，終是問清楚了。商舶司確實被查辦了，劉德利和那幾個重要官員，此時全被扣著。消息沒有放到坊間是因為有些案子未清，怕走漏消息後有人銷毀證據或是逃跑。如今太守正著手安排接替劉德利的人選和重新整頓商船司的辦法，說是牽涉的案子和人特別多，卷宗案錄壓滿了桌子。因著如今與南秦那頭的關係，太守大人是打算小案子就暫時放過，涉及南秦的大案要案，先查嚴查，一個都不放過。

安之甫冷汗都快出來了，安平接著又說，其實有好幾人已經被太守叫去問話了，錢裴錢老爺也被叫去了一回。安之甫目瞪口呆，這怎麼半點沒聽錢裴提起？他非但不提，還似無事人般與他說說笑笑。安之甫越想越害怕，覺得自己一定被出賣被陷害了，欲即刻去質問錢裴，卻又不敢。最後琢磨了一晚，不得入眠。

安若晨這一晚也未睡好。

她抱著「好吃」兩個字，似乎做了許多夢。夢細細碎碎，她只記得一點。

她夢見她騎著戰鼓，奔馳在戰場上。戰場上滿是鮮花和芳草，還有帶著芳香的微風。她聽到吆喝打鬥拚殺的聲音，但她看不到，她也不害怕。她知道這裡是戰場，但她身邊卻有美麗安寧。

安若晨醒過來的時候還有些迷糊，真是奇怪的夢。她好像還夢到黑暗的密道，又好像夢到高高的塔樓，畫面一閃而過，她記得最清楚的就是那個戰場。

安若晨想著，發現自己在微笑。她不會騎馬，但夢裡她騎著戰鼓特別威風。戰場那麼可怕，她卻看到鮮花綠茵，為什麼啊？因為將軍。她想起來了，夢裡頭，她看到了將軍的微笑。

安若晨起身，將手裡攥著的「好吃」的信鋪平收好。她看著鏡中的自己，抬頭挺胸，沒睡好，卻也精神飽滿。她決心要好好練騎馬，夢中那奔馳的感覺太美好。

吃過早飯，見過各院的管事婆子，處置交代完管事公務，然後親自到龍騰屋裡收拾一番。看到點心盒子空了，她覺得很高興。打聽清楚龍大將軍今日的行程安排，知曉他會回來用晚飯，她便交代好廚房晚飯燉個湯，之後便趕到側院，先與戰鼓親近了一番，為牠刷背餵草，然後讓馬夫教她如何上鞍，如何騎馬。

馬夫不敢怠慢，但也不敢似將軍那般將安若晨舉上馬背，於是安若晨光練習踩凳子翻身上馬便折騰了好半天。又忙了些雜事，然後接著練，這回成功上馬，但馬兒仍不走。馬夫仔細講解，安若晨努力嘗試，最後是盧正和田慶出手，一個騎著馬示範，一個在旁邊跟跑護著。後來謝剛回來看到，也加入了指導隊伍，安若晨竟真的能騎馬跑了起來。

安若晨心中歡喜，謝剛讓她適可而止，莫要練太久，否則腰酸背痛會很辛苦。安若晨倒是不怕辛苦，但累得盧正、田慶在馬旁跟跑，她不好意思，便暫時練到這裡。

「可莫要與將軍說此事。」

「為何？」

「想給將軍一個驚喜。」安若晨笑得俏皮，雙掌合十哀求，甚是可愛。

大家都答應下來。

安若晨給了馬夫賞錢，晚上又給盧正和田慶加菜，盧正、田慶與幾個衛兵兄弟們一起分享酒肉。李明宇看到了便問原因，盧正與田慶對視一眼，道安管事今日練習武藝頗有進展，犒勞他們教導辛苦。李明宇未多說什麼，只在心裡暗忖果然是個會收買人心的。

第二日龍騰早早出門，安若晨趁機又練起馬來。謝剛出門前又對她做了指點，之後還是盧正、田慶全程陪練，而戰鼓雖名字彪悍，卻溫馴忠實，安若晨這一日進展神速，已無須人相陪，獨自跑了兩圈，大功告成。

這讓安若晨高興得連賞戰鼓兩根胡蘿蔔，「戰鼓，你太棒了，多吃點！」

盧正呆愣，「牠叫跳舞還是戰鼓啊？」前頭指導騎術時他沒聽清，還以為跳舞來著。

田慶道：「自然是叫跳舞，牠是姑娘。」

兩個人對視一眼，叫跳舞也挺奇怪的是吧？

安若晨：「……」再給戰鼓兩根胡蘿蔔，大聲清楚地喊：「戰鼓，多吃點！」

盧正和田慶再次對視一眼，摸摸鼻子不說話了。

「龍將軍的馬兒叫什麼名字啊？」安若晨忽然問。

「如風。」田慶答。

安若晨一腦袋靠在戰鼓身上，早知道她家戰鼓叫「如雲」就好了。

夜裡，龍騰正待練拳，盧正跑來說安管事在側院校場等他，有重要事情相報。

龍騰去了。校場四周點了許多火把燈籠，亮如白晝。謝剛、蔣松都在，安若晨牽著戰鼓站在那，看到龍騰，頓時緊張起來。蔣松小聲道：「莫僵著，上馬的時候借用腰力。」

謝剛在一旁嫌棄：「沒教導過騎術的莫發表見解好嗎？」

田慶道：「莫僵著，手腕要穩，上馬的時候借用腰力。」

蔣松怪叫著：「你說的還不是跟我說的一樣！軍階低的這種時候不要搶著表現好嗎？不然罰你去掃地！」

軍階高的謝剛道：「腿用力，找好平衡。」說完還看蔣松一眼，「沒重複吧？」

蔣松白他一眼。

方元在一旁只是笑，不插話。他就是聽到消息過來看熱鬧的，看熱鬧時安靜是好品德。

擁有這好品德的還有李明宇，他也只是看著，不說話。

盧正一邊奔過來一邊喊：「莫要鬧，開始了開始了啊！」

龍騰看這架勢，笑了，抱著雙臂站在場中間看著安若晨。

安若晨咬咬唇，鎮定了一下，開始上馬。

蔣松又道：「哎呀，我們不該都站在這邊，該有人站到馬那邊去，萬一安管事翻身翻過了摔到那頭，也有人好接著！」

「烏鴉嘴！」

「閉嘴！」

「能不說話嗎？」

「大人說什麼都是對的。」這是軍階低怕被罰去掃地的田慶拍著馬屁。

所有人瞪他一眼。

在眾人的吵鬧聲中，安若晨翻身上馬，一下就成功。她鬆了口氣，一夾馬肚，甩開馬韁，戰鼓跑了起來。安若晨控制著速度和方向，騎著馬兒圍著龍騰轉圈，一如他當初做的那般。一圈、兩圈、三圈……

她會騎了！安若晨有些得意，還看到了龍騰的笑容，他咧著嘴，那是開懷的大笑。她也忍不住笑了，笑聲如輕鈴，伴著馬蹄聲圍著龍騰轉。

她在奔馳，她看到將軍的笑，看到了鮮花綠草，感受到了散著花草香氣的微風。

龍騰伸出了手，安若晨控制著馬兒慢下來朝他走了過去，停在他的面前。龍騰拉著了馬韁，摸了摸馬兒的頭，抬頭看馬背上的安若晨。安若晨笑著，臉粉撲撲的。

龍騰沒說話，只是笑著看她，安若晨被他看得臉更紅了。
遠處的幾位漢子突然尷尬了。
「我們原本計畫是想展示安管事兩天學會騎馬我們有功，對吧？」
「現在看起來情況不妙。」
「教安管事騎馬是想死吧，將軍肯定想自己教的。」
「我沒教過，不關我的事。」蔣松道。所有人瞪他。
方元微笑著，悄悄離開了。李明宇沒有笑，也離開了。
那幾個漢子看著這兩個聰明人的舉動，你看我我看你，同時一點頭，開溜了。
「將軍。」這邊的安若晨沒注意到那邊的動靜。
「嗯。」龍騰撫著戰鼓的脖子，應了一聲。
「我會騎馬了。」安若晨道。兩眼發光，似在說快誇我快誇我。
龍騰笑起來，「騎得不錯。」
安若晨掩不住臉上的得意。
「寫份報函說說如何學會的，明天交到我屋裡。」
安若晨：「……」真的假的？
「若寫得不錯，我便帶妳騎馬踏青去。」
安若晨：「咦！」真的假的？

◆　◆　◆

安之甫這兩日愁眉不展，他去找了些友人商議商舶司的事，但沒人有好主意，聽到了消息人人自危。有些想著去打點衙門，查查究竟涉案查辦的有哪些，結果灰頭土臉回來，說太守對此案很重視，親自督辦，嚴審細節，沒人敢透露案情往外給人通風報信。安之甫心一橫，還是去找了錢裴，結果錢裴幾句話把他打發：「若是有事，我能不通知你嗎？」

安之甫找了安榮貴與譚氏商議，實在沒有好主意，譚氏便道乾脆再讓安若希去套套安若晨的話，若她有心想害咱們家，定會去問問有沒有查辦到玉石案。安之甫大怒：「她知道了又能怎樣？既是想害咱們，沒查到她都會主動往裡塞這事，難道我們還要讓希兒去提醒她？」

安若希眼見著這機會合適，便小聲道：「女兒……女兒有個主意。」大家轉頭瞪她。安若希在心裡琢磨一番，若這事她為家裡解了難題，日後也會重視她的意見，那她的婚事，她該也是能說上話的。

「事情既是如此，爹爹不如搶先告狀。」她將安若晨說的話細細說了一遍，加上些她自己的分析和勸誘之言。

安之甫愣了愣，細細琢磨起來。

譚氏先叫了起來：「這主意甚好。太守大人嚴查劉德利，正愁沒人證檢舉。那些人怕自己行賄之事被怪罪，個個都像縮頭烏龜。太守大人定是盼著有人證支持，才會有名目嚴懲劉德利，將自己安排好的新官扶上位。」

安榮貴也道，不如再去衙門打聽，有多少人願檢舉揭發，太守大人這事怎麼看，若是得利的，就算認了也無妨。且說自己當時是被逼迫的，也是受害之人，而這般也不會牽扯錢裴，日後無論如何，都未得罪他。

安之甫覺得有理，便派安平再去了趟衙門。打聽回來確是如此，商賈們哪裡敢去指證劉德利，太守大人此時該是物證不缺，但人證真是不多。只是太守大人也不犯愁，物證該是足夠定罪，那一夥人全都跑不掉。

安之甫聽了，終是下定決心。

與其夾在那一夥全跑不掉的人裡，不如就冒個險，搶先跑一跑吧。

◆ ◆ ◆

安若晨這日悶在屋裡半天，在寫報函給龍騰。將軍大人真是當官太久了，啥啥事不想用聊的，竟然喜歡看文書。當初聽說書先生講故事，不是說武將都是急性子，聽得那朝上派來的文官文謅謅一通話，頓時一掌拍碎了軍帳。

好吧，那是說書先生瞎編的，她知道。自她編了兩本後，她也覺得沒甚難的，只是要寫怎麼學騎馬，這個有點難。

最後安若晨平鋪直述，乾巴巴地寫了過程，順便感謝了各位大人對她的指導。寫完想想，公務報函都是個啥形式。算了，不管它，將軍只是拿來調侃她而已。拿了報函準備交到將軍屋裡，半路卻見著將軍了，他正與李明宇說著話，似乎在交代什麼事，李明宇恭敬地聽著。

安若晨下意識閃身躲到一旁的小樹林裡偷看。將軍真好看，越看越好看。他穿著官服的樣子，真是威嚴挺拔，就是什麼都不幹，站在那兒便似一幅畫。安若晨心裡嘆息，也不知怎樣的姑娘站在將軍身旁才配得起他的英武俊朗。

安若晨偷偷看了許久，待龍騰與李明宇往她這邊走過來，她才驚覺自己要暴露了。如何解釋她為何在樹後站半天？安若晨覺得自己沒臉解釋。

昨晚龍騰拉著馬兒仰頭對她笑的臉，在她夢裡晃了一晚上呢。

龍騰馬上就要走過來了，安若晨當機立斷，甩出鏢索，嗖嗖地爬上了樹。

剛在樹上坐好，就見龍騰與李明宇走到樹下。

李明宇道：「曉得了，我即刻去辦。」

「那你去吧。」龍騰說著。

安若晨頓時一僵，怎麼你們兩個不一起走嗎？

李明宇施了個禮，轉身走了，而龍騰站在樹下沒動。

不是吧？安若晨頭頂冒煙，一動也不敢動。

將軍大人，您不是很忙嗎？該忙就趕緊去吧。樹下招風，多涼啊！

結果龍騰抬起頭來，眼睛對上了安若晨驚慌的雙眼。

他微笑，笑容越來越大，笑得安若晨真想把樹搖動，把自己埋了。

「安管事不但騎馬練得好，身手也進步許多，看來是學有所成。」

安若晨臉發燙，但鎮定答：「都是將軍指導得好。」她想好了，要是將軍說那把怎麼練鏢索的再寫一份報函來，她馬上痛快答應不廢話，只求將軍趕緊走。

結果，龍騰問：「安管事如何下來？」

安若晨：「……」

她左右看了看，對啊，剛才一激動，爬得有點高，但要說用鏢索吊下去也可以，只是姿態不會太美。抱著樹幹滾下去也是可以，只是動作肯定狼狽。

正苦思如何讓龍騰快離開，只要將軍走了，她自己如何姿態不美如何狼狽都沒關係。

一轉眼，龍騰卻躍了上來，極其輕鬆瀟灑，坐在了她的身邊。

「原來這上頭的風景看著很不錯。」

「是啊，是啊！」安若晨乾笑。

要是這樹枝被將軍壓斷就好了，省得她考慮如何下去的問題。

可是樹枝粗壯堅固，一點也沒打算配合。

「安管事是為了看風景才上來的？」龍騰又問。

「是啊，是啊！」她還能說什麼呢，只能這麼答了吧。

安若晨猜將軍調侃完她，會順便好心帶她下去，然後再調侃兩句，接著去忙。

果然，龍騰又開口了，卻是道：「那安管事便繼續看，我不多打擾了。還有許多公務要辦，先告辭了。」

安若晨：「……」

龍騰跳下樹了，極其輕鬆瀟灑，還回頭看她一眼，「我走囉！」

安若晨臉漲得通紅，快走快走。

「將軍慢走。」哼，她自己也能下去，真的！

龍騰當真走了，走出一段路，還回頭看她，倒著走了幾步，一直在對她笑。

真討厭啊，笑得這般英武好看就是討厭啊！

安若晨在樹上坐了半天，心裡嘀咕夠了，這才用鏢索吊在樹枝上，踩著樹幹一點一點蹭下來，一臉不高興地去了龍騰屋裡，把寫好的報函放他桌上。轉身想走，想起將軍交代要留字，於是拿了筆墨寫：「報函在此，將軍請閱。」還畫了個箭頭指向報函放的方向。

出了屋，遛遛達達走著，心裡打定主意下回看將軍絕不能超過兩眼，絕不！

還未走到自己院子門口，就看到春曉跑來。

春曉說陸大娘帶了些特產要給姑娘嘗鮮，想當面交給姑娘。

安若晨一聽，知道定有事發生，且緊急來不及放通信字條，於是趕緊去了。

陸大娘塞了點也不知是哪裡產的乾貨，悄聲告訴她，今日天濛濛亮時，有人去頂松亭取下亭角四個鈴鐺，「崔姑娘說，天色暗又離了些距離，看不清那人的樣貌，只知中等個頭，微胖。」

安若晨大吃一驚，「取下之後呢？」

「沒做任何事就離開了。」

「可有跟上看去了哪兒？」

「不敢跟隨，那會兒天還未亮，街上幾乎沒人，那人又極警覺，一步三回頭，左右看著。崔姑娘怕被發現了惹麻煩，便縮在窩裡未曾動彈。」

安若晨想了想，「妳讓崔姑娘他們再好好盯著，看看後頭還有什麼。」

「放心，已經囑咐了。」

陸大娘走後，安若晨思索好半天，劉則一案已經過去近一個月，難道細作又開始動作了？但是為何要去動那鈴鐺？這多冒險，實在不是明智之舉。難道，這是新的信號？

郡府衙門裡，衙頭侯宇向主薄江鴻青稟報，說巡城的衙差裡有人向他報，在頂松亭那兒看到有人取下細作聯絡之用的鈴鐺。

江鴻青很是重視，馬上上稟姚昆。

姚昆喚了那個巡城的衙差細細問，衙差說是天剛亮時他們照例巡街，他到頂松亭那一帶轉，想順便看看餅攤出攤了沒，買點早飯吃，結果看到一個中年男子偷偷把頂松亭的鈴鐺取了下來。他記得當時巡捕劉則餘黨時，聽說他們以鈴鐺為信號，他就覺得這事有點蹊蹺。可仔細一看，那人卻是熟面孔，是紫雲樓龍大將軍的人。

姚昆眉頭一皺，「誰？」

「就是常來咱們衙門拿文書公報的那位李長史李大人。」那小衙差道：「就是有些山羊鬍，中等個頭，微胖，總陰個臉，我在衙門裡見過他數回。因瞧著他總是不太高興的模樣，便問了問，打聽得他是長史李大人，故而就記住了。」

姚昆沉默一會兒，又問：「之後呢，他做了什麼？」

「沒做什麼，取了鈴鐺放懷裡就走了。」

「可知去了哪裡？」

「沒有跟。當時我沒留心這事，因為是軍方的人，我想著許是與我們一般，也受令巡查辦事，可後來想想，覺得既是看到，還是報告大人們一聲。」

姚昆想了想，遣退了那小衙差，差人去請龍騰。等了好一會兒，那人回來報說龍大將軍剛出門不久，李長史接衛兵相報後出來應話，說將軍去了城外軍營處理軍務，要晚上才歸。

姚昆與江鴻青對視一眼，還真是不湊巧，而衙府與軍府平素雜務往來由李長史接待也是常事，今日一過去找將軍便被他截了，這是不是又太湊巧了些？

姚昆與欲與江鴻青商量商量，外頭衙差又進來報江鴻青，說是紫雲樓那邊的李長史奉龍將軍之命過來調些文書案錄。這簡直是後腳就跟了上來試探啊。姚昆禁不住疑神疑鬼，乾脆讓李明宇進來問話。

李明宇來了，仍是從前那副模樣，臉色嚴肅，態度一絲不苟，說話語氣神情一如往常並無異常。姚昆與他客套幾句，問他關於劉則的細作案，軍方這頭的調查可有新進展。

李明宇答曰無進展。當初審案龍大將軍不在，還是太守大人親自審的，全部的內容就那些了，軍方不會有新發現而不通報。

姚昆故意道：「那案子不是還牽涉到軍中內奸之事，龍將軍說安排人嚴查，如今快一個月了，一點進展都無嗎？」

李明宇的神情明顯僵了僵，姚昆看在心裡，疑慮更深。

李明宇猶豫了一會兒，答：「並無進展。」他可沒忘了，姚昆也已被安若晨籠絡，在拿到證據之前，事情還是不要透露半分的好。

「那將軍可曾安排核查或是誘敵之計？我這頭也好配合協助。」姚昆再次試探。

「並無。」這次李明宇答得快。

姚昆看他兩眼，不再問了，讓江鴻青領李明宇去取他要調的文書卷宗，又囑咐李明宇向龍大將軍轉達他有要事相商，請龍大將軍晚上得空過來一趟。李明宇一口答應，恭敬施禮退下。

姚昆喚來衙頭侯宇和兩名捕頭，命他們找幾個人喬裝成平民小販盯著頂松亭。若是細作以為劉則一案已結，他們仍可用那處聯絡，又或者那地方一如他先前所料，上頭掛鈴鐺周圍大片宅院都能看到，是最佳傳遞消息的地點，那麼李明宇取鈴鐺的舉動，就表示之後可能還會發生些什麼，不可放鬆戒心。

姚昆等到深夜，沒等到龍騰來訪，差人悄悄去查，說龍大將軍入夜後已回到紫雲樓。

江鴻青問姚昆是否再派個人去請，姚昆卻是搖頭，「他若不來，只兩種可能，一是他不願來，二是李明宇根本沒有傳話。依我看來，後者的可能性更大。若李明宇故意相瞞，他定有計畫。我們再派人去，他該警覺了。就讓他覺得無事發生，且看看他要如何吧。」

李明宇確實沒有向龍騰轉述姚昆的邀請，他總覺得姚昆今日有些反常，直覺上多一事不如少一事，反正他明日就要結束這一切，無論他成功取得證據或明日證實被利用。

而且李明宇又聽到一個讓他極不舒服的消息，龍騰要帶安若晨遛馬去。半夜三更，孤男寡女，這讓李明宇在心裡大罵安若晨不要臉，因此他更不想向龍騰報事了。等明天他拿到證據，便要揭穿安若晨的真面目。

安若晨是真的與龍騰出去騎馬了，騎馬是龍騰提的，他回來得晚，但飯菜還是熱乎的，還有可口的燉湯。這湯讓他喝得很舒服，他決定晚上不練拳了。他去找安若晨，告訴她報函寫得很不錯，他要獎勵她，帶她騎馬踏青去。

「現在嗎？」安若晨有些愣愣的。報函寫得不錯這種鬼話就算了，這種時候騎馬出去踏青，究竟踏青還是踏黑啊！

結果人家將軍大人只是帶她在校場騎馬跑圈而已。

安若晨嘴角抽搐，「將軍的踏青，頗特別。」

龍騰理直氣壯地道：「白日哪得空，如今夜深，城門都閉了，哪兒有青給妳踏？再者說，重要的是踏青嗎？」

對對，將軍大人，您說什麼都是對的！

安若晨傻傻地問：「那重要的是啥？」

龍騰一噎，更理直氣壯，「重要的是某人騎術得多練。」

是是，將軍大人，您說什麼都是對的！

安若晨騎著戰鼓跟著龍騰慢跑了兩圈，忽然計上心來，道：「將軍，不如你帶我到城裡跑跑吧，現在夜深人靜，街上沒人，也跑得開，這是不是比在校場裡轉圈練騎術來得好啊？」

龍騰看她，安若晨趕緊堆起討好的笑，就差搖尾巴了。去吧去吧，我們出去吧！

「行。」龍騰領著安若晨騎馬出了紫雲樓，往城裡去了。路上任由安若晨帶路，安若晨挑大道直路走，跑得也是頗歡暢。噠噠噠的馬蹄聲，配著將軍的笑聲，月光皎潔，路旁的燈籠光芒輝映，就似在夢中。

安若晨微笑著，騎著騎著慢了下來，轉頭去看龍騰。

她慢龍騰便也慢，完全配合著她的速度。

「歡喜嗎？」龍騰問她。

安若晨點點頭。

「所以重要的不是踏青對不對？」龍騰道。

他等著她問「那重要的是啥」，這回他會回答她……

「將軍，你看，鈴鐺怎地沒有了？」

龍騰回過神來，抬頭一看，遠處的頂松亭上，四個角的鈴鐺確實沒了。

龍騰輕皺眉頭，一夾馬腹，對安若晨道：「去看看。」

安若晨鬆了口氣，真是太好了，糾結一日該如何告訴將軍鈴鐺被人取走之事，因她沒法解釋她如何知曉的。如今是將軍自己發現的，那就好辦了。

龍騰到了頂松亭，轉了一圈便發現角落有潛伏的人手。其中一捕快見是龍騰，便出來施禮答話。龍騰聽得緣由，讓他們繼續盯梢，自己帶著安若晨往太守府而去。

姚昆見龍騰這般到訪有些吃驚，與龍騰細說事由，龍騰也是吃驚，居然是李明宇？

「來取文書卷宗確是我囑咐他的，但他晚上交予我時並未提起大人邀我見面一事。」

姚昆道：「我手下的衙差看得分明，說那人的確是李明宇。李大人時常來我衙門走動，那衙差識得他。」

龍騰沉吟片刻，「他大概也有防備。大人的囑咐他敢不報，定是很快有行動。」

「將軍的人，便由將軍來查好了。」

龍騰點頭，「先勿打草驚蛇，我會派人查他的計畫，大人這頭繼續盯頂松亭吧。」

二人細細商議了一番，定好計畫，龍騰便領著安若晨回紫雲樓去了。

路上安若晨問了問情況，龍騰只道已有內奸嫌疑人選須探查，別的沒有多說，安若晨也就沒多問。回到紫雲樓後似無事發生一般，照顧好戰鼓，便回房歇息去了。

龍騰也是若無其事回房，過了好一會兒才將謝剛找來。謝剛派了心腹去盯李明宇，確認他已在屋內就寢，於是謝剛親自悄悄去翻查了李明宇的書房，這一翻簡直晴天霹靂，火速去報龍騰。

「他畫了極仔細的東城門防務安排圖，還有各排班兵將名單。櫃子下面藏了罐燈油，城外數里的地形地勢都畫得清清楚楚。觀柳亭周圍情況標註得仔細，午時城門守衛班值他畫上了線。那幾張紙明顯翻閱多次，還有不少塗改，顯然琢磨過一陣了。」

「所以他是打算在東城門有行動？」

「城門守衛森嚴，出不了大亂子。」謝剛道。

「也許對他來說，小亂子就夠用了。」

「他想趁亂放走某人？」謝剛覺得這個可能性最大。

龍騰點點頭，「今日取下了鈴鐺，今日隱瞞了太守之令……也許事情就定在明日？」

「不是明日也很快。」謝剛道：「我馬上派人到東城門處埋伏。」

「四個城門都得安排人，以防這是他的障眼法。悄悄進行，莫張揚。還有，派兩個靠得住的人盯著他，囑咐下去，在他於城門行動之前，無論他見誰做什麼，都不要暴露了，我們捉大的。」

謝剛領命下去了。

第二日天還未亮，仍在紫雲樓不遠處的那個小巷子裡，兩個人碰頭。一人仍是背對巷口，跺跺腳伸展四肢，像是普通的清早舒展一般。

「你怎麼又如此冒險。」

「最後一回了，我今日離開，你這邊安排妥當了嗎？」

「妥當了。昨日夜裡龍騰找謝剛囑咐許久，李明宇的書房被查了。他現在還在呼呼大睡，大家都盯著他，無人注意我。」

「好，事情我都交代好了，會有別的人過來，他會找你。他說他姓解，問你鈴鐺響不響，你答兩個鈴鐺才夠響便好。」

「知道了。你要到哪兒呢？」

「我會先去茂郡辦件事，然後回南秦。希望終有一日，我們能在南秦相見。」

「會的，大業終會成，到時我們痛飲三百杯。」

身後傳來輕笑聲，然後聲音沒了。靠在巷口的人知道，解先生走了。此一別，還真不知道何時能再見。

「我姓解。」

「一個鈴鐺便夠響了。」

那時候他聽到聲音就知道是誰了，一起受訓一起吃住，為大業分道揚鑣各自潛伏各吃各苦，最後重聚在這邊城裡。誰知道，最後因為區區一個商賈之女，居然變成如今這境況。

那人又站了一會兒，回紫雲樓去了。

柒之章 定情

李明宇一晚上沒睡踏實，睜開眼時還覺得心跳得快。他飛快起床洗漱用飯，假裝一切如常。聽說龍騰一早又去了城外兵營後鬆了口氣。他安排好瑣事，交代他要出門辦事，便出去了。一路上疑神疑鬼地留心，沒發現有人跟蹤他。

他到了頂松亭，亭裡有幾個長者正聚一塊下棋，他假裝過去看棋，一邊若無其事左右看風景，一邊用手指摸索椅子邊緣。這一排沒摸著什麼，換另一排坐下，這次摸到了。他彎腰整理衣襬低頭一看，一個油紙包書冊般的形狀黏在椅子下面。他迅速將包裹扯下來塞進懷裡，看看自己應該沒甚異樣，於是起身離開。

下棋的那群老頭兒裡有一個是捕快假扮的，李明宇湊過來時他極緊張，好在李明宇未發現什麼。想盯緊李明宇的動靜，又恐他發現，但眼角瞥著也已經看到他從椅下拿到東西。

李明宇拿了東西就走，捕快在身後握拳鬆開握拳鬆開連續幾回，給其他人打暗號。另外兩名捕快立時跟上，尾隨著李明宇。他們都接到了指令，若李明宇與人見面，便分頭跟蹤，他見了誰做了什麼，都不要拘捕，只要把他辦的事接觸的人記清楚就好。

李明宇走出一段路後，發現了不對勁，他懷疑他被人跟蹤了。他若無其事繼續走，實則用眼角在留意，越來越肯定他被人跟蹤了。他想起了那個細作的話，安若晨的耳目很可怕。

李明宇的心怦怦跳，他非常緊張。原來的計畫是他先回紫雲樓，把這一半證據放下，仔細看一看，若是真有用的東西，他就拎上燈油到東城門去，午時弄個小火，引官兵去救火，然後他趕出城，去觀柳亭那兒取剩下的一半。若是無用的，他就不去東城門。可現在他覺得不用看也知道這些證據是真的，因為有人要阻止他。

安若晨的耳目真的很可怕，他甚至不確定自己能不能將這一半證據送回紫雲樓去。

前面就是個轉角，李明宇突然撒腿狂奔。

後頭跟蹤他的人一愣，這追還是不追？一追就暴露了，不追就跟丟了。

兩個捕快互視一眼，追！

不止他們，暗藏在附近的其他捕快以及謝剛安排的探子也開始奔走起來。

李明宇使出了最大的力氣奔跑著，他要回紫雲樓，一定要回去。就算拿不全所有的證據，只有一半也行。必須揭穿內奸，必須讓將軍知道那個妖女有多危險。那是個禍害，禍害著龍將軍，禍害著他們大蕭。

「在那兒！」一個聲音高叫著。

李明宇的眼角餘光看到巷尾有人衝了過來。他咬著牙，慌不擇路，拐了一個彎，再拐一個彎，冷風呼呼地在他面上刮著，耳朵裡聽到的是自己如鼓的心跳聲。腳下絆著了碎石，他差點撲倒在地，右腿刮到了不知路邊擱著的什麼，生疼生疼，他顧不上看。他狂奔著，拚命向前。

李明宇跑出了巷道，卻看到街頭有兩個人左右張望，看到他了，朝他衝了過來。他趕緊轉身再跑，這時候看到路邊拴著一匹馬。李明宇大喜過望，飛快解開韁繩，一躍而上。

馬兒嘶啼一聲，撒開四蹄奔跑起來。

李明宇聽到有人大叫：「快，他上了馬！」、「別讓他跑了！」

叫聲越來越遠，甩開他們了！

李明宇忍不住露出微笑，他可以回紫雲樓，他能安全回去了！

前方有輛馬車迎面駛來，李明宇不慌不忙，一拉韁繩，調頭跑進另一條小道裡。這路他認識，從這邊過去，離紫雲樓就近了。狂喜湧上心頭，他頗有些自己是孤膽英雄的感覺。這時候忽然眼前一黑，一個身影從天而降，撲到他的面前。

李明宇下意識大叫，慘叫卻只響了一聲，然後沉寂。

但是有人聽到了，他大聲吆喝著，呼喚著大家往慘叫的方向追。

有三人同時趕到，然後呆住了。李明宇從馬上摔了下來，脖子正摔在路邊一個大石礅上，腦袋以不自然的角度歪著，雙眼翻白，四肢癱軟，一動也不動。

他摔斷脖子，死了。

◆　◆　◆

解先生再次站在了靜心庵的後院門外，棗樹那兒的燈籠放在了樹下，菜園子還是那樣長得稀稀落落，翹起的石板愣是不肯鋪平，真是個固執的師太啊！

解先生朝院牆而去，他從前門那處過來的，庵前緊閉，貼著告示庵主外出化緣不在。解先生毫不猶豫地縱身一躍，跳進了庵裡，他知道靜心師太不過午時是不會回來的。

庵內靜悄悄的，沒有人，但解先生仍是放輕了腳步，在後院轉了一圈。他看到後院掛著的兩串福燈，微瞇了眼，思索了一會兒。一轉頭，看到了地上畫的方格子。

這次解先生在心裡冷哼了。他與靜緣師太接觸這些年，她可從來不玩樂、不過年、不喜歡喜慶玩意兒，更別說讓香客的孩子在她後院這裡畫些亂七八糟的東西。

這尼姑也是個靠不住的，他心裡早就有懷疑了。她肯定背叛了他們，他要找到證據，回到南秦時，可不是兩手空空的。

解先生看了看周圍，走到廂房門前輕推了推，門沒上閂，一推便開。他站在門口探看，很小心沒進去，他知道靜緣師太喜歡布置機關。目光所及，廂房只一桌一床，沒什麼值得探究。

解先生又一路走到前院，四下裡都仔細察看，甚至連觀音像座下的桌底都看了，沒找到什麼異樣的東西，於是他又回到後院，這次他看到後院與前院之間的那個小側院。

他走近一看，門上掛著鎖鏈，他扯了扯，鎖鏈是鎖著的。

小屋裡的靜兒沒事做，正淺眠。每回師太外出時，她就得被關在這院子裡。師太說這樣是為了她的安全，她心裡有祕密，自然也覺得這樣安全。這時候她聽到院門的鎖鏈被扯了數下，驚醒了。靜兒猛地坐了起來。這動靜，不像是師太弄出來的。

「咚」的一聲輕響，似是有人鬆了手，鎖鏈敲在了門上。

靜兒趕緊爬起來，扯過放在被上的棉裳套在身上，迅速下床。下床後的第一反應是往床底鑽，進去後發現這床底太高，沒遮沒攔的，若有人開門第一眼便能瞧見。

她趕緊又爬出來，想到門還沒有插閂，便過去將門閂輕輕插上。

這時候又聽到「咚」、「咚」兩聲輕響，似是有人翻牆跳進來。

有賊！靜兒捂住自己的嘴，嚇得心就要跳出喉嚨。

她四下張望，這小小的屋裡，竟找不到可以藏身的地方。

屋外有輕微的腳步聲，聽不真切，她也不敢貼門邊去聽，生怕弄出點什麼動靜引了來人注意。她站在門後貼著牆，動也不敢動，這時候想再鑽到床底也來不及了。

屋外的人也許在檢查院子，過了好一會兒，才開始輕推這間房的門。靜兒咬住唇，阻止自己尖叫。她的心跳得快，咚咚咚，她害怕這心跳太大聲會驚動屋外之人，可越害怕心跳得越快。

門縫的光線忽然被擋住，有可能是屋外那人趴在門上從門縫往裡看。靜兒渾身冰冷，閉上了眼睛不敢看。外頭的人等了一會兒，似在觀察動靜。沒有看到她！靜兒在心裡高呼。

她睜開眼，卻看到一把匕首從門縫插了進來，一點一點撬起了門閂。

只聽得喀嗒一聲，門閂從門套落了出來。

靜兒瞪著門，死死瞪著，這時候忽聽到外頭有個熟悉的聲音道：「你在這做什麼？」

師太！靜兒這時候才開始發抖，眼淚快要湧了出來。

一個男子的聲音道：「妳怎地回來了？事情出了岔子？」聽起來他非常驚訝。

「我辦事什麼時候出過岔子？」靜緣師太上前兩步，站在解先生面前。

解先生眼神閃過一絲慌亂，畢竟被人逮個正著，可他很快恢復如常面色，與靜緣算起帳來：「我讓妳跟著李明宇，確保他拿到東西，送回紫雲樓，不在半路出意外，然後午時在東城門趁亂時將他殺死。如今才什麼時辰，妳出現在這裡，還敢說沒出岔子？」

「你說讓他拿到東西，他拿到了。你說讓他死，他死了。你說要讓他拿到的東西被送回紫雲樓，他連屍體和東西全被送回了紫雲樓，哪裡不對？」靜緣師太冷冰冰地回著。

解先生張了張嘴，一時無法反駁。事情明明不對，但確實他囑咐的事都辦到了。他緩了緩神，終於冷靜下來，「妳提前動了手？妳在他回紫雲樓的半路就動了手？」

「你有說不可以嗎？」

解先生勃然大怒，「我明明說得很明白，每一點都說得明白，妳竟然敢胡亂作為！」將東西藏在紫雲樓，出去後擾亂城門防務混亂中被誤殺，與身帶重要證據半路被人殺害完全不一樣好嗎？

解先生氣得頭頂生煙。這潑尼，簡直亂七八糟！

「如若你只需要午時在東城門殺一個人，就讓我午時去東城門就好，為何讓我大清早便離開？他拿沒拿到東西，回沒回家，與我何干？」靜緣師太冷冷地道：「我只殺人，別的事可不幹，這你很清楚。你要支開我，不過是想過來我這兒查探罷了。」

解先生被戳穿意圖，臉色黑得難看。

靜緣師太又道：「你闖入我庵裡，我很不歡喜。」

解先生聽得她這般道，索性也說開了：「妳有事瞞著我，我也不歡喜。怎麼，妳想做叛徒？這福燈是蕭國人才愛擺弄的東西，妳怎會有？這地上畫著格子，似孩童玩耍之用，妳怎會有？這屋子裡頭，又藏著什麼人？」

他一把推開房門，門板打到牆上，靜兒正站在門板與牆的夾角裡，完全不敢呼吸。

屋裡沒有人，解先生愣了愣，但很快發現床上有被褥，掀開的樣子似方才才有人在上面睡過，而且桌上有小玩意兒，一看就是孩童的東西。

「妳究竟藏著誰？」解先生轉過頭來，盯著靜緣師太問。

靜兒閉上了眼睛，嚥了嚥唾沫，然後她聽到師太說：「我願意讓你知道的事，自然會告訴你。不願意讓你知道的，自然就不告訴你……你管得太多了。」

解先生大怒，「妳好大的膽子，由得妳願不願意嗎？讓妳辦什麼，妳便得辦什麼！」

「是嗎？」靜緣師太的聲音非常冷淡。

解先生踏前一步，喝道：「我警告妳……」話未說完，一把劍插進了他的胸膛。

解先生吸了一口涼氣，完全不敢置信。他瞪著那劍，劇痛由心口蔓延到全身。

靜兒看不到，不知道發生了什麼事，只是聽得靜緣師太的聲音道：「我最討厭別人警告我，我也最討厭別人告訴我必須做什麼不許做什麼。我告訴你，我願意為你們殺人，是因為我想殺人。我想殺人，正好你們求我殺人，如此而已。不是我怕你們，不是我欠你們，明白了嗎？」

「妳……」解先生痛苦得說不出話來，他要死了，這麼突然，完全出乎他的預料。

「所以，現在我想殺你，便殺了……」靜緣師太板著臉，「就是這麼簡單。」

靜緣師太往解先生身上踹了一腳，一把抽出了劍。解先生倒地，痛苦地喘息。靜緣師太毫不猶豫轉手一劍再刺了下去，解先生頓時沒了動靜。

靜兒聽到聲音，猜得七七八八，嚇得全身僵直。

「妳在嗎？」

靜兒緩了很久才反應過來這是靜緣師太在問她。她很害怕，她覺得她應該馬上回答，可她張了嘴卻說不出話，只聽到自己上下牙齒打架的聲音，而這個聲音已經讓靜緣師太知道她在了。

她走過來，把門關上，說道：「他死了，待我收拾乾淨了妳再出來。」

那語氣平靜，彷彿在說「等我煮好飯妳再出來」。

靜兒看著關上的房門，過了好半天才緩過神來，雙腿一軟，坐在了地上。

靜緣師太並沒有理會靜兒的反應，沒進屋查看她的狀況，沒有安慰，沒有解釋。她把解先生的屍體扛出院門，隨手拿了旁邊的鋤頭，在不遠處找個地方挖了個坑，把屍體埋了。

她回來時打了一桶水，將院子的血跡沖了沖。不能完全沖乾淨，她也沒管。收拾好了東西，回到屋裡打水洗澡換衣，接著便做午飯去了。

◆◆◆

李明宇的屍體被送回紫雲樓，謝剛、蔣松先行處理事務，龍騰接到消息飛速趕回來。

在李明宇的屍體上找到了一個油紙包包著的兩本冊子和一張紙箋，紙箋上寫著「這些可作為安若晨是奸細的證據，讓軍方及衙門嚴查她」。

兩本書冊裡，一本是薄薄的名冊，寫著中蘭城中的一些細作名字，但大多對龍騰他們來說都是無用的。什麼徐媒婆、劉則、婁志等等，都是死的死，查的查的，沒什麼新鮮的，只是其中夾雜著安若晨的名字。

另一本厚厚的冊子記錄著各個細作是怎麼招募到的過程，其中安若晨是徐媒婆招募的，內容竟與安若晨在衙門裡說的差不多。上面記著徐媒婆死後，藉徐媒婆之死，藉安若芳的失蹤，讓安若晨向官府和軍方求助，伺機混入軍方，以得到軍方情報。若是條件合適，勾引龍騰，迷惑其心志，將其戰略想法拿到手。若有需要時，可進行刺殺計畫。

龍騰飛快看完兩本冊子，揚了揚眉毛，「沒了？」

「沒了。」謝剛答道：「他在頂松亭取完這些冊子後，發覺有人跟蹤，便飛奔逃跑。」他把探子跟捕快們所述的說了一遍。搶了馬，逃跑時未坐穩正好摔斷了脖子。

蔣松恨恨地道：「原來內奸便是他，真是萬萬沒想到！也難怪軍令和防務都會洩露，所有文書卷宗令錄都經他手，紫雲樓的崗哨防衛他全部知道！」

「想來他打算將那閔公子放走，然後拿出些證據來證明軍中細作是安管事。這般既保住了細作頭目，又解決了軍方內奸的舊案。」謝剛道：「若是安管事被確認為內奸，那麼她從前查到的細作案子都會被質疑，將軍也會被問責。」

龍騰點點頭，想了想，道：「把安管事叫來。」一衛兵領命而去，龍騰又擺擺手：「屍體抬走吧，就不必讓她看了。」

安若晨到來時，聽說內奸是李明宇，大吃一驚，「李長史可是對將軍忠心耿耿的。」

「那是看起來。」蔣松還在生氣。算起來李明宇還是他的直屬部下，居然出了這種婁子，真是大大丟了他的顏面。

謝剛將事情與安若晨說了一遍，還將搜羅的東西給她看。

安若晨指著其中幾張城門計畫，問：「這真是他的筆跡嗎？」

其實她已經認出來了，但還是不敢相信。

「知人知面不知心。」蔣松脾氣火爆，一掌拍掉書桌一角。

安若晨張了張嘴，不知還能說什麼好。

「妳都看清楚了嗎？」龍騰問安若晨。

安若晨點頭，把手上那兩個冊子放回桌上，寫得還真是像模像樣的。

「筆墨一樣是新的。」她道。這是將軍教過她的辯識方法。先不說自己是當事人知道內容是捏造的，就是這一項也知道這書冊是假的。

一屋子靜默無聲，空有嘆息。過了一會兒，龍騰道：「既是如此，就這樣吧。這事莫要張揚，也不是甚體面事。軍威受損，軍紀無存，簡直丟人現眼。」

蔣松咬牙，「末將知罪。」

龍騰又道：「我去與姚大人知會一聲，讓他那邊也穩妥處置。」

姚昆這邊當然沒甚意見，你們軍方的細作你們自己處置好便行，我們衙門又不是大嘴巴。既是達成共識，龍騰便帶著安若晨走了。

安若晨騎著戰鼓，跟在龍騰後頭奔馳，這回她自覺騎得又更好了些，可是騎著騎著便發現不對勁，這是往哪兒騎呀？

龍騰答得理所當然：「踏青啊！」

安若晨：「……」居然是踏青？

結果龍騰帶她出了東城門，跑了一圈後轉去觀柳亭。在觀柳亭那兒下了馬，仔細查看周圍一遍，那些衙門的、軍方的埋伏都已經撤走，四周沒人。龍騰又把觀柳亭的頂子椅子柱子都細看，沒有任何記號和物品。

安若晨坐在亭子裡看著龍騰的舉動，問他：「將軍，你覺得哪裡不對嗎？」

龍騰也坐下，道：「他是細作的證據太充分了，而妳是細作的證據太敷衍了。」

安若晨一腦門問號。

龍騰解釋：「他冒著這麼大的風險，在頂松亭取回要陷害妳的物證，若是他要用這物證向我，或是向比我更大的官來狀告妳是細作，我被妳迷惑，那這證據準備得並不周到。」

「又不是他準備的，是解先生幫他準備的，他只是取回來。」安若晨猜測，「若他平安無事，也許他也能看出這證據無法用，就壓根兒沒打算用。說不定還會與解先生爭執一番，你們做活做得不細，讓我怎麼辦事？其實話說回來，我覺得寫得頗像模像樣的，內容詳盡，推斷合理，且與我說的話都能對上，說不定有些官老爺就會斷定這是鐵證。」

龍騰舒展身體往後靠，懶洋洋又愜意的樣子，道：「有幾點，一是他需要解釋清楚他怎麼拿到的，二是內容的真假他怎麼判斷的，三是他需要與妳對質。一旦他拿著這所謂證據狀告妳，他很容易把自己陷入誣告的境地。誣告別人是細作的人，可能就是細作，他不會不明白這個道理。」

「所以，他很有可能不會拿來告狀。他不知道裡頭裝的是什麼，他沒打開就摔死了。」安若晨再次重複這點，想起來還挺難受，畢竟是日日見面的熟人，突然說沒就沒了，「若不是昨晚我們發現鈴鐺不見，也許李長史也不用死，也許後頭我們會有別的機會發現他的破綻。」

龍騰搖頭，「不是我們發現鈴鐺不見，關鍵是姚大人那邊有衙差看到李長史取走鈴鐺，報予了姚大人。姚大人欲找我詢問，故意讓李長史傳話，結果李長史隱瞞了。我們發覺鈴鐺不見之前，姚大人已經安排了捕快在那兒潛伏，記得嗎？」

安若晨想起在頂松亭那兒確實有人出來與將軍施禮來著，所以將軍與太守大人一碰面，就發現李長史的問題了。等等，安若晨問：「將軍，你說有衙差看到李長史取走鈴鐺，是看到有人取走還是看到李長史啊？」

「看清了面貌，且認得，就是李明宇。」

安若晨張大了嘴，明明李明宇取走鈴鐺時天才濛濛亮，光線並不清楚，除非走到近前，不然如何看得清樣貌？但若是走得近了，且打了照面看模樣，李明宇肯定會發現。

安若晨支支吾吾道：「將軍，如果……我是說，如果李長史被人冤枉了呢？」

龍騰饒有興味地看她，「說說看。」

安若晨想半天，道：「我就是覺得將軍之前說的有道理。他是細作的證據這麼詳實，誣陷我的確實做得很敷衍。解先生或者是閔公子辦事一向細緻，你看徐媒婆、陳老頭那些案子，他都沒留下什麼追查他的證據，包括這次李長史摔死，也沒留下任何關於解先生或閔公子的線索，只有李長史自己犯案的線索不是嗎？」

龍騰點點頭，「若真是如此，我們又回到原點了。」

「不止回到原點，還犧牲了一個對將軍忠心耿耿的好人才。」

龍騰轉頭看她，目光溫柔如水，聲音也輕柔起來：「妳知道他並不喜歡妳。」

「那又有何關係？」安若晨越想越難過，「他對將軍忠心便是好的。說不定就是因為不喜歡我，所以被細作利用了這一點。李長史也許是想盡力保護將軍，肅清將軍身邊的妖孽。」

龍騰皺眉頭，「若是如此，便是我的錯了。他與我說過妳的不好，說過對妳的懷疑，我聽了生氣，便只說他多慮了，未有好好安撫解釋。」

「不必生氣，很多人不喜歡我。」安若晨絞著手指，「我在家裡時，沒人喜歡我。」

「我喜歡妳。」

安若晨一愣，轉頭看著龍騰。

「我喜歡妳。」龍騰又說了一次。

安若晨更愣了。

「雖然這不是什麼好時機，這種時候說這樣的話顯得對李長史不近人情，但我好似總找不到好時機說。」

安若晨整個人傻住，龍騰等了好半天，忍不住撇眉頭，有些惱羞成怒，道：「妳這是什麼表情？我說這話，妳就這樣的反應？」

安若晨一會兒才擠出一句誠懇的問話：「現在是說到哪裡了呀？」

「說到本將軍不想與妳說話了。」龍騰蹭地一下站起來，轉身就走。

安若晨嚇得跳起來，趕緊跟在後頭，「將軍？」

龍騰不理她，解開如風的韁繩，準備回去了。

「將軍！」安若晨不曉得該先哄將軍好，還是先趕緊解開戰鼓好，不然將軍一個沒哄好跳上馬跑了，她再解開戰鼓會來不及吧？

「將軍！」還是先哄將軍吧。

龍騰猛地回身，低下頭來，鼻子對著安若晨的鼻子，問她：「我剛才說什麼了？」

「將軍說不想與我說話了。」安若晨老實答。

「對，不想與妳說話了。」龍騰翻身上馬，一夾馬腹就走了。

安若晨又傻眼了。不是吧，真生氣了？

她趕緊解開戰鼓，策馬追上去。還好還好，將軍騎得不快，不難追！

龍騰的臉色很難看，安若晨偷偷看了好幾眼，不敢搭訕。

龍騰也不說話，直到進了東城門，龍騰忽然道：「李長史的事還得查，妳先不要聲張，若他真是被利用遭冤枉的，先讓真的細作安心下來，他們以為得逞了，掉以輕心，我們才有機會。」

「好的，好的！」安若晨趕緊應了。說查案的事就好多了，她的腦子也恢復正常了。

這天晚上安若晨沒睡好，一閉眼就聽見龍騰說「我喜歡妳」，再一閉眼又聽見龍騰說「我不想與妳說話了」。她嘆氣，還不如想想李明宇的事，他是真細作還是假細作？想著想著，一閉眼又聽見龍騰說「我喜歡妳」。安若晨哀號，拉上被子把自己埋了，結果又聽見龍騰說「我不想與妳說話了」。

第二天，安若晨找陸大娘確認，問崔姑娘看到有人摘鈴鐺時，那天色能看清人的五官樣貌嗎？陸大娘回話確認，天色很暗，看不清。安若晨知道衙門裡有人被收買了，起碼現在能確定那個說看見李長史模樣的衙差就是一個。

然後，安若晨又發現她被龍大將軍冷落了。

哦，不對，她與將軍之間不該用「冷落」這個詞。將軍忙，他們常常見不上面，這是很正常的。將軍當時說喜歡，大概是想表達欣賞之意，因為她能理解將軍對這個案子的疑惑。

安若晨決定先悄悄查那個衙差，於是藉著送方元回太守府的機會，她去了一趟衙門。這麼巧，正遇上了安之甫擊鼓報案。

父女倆許久未見，再見真是大眼瞪小眼。瞪了半天，安之甫冷哼一聲轉過頭去。安若晨猜到他擊鼓所為何事，真想留下來看他的糗樣，但看到一旁的安若希，想想算了。若日後要幫她說親事，還是留著餘地好。安若晨給了安之甫一個白眼，然後走了。

譚氏瞪著她的背影跳腳，罵了兩句，被安若希勸住了。

安之甫這次來是為了狀告商舶司劉德利欺壓百姓，勒索錢財。這是他思慮許久，又與安榮貴、譚氏商量後定好的計畫。反正劉德利失勢入獄了，與其被他捅出來，說是他們利誘他違律放貨，不如他先告他魚肉百姓。

可這一狀告得「慘絕人寰」，劉德利被押出來與安之甫當面對質。劉德利否認一切，說與安之甫就玉石貨品之事壓根兒沒有商量溝通過。貨來了安之甫不取，在商舶司的倉庫裡放了許久才拿走。全是流程清楚按規矩辦的，哪有半點違律？

安之甫又不能把錢裴扯進來，只好一遍遍說當時求了劉德利多次，吃飯就吃了好幾回，怎地不認帳了云云。結果姚昆一查卷宗，那批貨確實是早在他下令封關貿之前就到了，確實在商舶司倉庫存了許多日子，後來安之甫簽字取走了。劉德利的收賄清單裡，也沒有安之甫這一筆。

這是誣告！姚昆很不高興，審了半天，翻了許多卷宗，浪費許多時間精力，這是當他太閒了。商舶司平日裡肯定是卡了商賈的油水，但安之甫竟然想順竿打落水狗出氣，這風氣可不能長。有冤報冤，有案就訴，沒事找事的，打。不然以後大家閒著沒事來告狀，那還了得。

於是，安之甫被打了二十大板，丟出了衙門。

安家人目瞪口呆，晴天霹靂。這貨竟然沒有違律取出，那當初錢裴說得馬上要被砍頭似的。安之甫被抬回家大發雷霆，把坑害他的錢裴和給他們通風報信的安若晨罵了三天三夜。

安若希氣得睡不著覺，不敢在爹爹面前出現，又被母親教訓，想去找安若晨發脾氣，卻發現這事壓根兒找不到人家的錯處。違律取貨是你們自己說的不是嗎？怪誰呀！

而安若晨聽得安之甫被打的消息，痛快了一會兒，然後又被愁緒壓住了。

解先生不知是誰，閔公子沒抓到，李明宇的案子真相不明，方管事回太守府後她這安管事就很忙碌，現在還要加上一件哄將軍的難事。

在安若晨看來，眼下哄將軍是最難的。這件辦不好，其他事都會受影響。她想不到哄將軍的好辦法，偏偏將軍還早出晚歸，沒再來找她遛達或騎馬，她連嘗試一下笨辦法的機會都沒有。

要是這會兒能發生點什麼事，讓她也能去抱將軍大腿哭訴……

安若晨想了想，自己起了層雞皮疙瘩。

要不就是有什麼線索讓她能跟將軍嚴肅正經討論一下「國家大事」，嗯，這個比較好。以前他們也都是這樣的，可她琢磨和收集消息，除了知道作偽證陷害李明宇的那個衙差叫江滿之外，其他的也都不知道了。她起碼得找出點可說事的，才能指責江滿，讓大人們去查。

原來想「勾搭」將軍真的是件不容易的事呢！

這日一早，安若晨天未亮就趕緊起來，假裝到馬圈忙碌幫戰鼓刷毛餵食，等著龍騰。

「勾搭」不成，好歹「邂逅」一下，結果還真「邂逅」上了。

龍騰過來上馬準備外出，看到安若晨，未說話，挑了挑眉。

安若晨內心大呼：這幾個意思啊？

「安管事，早。」幾個衛兵招呼著。

這提醒安若晨了，她也趕緊道：「將軍，早。」

「嗯。」龍騰應得沉著冷靜。

衛兵們上馬的上馬，跟馬兒親熱的親熱。馬夫已將如風拉了過來，龍騰不再看安若晨，翻身上了馬。安若晨覺得內心頗受傷，龍騰回頭看她一眼，她又精神一振。

龍騰卻是問她：「安管事一早在此，可是有話與我說？」

安若晨張了張嘴，想說「將軍，我們和好吧」，但說不出口，好像他們「好」過一樣。要是說「將軍，你在鬧哪門子脾氣呢」，將軍是否會把脾氣鬧得更大？唉，有正經事可說就好了。

安若晨忽然想到一事，忙道：「一直還未找到機會與將軍說，我不是與我妹妹周旋嗎？我答應她為她在外郡找一門好親事，不知將軍有沒有外郡的人脈關係可以介紹，我去找幾個媒婆談談，相幾個好公子看看……」

話越說越小聲，因為龍騰的臉色越來越不好看了。安若晨又想嘆氣了，果然將軍心海底針。以前這事明明跟他通過氣的，只是一直未認真討論。

「要是在外郡相著好公子，好公子也相著妳了，妳怎麼辦？」

安若晨趕緊拍馬屁表忠心：「我是將軍的管事婆子，對將軍忠心耿耿，盡心盡力為將軍辦事，絕不會被好公子迷惑的！」

龍騰一副不想搭理她的樣子，策馬走了。

安若晨愣愣地站了一會兒，一口氣嘆得幽遠綿長，簡直能飄到東城門去。

算了算了，還是以後找別的機會與將軍和好吧！

只不過這日才為安若希找媒婆子的事得罪了將軍，安若希就來了。

安若希這回來既不憤怒激動也不隱忍討好，她往那兒一坐，懶洋洋冷冰冰地道：「我是不想來的，不過昨日錢老爺來家裡探望爹爹了，讓我過來告訴妳一件事。」

「哦。」安若晨不動聲色，反正肯定沒好事。

「依妳的主意，爹爹去衙門告狀，然後被打了，這事妳肯定知道了吧？妳是不是暗地裡笑了好幾回了？」

「還行吧。」安若晨的表情沒顯出高興來。

「這事也得怪錢老爺，爹爹被他擺了一道，還得對他陪笑臉，這樣妳也很高興吧？」

「還可以。」安若晨不給她什麼大反應。

安若希這回是真的沉住氣了，一點也沒發脾氣，只是道：「反正呢，我是看清楚了，我們姊妹兩個是沒辦法改善什麼關係，就互相利用著吧。我來找妳也拿不到什麼好處，但起碼來一回家裡便能讓我清靜一回，我就且來著吧。」

「外郡媒婆的事我託人找了。」方管事辦這種事可是比將軍大人靠譜，「有些眉目的，待年節過後，我會去一趟親自見見人。」

安若希愣了愣，淡淡地道：「等妳真去見了再說吧，只嘴裡說說，我是不敢信了。」

「那麼錢老爺讓妳傳什麼話？」

「他說他在十月底的時候，買進了兩個十二歲的小丫頭。」

「什麼意思？」

「他要我驚恐緊張地問妳，四妹一直沒找到，會不會是已被人牙子拐賣了。」

「錢裴若是買到了四妹，斷不會是現在這反應。」安若晨話雖這麼說，但一牽扯到安若芳，心裡又不敢肯定了。錢裴這人心性難以捉摸，有時真不知道他會做出什麼來。

「他讓我問妳，那被他買去的丫頭會是四妹嗎？」

安若晨冷笑，「然後呢，難不成我還要衝到他府裡做客？」
「說不定呢。」安若希也冷笑，「他說若是妳有此想法，我便可提議可陪妳一起去，讓妳安心。我便對他說，姊姊可不稀罕我陪著去，人家可是有武將護衛的。」
「確實如此。」
安若希瞪眼，「我是在諷刺。」
「我是在反諷。」
兩姊妹互相瞪著，安若希別開頭，「反正話我帶到了，隨便妳如何。」
她能如何？她一點都不相信錢裴，但越是覺得不可信，心裡卻越不踏實起來。
「還有，四姨娘來問我毒得如何了？我說沒機會。她說那妳今天去找機會吧，我說再看看。」安若希一副破罐破摔的樣子。
安若晨沒好氣，「行了行了，妳的親事我當真在張羅了。這不馬上要過年了，怎麼都得過完年才能與將軍告假出去見見。妳也用不著故意煩我，知道妳煩。」
「告假就告假唄，還要提個將軍。妳也用不著故意擺威，知道妳威風。」
「挑刺是不是？」
「是啊！」安若希板著臉。
「行了行了。」安若晨揮手趕人，真是不想看她，「妳回去吧。告訴錢裴大姊驚慌失措怒得拍桌子，告訴四姨娘今日大姊心情不好連茶都沒給，沒地方下毒去。」
「妳確實是沒給茶。」
「我故意的。」安若晨也板起臉，「有人要下毒了，我不得不防著點。」

安若希哼了一聲，拂袖而去。
安若晨看著她離開的背影，心裡嘆氣，揉了揉眉心。
趕緊嫁了吧，嫁得遠一點，嫁得好一點，這妹妹過得好了，該就不煩人了！
這天晚上，安若晨撐起臉皮在龍騰院門外等他。
衛兵道，將軍說過安管事可以進屋，安若晨不進去。
兵大哥，你懂不懂，這叫苦肉計！
大冷的天，她在外頭站一站，凍成冰疙瘩，也算表現出了誠意。
「不用進去，屋裡沒點暖爐，跟外頭一樣。」龍騰不怕冷，屋裡不用暖爐。
「將軍說若是安管事來了想找暖爐，就給她點上。」衛兵一板一眼地答。
「不不，這不是在外頭還能有人說說話嘛！」
「安管事若是有急事，可召驛兵送信，那般快一些。」衛兵好心提建議。
安若晨無奈地看了衛兵一眼，「不著急，也不是那麼不著急，沒事，我等等好了。」
兵大哥，你可得記得跟將軍提一提我等了許久呀！
這一等確實是許久，龍騰很晚才回來，看到安若晨居然在院門外，愣了一愣。
「將軍，你回來了。」安若晨蹦著就過去了。
「找我有事？」龍騰問。
「有的，有的！」安若晨猛點頭。
「將軍，安管事等了許久了。」衛兵道。
安若晨立時對他投以感激的目光。這位兵大哥，你這般機警聰慧，定是前途無量。

「急事？」龍騰一邊問一邊往屋裡走。

安若晨趕緊屁顛屁顛地跟上，「將軍，今日我二妹找我了，她說錢裴家裡十月底的時候買過兩個十二歲左右的小丫頭。」

「是嗎？」龍騰翻出暖爐點上。

「我猜這是誘敵之計，但一時也說不好他打的什麼主意，總不能把我騙過去然後囚起來打一頓，到時將軍不會放過他，他不會那般傻的。」

「妳怎知我不會放過他？」龍騰坐下，正經八百地問。

「啊？」安若晨愣愣的，難道自己被害了，將軍會放過害她的人？

她想了想，道：「侵害兵士將官，損壞軍中財物，破壞軍事防務，均視為叛國。我若遇害，怎麼都能勉強算上第一項吧？」安若晨伸出個指頭。

「那妳是打算到錢府去惹怒他，讓他將妳痛打一頓，然後我以叛國之罪收拾他？」

安若晨想半天，厚臉皮往龍騰面前坐下，誠懇地問：「將軍，我哪惹您生氣了嗎？」

「未曾。」龍騰一臉無辜，「新年的新衣我都試了，合身正好。後日去太守府的新製官服和配飾我也看到了，安管事處理得妥妥貼貼。每日飯菜很是可口，頓頓有湯喝，甚合我意。床褥乾淨整潔，屋裡收拾得一塵不染，公文信函分類歸置，文書四寶順手好用。」

安若晨猛點頭，對啊，她真的有用心照顧將軍起居！

「若是說有何不滿意，倒是有的，只是怕說出來安管事誤會我輕浮莽撞？」

安若晨：「……」

雖然話裡說擔心誤會，但龍騰還是說了：「安管事年方十八，偏偏毫不打扮，成日穿得灰撲撲髒兮兮，髮式隨便捆，比兵士還粗糙，如此儀容，實在有礙觀瞻。」

安若晨的下巴差點掉下來，這說的什麼鬼話？她的衣裳是樸素些，可沒有髒兮兮。髮式是老氣些，可是是一絲不苟。什麼叫比兵士還粗糙？還有礙觀瞻？

「有句話說，女為悅己者容，紫雲樓裡就算沒有安管事心悅之人，也不必弄得如此生怕別人悅上一般。」

安若晨呈呆愣狀。所以明查秋毫的將軍大人覺得她是怕別人「悅」上自己才故意弄得醜不拉嘰？她有這麼醜嗎？

「還有，在這兒有衛兵重重把守，無須再有亡命之慮，妳也不必日日束胸。不明白的，還道妳隨時準備逃跑。」

安若晨差點跳起來，還嫌棄起她束胸來了？是不用逃跑了，可是不是日日練武，還要騎馬嗎？將軍，你胸不大，你不明白胸大的辛苦！

「將軍！」安若晨站了起來，「將軍如此坦誠教人感動，如此我也得坦誠相告。」也不待龍騰有反應，安若晨說：「將軍的眉毛總是挑啊挑揚啊揚，甚是靈活多變，但這容易透露情緒，洩露軍機，將軍當小心注意！說完了，奴婢告退！」

安若晨溜得雖快，但其實豎著耳朵，沒聽到龍騰叫她，心裡不好說是失望還是慶幸。跑出了一段路，有些後悔。完了，還說想和好，結果是不是弄得更僵了？

不行不行，她正事還沒說呢！再說，將軍官比較大，她應該讓著他的。

這麼一想，心裡寬慰多了。對，她應該讓著將軍的。

安若晨又轉身回去了，龍騰的房門還開著，他還坐在那個位置沒有動，臉上似乎有著懊惱。啊，是不是將軍也在反省自己失言了？安若晨更覺得他們應該和好，多讓著點將軍沒錯。

「將軍，我還沒說正事呢！」

龍騰見她回來，表情頓時又變回端正嚴肅，清了清喉嚨，問：「何事？」

「就是李長史一案，第一個報稱說看到李長史摘鈴鐺的那個衙差叫江滿。」

「嗯？」

「江滿說他那個時間去頂松亭一帶轉，是想看看餅攤出攤了沒，要買早飯吃。衙差巡街守值，兩個一組，他脫隊自己去了頂松亭，這是其一。其二，頂松亭旁是有個餅攤，也是附近唯一賣吃食的小攤，巳時左右出攤，常客都知道，吃早飯是不會去頂松亭找的。還有其三，江滿那人，沒有吃早飯的習慣。」

龍騰聽著，這次是真嚴肅起來，「還有呢？」

「沒了。雖光憑這些不能斷定那衙差說謊，他可以說不是常客，不知出攤時間，那天突然想吃早飯了，這也不能說不合理，但還是有嫌疑的，對吧？而且他說的那個時間，天色亮了，看清人臉了，那附近也該有別人走動吧，卻只有他一個人看到李長史。且他看到了李長史，而李長史卻沒看到他。明明頂松亭是高處，很容易看到周圍的。」

龍騰不語，安若晨又道：「李長史小心謹慎，走在人群裡都發現身後有人跟蹤，若是空曠無人的清晨，被人看清了樣貌，他於高處又怎會沒察覺被人看到了？再者，江滿說了，因著認得李長史，所以沒在意，以為是軍方查案，但後來想想還是上報了。既是起初沒在意，不上前打聲招呼，也不會躲藏起來，那麼李長史又怎會看不到他？」安若晨頓了頓道：「將軍，你先前的疑慮是對的，這案子有蹊蹺，咱們可以從衙差入手重查此案。他若是真的撒謊作了偽證，那麼支使他的人，便是細作。」

龍騰看了她好幾眼，忽而一嘆，「我最早覺得妳若是男兒身多好，好好栽培，會是極好的謀士。而後又想，妳是女兒身很好……」

龍騰話未說完，安若晨已經急了，她抬頭挺胸大聲道：「將軍，無論是漢子還是姑娘，只要有赤膽忠心，也能頂天立地。」

龍騰被她噎得後面的話都沒法說了。

他揮了揮手，沒好氣地把他家「頂天立地」的安管事遣回屋去了。

回到屋裡的安若晨對著鏡子照了半天，很不服氣，「有這麼醜嗎？」

翻箱子找衣服，挑些俏麗鮮豔的。開抽屜翻物件，也是有些小首飾的。她躺到床上準備睡了，耳邊卻響起將軍的話：「有礙觀瞻。」

哼！

第二天天未亮安若晨就起來了，穿戴漂亮收拾整齊又去了馬圈等著「邂逅」將軍。

穿衣打扮的時候嚇著了春曉，「姑娘今天要幹麼去？」

「去餵戰鼓吃早飯。」

春曉：「……」

去到了馬圈嚇著了馬夫，「姑娘今天要幹麼去？」

「來餵戰鼓吃早飯。」

馬夫：「……」

打扮成這樣了，戰鼓還能認識妳嗎？

刷馬餵食擺姿勢，等了好一會兒終於等來龍將軍了。

衛兵們看見安若晨也是一驚，只有龍騰挑挑眉梢，泰然自若。

「將軍，早。」安若晨用頂天立地的管事氣勢打著招呼。

「早。」龍騰淡定冷靜，似未看見安若晨的變化。

安若晨抿起嘴，心裡有些不歡喜。

龍騰上馬，路過安若晨身邊忽然道：「明日便這般模樣與我赴宴，這才像個樣子。」

安若晨：「……」

沒等安若晨給反應，龍騰就走了，騎出一段路突然回來，策馬奔至安若晨身旁又道：

「以後便都這般模樣吧，這才像個樣子。」

這回安若晨回過神來了，趕緊應：「遵命，將軍！」

龍騰挑了挑眉，微微一笑，走了，這回他沒有回頭。

安若晨差點沒忍住要蹦起來，想起一旁還有眾馬夫等人，她這管事要保持儀態，只得轉而抱住戰鼓，臉埋在牠身上。戰鼓，我跟將軍這樣就算是和好了，是吧？

戰鼓當然沒回話，不過安若晨覺得很高興。她自己覺得是的，就是和好了。

安若晨背著手回院子準備吃早飯去。想起將軍走時的微笑，忍不住蹦了兩下。

靜兒與靜緣師太也在吃早飯，這數日兩人都沒怎麼說話。

靜緣師太一向話不多，如今特殊的身分暴露，她似乎更不想說話了。

靜兒不知道該說什麼，她想問問題，卻不知該如何問，也不知該不該問。靜緣師太待她還如從前，就似那件可怕的事沒發生過。她叫她吃飯，給她玩具玩耍，但沒再鎖她的側院小門。

靜兒不知道這是不是在試探她，她並沒有試圖逃跑，她不知道能逃到哪裡去，回中蘭城能安全嗎？她也不知道是不是只要她一逃靜緣師太就會發難，所以她也裝作那件事沒發生過。只是心裡的恐慌藏不住，她還是與靜緣師太保持了距離，除了讓她吃飯，其他時候她都躲在屋裡。

吃完早飯，靜緣師太忽然道：「我不會傷害妳，我知道妳是誰。」

靜兒剛想說她吃好了回房去了，聞言愣了一愣，坐直了。

靜緣師太看著她，目光並不冰冷，她道：「這幾日妳既是沒有離開，我想妳該是真的不知能去哪兒。暫時來說，我這裡確實是會比別處安全，但再過一段時間，也許就不一定了。」

「師太知道我是誰？」靜兒怯生生開口。

「原是不知道妳是安家的姑娘，但我認得妳。兩年前我去中蘭城化緣時，曾在路上遇到過妳。妳與妳的姊姊。妳剛買了包子，見了我化緣，便過來要給我包子吃。那是肉包子，我拒絕了。妳回身後有些想哭，妳姊姊說傻孩子，出家人食素的。我走出了好一段路，妳氣喘吁吁追了上來，遞給我一包棗兒糖，妳說對不住，糖可以吃嗎？我收下了，妳仰著頭對我笑。」

靜兒沒說話，她不太記得這事了。她正是安若芳。她依稀記得跟大姊出去是給過人遞包子送糖的，但她不記得是什麼人，更別提相貌了。

「我女兒若還在世，也差不多與妳一般大了。我來這兒數年，妳是第一個不怕我的孩子，妳那時的表情讓我想起了她。十月十五那日，我如往常一般去中蘭城化緣，我又遇見了妳，只不過這回妳仰著臉對我說的是『師太，救命』。我一眼就認出了妳，所以把妳帶回來了。」

安若芳咬咬唇，低頭聲如蚊吟小小聲：「對不住，我不是故意要撒謊的。」

「無妨。」靜緣師太道：「我還未見過不撒謊的人，每個人天生都會撒謊。」

安若芳眼眶紅了，「我確實不知該怎麼辦了。姊姊把逃跑的機會讓給了我，結果我錯過了。家裡我是回不去了，我很害怕。」

靜緣師太看著她，「不用怕，誰欺負妳，便殺了他。」

安若芳一顫，震驚地抬頭。師太，妳不是認真的吧？

靜緣師太的表情是認真的，她繼續道：「我收留了妳後，去中蘭城查了，發現各派在找一個安家的四姑娘，我這才知道妳的身分。」

「各派是什麼？」安若芳問。

「就是妳家在找，妳姊姊在找，官府在找，軍方在找，錢府在找，細作也在找……」

安若芳驚訝地張大嘴，完全不明白這是什麼狀況，怎麼這麼多人在找她？

「我先是聽說妳是要被逼嫁給一個叫錢裴的糟老頭子，我便想去殺了他，但我查探之後，發現若殺了他，麻煩事也許更多，不過其實現在也一樣糟……」靜緣師太沉吟，自言自語道：「要不去殺了算了？」

安若芳驚得起了一身雞皮疙瘩，好在靜緣師太很快轉移了話題：「我也去查探了妳姊姊，她如今身在紫雲樓，在龍將軍的身邊……」

安若芳驚喜大叫：「大姊平安無事？她好嗎？」

「我打聽到她的那會兒還好，如今從細作的情形來看，她應該也還好，但她並不安全，我也不敢將妳送過去。」

「為何？是不是姊姊收留了我，爹爹和娘會去官府告她？」

「妳姊姊有麻煩，她在乎妳，她就是妳的麻煩。」

安若芳聽得這語氣，彷彿下一句就要說，這麼麻煩殺了得了。她嚥了嚥唾沫，想說別傷害我姊姊，但師太既是沒說有這意思，她說出來，萬一不小心提醒了她呢？

安若芳不敢說話，靜緣師太也沉默了片刻，然後道：「總之，妳先暫時住這兒。在下一個麻煩來之前，我再看看如何處置妳。」

靜緣師太收拾碗筷準備走，安若芳忍不住問：「師太，我娘好嗎？」

靜緣師太手一頓，抬眼看向安若芳，「妳想妳娘嗎？」

「想的。」安若芳眼眶紅了。

「我打聽妳家裡時，聽說她閉門不出，倒是未曾聽說好與不好。」

安若芳抿緊嘴，眼淚掛在睫毛上，眼看著就要落下。靜緣師太沉默，盯著那顆淚珠。安若芳眨眨眼睛揉揉眼，將那淚珠揉沒了。

靜緣師太愣愣的，有些失神地發呆，過了半晌，問：「想家嗎？」

安若芳終於哭了，「想的，可是我害怕。」

「因為妳母親無法保護妳。」靜緣師太呢喃：「無法保護女兒的母親還是母親嗎？」

安若芳哇哇大哭，「不怪我娘，不怪我娘……」

靜緣師太面露悲痛之色，緊咬牙關，猛地轉身走了。

謝剛依龍騰下的令，帶了衛兵，領著安若晨到衙門，報太守大人，傳見江滿。

就是當日見到李長史取下鈴鐺的那個衙差江滿。

計畫是這樣的，為不打草驚蛇，只說需要完善李明宇一案的卷宗案錄，細問江滿見到李明宇取鈴鐺的細節，然後帶著江滿到頂松亭當場確認位置。他站在哪兒，李明宇在哪兒，哪裡看到的正臉。若江滿無法自圓其說，就將江滿帶回紫雲樓。若在現場江滿所示確實合情合理，謝剛親測無誤，那就感謝江滿機警，及時通報，使得太守大人和龍將軍處置及時，抓住軍中蛀蟲。

可謝剛和安若晨萬沒想到，到了衙門那處，江鴻青聽得來意，卻直道可惜，說昨日城河邊的福燈檯倒了，許多搭台的工匠與百姓落水，衙差們前去救援，江滿不幸英勇殉職，被淹死了。

安若晨目瞪口呆，哪有這般巧的事？

謝剛細問此事，江鴻青如實細述。依中蘭年節的習俗，過年須放福燈，祈求來年風調雨順，身康體健，事事如意，所以太守乾脆每年命人在城郊河邊搭放燈檯，沿江十里長台掛滿福燈，亮如白晝。檯子搭有柵欄臺階，讓百姓放燈時安全些，而這安排已有七年。

安若晨點頭，這事她知道，每年安家於初一晚上也會到放燈檯那去賞燈放燈。

「今年的檯子已經搭好，昨日工匠去做收尾檢查加固的工作，百姓也搶著去掛頭盞燈。每逢這種時候都比較亂，太守大人便派了兩隊衙差去維持秩序，怎料還是防不勝防，有人哄擠鬧事，那檯子還未加固好，一下倒了一片，有許多人落水。衙差們下河救人，百姓們都無事，有些受了驚嚇與輕傷，但有兩名衙差殉職。太守大人已命我們撫恤其家人，做好善後。」

謝剛看了安若晨一眼，問了另一名殉職衙差的情況。

那是個年方十八的少年，本地人，剛做衙差不久。與江滿倒是不熟，兩人不在一個組裡。那少年水性其實不錯，救了數人上來，但也許是體力消耗過大，最後自己沒能上來，沉下去了。其他人趕緊去救，卻是來不及，撈上來時已斷了氣，江滿的情況也差不多如此。

江鴻青說到此處輕嘆一聲，覺得甚是惋惜，「都是好兒郎。江滿此前才立了大功，這次又如此英勇，不幸罹難，太守大人是要重重獎賞他的。」

安若晨去了趟河邊，放燈檯處還是頗熱鬧。許多工匠正在修整檯子。有人點起了蠟燭，燒起了紙錢，有人掛上了白色的福燈，上面寫著江滿和另一位衙差的名字及悼詞，大家自發地在悼念稱頌兩位衙差。

安若晨仔細問了昨日意外發生的情形，又找了工匠問福燈檯的狀況。沒有疑點，一切顯得都是意外，合情合理，目擊者眾多。安若晨為死者難過，也為案子感到沮喪。

無奈的沉重重重壓在她的心口，沒辦法證明江滿死於謀害，也沒辦法證明江滿之前作了偽證，尤其在他成為英雄犧牲之後，李長史究竟是軍中奸細還是被人利用，全都沒法證明了。

龍騰今日回來得早些，用了晚飯後，聽謝剛報了今日之事，於是去找安若晨。

安若晨無精打采在發呆，被龍騰拎著出來遛彎去了。

安若晨散步也散得沒精神，龍騰走著走著折了根枝子給她。安若晨覺得將軍甚是體貼，她正需要發洩鬱悶，便隨手抽了一下路邊樹叢，可一想這太過失態，在將軍面前還是要保持住氣質的，於是趕緊把樹枝丟開。她可是端莊女子，切記切記！

龍騰看得臉皮抽了抽。這是什麼意思？就這麼丟了？走了這麼久好不容易看到一枝子上開了小花，唯一的一朵。折給她是讓她抽打著玩，然後丟棄的嗎？

龍騰也不說話了，真沒法跟她說什麼。

兩個人悶頭走了好一會兒，走著走著，走到了校場。

安若晨問：「將軍，可以坐一會兒嗎？」她覺得累了。

龍騰點點頭，安若晨帶著他往校場邊的小山坡上坐下，看著校場。

「妳喜歡這裡？」龍騰問。

安若晨點點頭，龍騰猶豫了一會兒，問：「為何？」

要是她說因為跟宗將軍在這兒吃肉喝酒頗歡喜，他就再不說話了。

「因為在這裡將軍教會我許多本事。」

龍騰清了清喉嚨，端正臉色。

「以前我從來不知道自己能做到的事，在這裡都學會了。」安若晨沒注意到龍騰的表情，繼續說：「可是很多我想做到的事，卻做不到。」

龍騰看著她，安若晨低下頭，撥著身下半枯的草，「將軍，江滿死了。」

「我知道。」

「線索又斷了，而且他不是被殺死的，不是被滅口的，起碼表面上看是這樣。他死得壯烈光榮，根本挑不出毛病。」

「嗯。」

「這麼多人死了，一個接著一個，而我們還沒抓到真正的幕後凶手。」安若晨情緒低落，「上回你雖是教導開解過我了，可我還是會忍不住想，如果我更果斷些更有本事些，是不是就能搶在他們前面？如果當時我不害怕軍中奸細，找蔣將軍直接去抓劉則……」

上回明明是宗澤清開解她的，不過龍騰並不打算糾正這個，他道：「蔣松定會先把妳審個清楚，然後派傳令兵飛馬報信予我，同時包圍酒樓和劉府。這時候軍中奸細已然將情況報予閔公子，婁志也會行動，妳也許連閔公子這個名字都拿不到。」

龍騰又道：「又也許是另外第三種情況。沒發生的就不會知道，妳不能總用好的可能性來否定妳已經取得的戰果。也許是更糟呢？到那時妳又會說，早知道我沉住氣，不要這樣做就好了。」他學著安若晨的語氣。

確實如此，所以她才懊惱。安若晨嘆氣，想了想龍騰最後的語氣，又覺有些好笑。

「不過，妳說的對，有些事若是不及時做，日後確實恐怕會後悔。」

安若晨看著他，龍騰清了清喉嚨，張了張嘴似要說什麼，似乎又猶豫，閉上了嘴，然後又開口道：「我未與妳說過吧？我很小的時候就曾跟隨父親和祖父駐守邊關，沒上過戰場，但在兵營裡在家裡總聽他們說戰場如何如何，殺敵衛國，豪氣萬丈。我心裡覺得，練好武藝，殺人是很容易的事。十二歲那年，爹爹帶我上了前線，讓我長長見識。未開戰，只是兩軍對峙，距離還頗遠。當時氣氛緊張，我很害怕，我的馬便躁動起來。妳知道大軍列陣，本很是嚴酷肅殺，一個小毛孩騎著馬在一旁動來動去……」

安若晨噗哧一下笑出聲來。

龍騰赧然笑道：「最後那仗沒打起來，對方先撤了。回來後，我爹問我是怎麼回事，我說是馬兒不好。」

安若晨忍不住大笑，龍騰笑著看她，然後端正臉色說：「其實京城裡許多官宦權貴家的子弟，早早便有訂親結親的，我十六七歲時，便有人家來說親。我爹說我才多大年紀，未曾給國家立過功勞，何以成家。但上門來說親事的人家還是不少，再加上我認識的許多人都結了親，我便覺得這事不難，哪天得空了便娶上。」

所以他現在究竟幾房妻妾了？安若晨倒真是從來沒想過將軍的這些事，現在他忽然提起來，她覺得心慌得厲害。一會兒他說起家中妻妾如何如何，她得說些讚美之詞吧？其實她這人挺會拍馬屁的，讚美之詞攢了不少，但現在怎麼腦子發懵，空白一片，竟什麼都想不起來了？

安若晨聽見自己問：「你馬兒騎不好，後來呢？」

她立時被將軍瞪了，安若晨很心虛，這不是把將軍自己岔開的話題再幫他岔回去嗎？

龍騰瞪她半天，居然真接下去說：「後來我爹說馬兒騎不好便是練得不夠，讓我練練去。坐在馬上練長刀，但得控制馬兒不許動，我被罰了三天。」然後他又瞪安若晨，「還想問什麼？」

「那練好了嗎？」安若晨也不知該怎麼辦，硬著頭皮繼續問。

「妳說呢？」這不是廢話嗎？

安若晨縮了縮脖子，「那後來呢？」將軍想說娶妻容易就說唄，她也覺得嫁人不難呢，得空便能嫁了，只是她一直為國效力，未抽出空來。哼，對，一會兒她也這般說！

「再後來？」龍騰瞪她，「十四歲那年，我上了戰場殺敵，對陣東楚國。我以為我會怕，但其實腦子裡空空的，對方的副將喝馬持槍向我衝來，我一夾馬肚迎了過去。我覺得那必是我會砍倒的第一個人，我知道他的名字，我會記住他，但未殺到他眼前，一個小兵卻在旁邊朝我馬腹砍來，我根本沒有想，揮刀過去，一刀砍掉了他的腦袋……」

安若晨嚇得一縮，她正想著親事，這邊說砍腦袋，果然一直沒抓著將軍說話的路數。

「害怕了？」龍騰問她。

安若晨點點頭，又搖搖頭。龍騰撇眉頭，摸不清她是何意思，他道：「戰場上殺敵就是這樣。數百數千人圍戰，若不一刀致命，盡快消滅對手，便是置自己於凶險。那日在賭坊，我也是情急之下……」

安若晨想起來了，龍騰當時真的是一來就砍人腦袋。想到那個畫面，她又縮脖子。

龍騰看她這般，便有些煩躁起來，「所以當時讓妳先走，便是不想讓妳看到血腥殺戮。我並非殘暴之人，不想妳往壞處去想，這才讓妳上馬，沒想到妳這般廢物。」

怪她囉？

安若晨很無辜，她叫道：「那最後我確實啥也沒看到，將軍也算達成所願。」

還嘴硬？龍騰瞪她。

安若晨被瞪得委屈，也不知該如何是好。真是奇怪，最近怎麼總是跟將軍說不到一塊兒了呢？從前議事，他們一向是有默契且愉悅的。

龍騰忽然暴躁地站起轉身，似乎是想走了。

安若晨慌忙也跟著站起來，看著龍騰寬厚的肩背，有些不知所措。

龍騰站著沒有動，背對著她，安若晨也不知他在想什麼。他不走，她自然也不敢動。他真的很高大，她若走上兩步靠上去，大概只能到他肩膀……等等，什麼亂七八糟，她根本不可能湊過去往上靠，剛才只是目測高度而已。

正胡思亂想，龍騰忽地轉過身來。

安若晨心虛地嚇一跳，後退一步，下意識說了一句：「我沒有。」

龍騰也沒管她莫名其妙沒有什麼，只是道：「我方才的話沒有說完。」

「哦。」安若晨定了定神，忙道：「將軍請說。」

龍騰道：「上陣之前，定好了對手，我以為我會記得我此生殺掉的第一個人的名字，但其實我根本不知道那個小兵的姓名。那時候他根本不是我的目標，就這樣橫衝出來。我以為我會第一個砍倒的那名副將，多年後我們還見過面，那時與東楚邦交，我們還一起舉杯對談。我以為能與爹爹並肩作戰數十年，但他在我十八歲那年去世了。我以為許多人都早早娶妻生子，我大概也不會例外，可其實很多事都不是以為的那樣。我以為成親是很簡單的，定好個姑娘，可以，行，好，成親吧。但當我真的遇到一個我想成親的姑娘時，我竟不知道要怎麼告訴她才好。」

安若晨低下頭，心裡有些難過。將軍，我真的不想聽將軍你家夫人的事啊！你怎麼遇上的，怎麼訂親的，怎麼告訴她的，我真的不想知道啊！

「不對。」龍騰忽又忿忿地道：「我其實有告訴她，只是總找不到好時機，但我說了，然後她總是打岔到天邊去。」

安若晨覺得這位夫人真不對，將軍說話妳就好好聽，居然敢打岔。

「我說話妳聽著嗎？」

「聽著呢，聽著呢！」安若晨趕忙應聲。她可是盡職盡責的好管事，將軍說的每一句話她都是有認真聽的。雖然她不喜歡聽，她也沒打岔。

聽著怎麼也不抬頭？龍騰不滿地盯著安若晨的頭頂看。

她的秀髮烏黑柔順，在月光下顯得潤澤誘人，耳朵纖巧可愛，耳垂看著粉粉嫩嫩似乎很好捏，脖子曲線纖美，垂著腦袋時從他的角度能看到衣領下面似乎還有一道淺淺的粉色疤痕，那該是她父親打她留下的。

「她曾受過不少苦。」龍騰一邊說一邊將手背在身後，手指有些癢，但現在不是妄動的時候，「我一開始對她並無特別的感覺，只是覺得她聰慧勇敢，是個人才。」

「哦。」安若晨盯著鞋尖看。

不知為什麼，聽將軍誇他家夫人真是讓人難過。

「後來有次見她與澤清一塊頗親近，我便有些不高興，於是到軍營待了幾天，越在外頭卻越是惦記她，於是我確定，她在我心裡是不一樣的姑娘。我回來，教她本事，與她議事，讓她照顧我的起居……」

安若晨越聽越覺得不對勁，怎麼這經歷這般耳熟？

她抬起頭來看龍騰，心狂跳起來。怦怦怦！怦怦怦！猶如戰鼓雷動，血脈賁張。

「她聰明起來叫人驚訝，笨起來也讓人惱火，有時弄不清她是真聽不懂還是裝的。我告訴她我歡喜她，她卻只在意我賭氣的那句我不想與她說話了。」龍騰盯著安若晨的眼睛，「她能夠察覺敵方的蛛絲馬跡，分析細作的一舉一動，卻不明白我對她的示意，不了解我的表白。」

安若晨吃驚地張大了嘴。

別多想，莫心慌！可是，咚咚咚，咚咚呼，心快要跳出胸膛。

「安若晨姑娘，我從未對一個姑娘似對妳這般歡喜，我喜歡妳。」

安若晨覺得自己快要不能呼吸了。

「若是再聽不懂，再打岔，再走神，我就得罰妳念一百遍了。」

等等，說到哪裡了？安若晨深呼吸一口氣，先讓敲鼓的歇一歇。

「罰我念一百遍什麼？」

「龍騰喜歡安若晨。」

安若晨：「……」

「若念的還不管用，那就用寫的。」

安若晨：「……」

「直到她沒打岔不走神完全明白了意思為止。」

「明白了，明白了！」安若晨趕緊點頭。念一百遍什麼的就算了，抄一百遍她也扛得住，就怕將軍大人幼稚起來讓她寫完貼城門上去。依將軍大人任性的程度，她覺得這種事他幹得出來。

「既是明白了，便回個話吧。」龍騰嚴肅又正經。

安若晨：「……」

將軍，你剛才是說喜歡我，不是說找我決鬥是吧？這表情怪嚇人的！

「妳又走神了。」龍騰皺眉。

「我沒有。」
「那妳就是在想怎麼打岔。」
「我沒有。」
「那就給個回話。」龍騰板著臉。
要是能暫時暈過去就好了。安若晨仰著臉看著將軍大人，他真好看，板著臉也好看，皺眉頭也好看，他的眼睛深邃明亮，眼神裡透著緊張。將軍大人在緊張呢，跟她一樣！
安若晨深呼吸一口氣，看到她這動作，將軍大人更緊張了，她的心也跳得更快。
「容我考慮考慮。」她飛快地說。
「什麼？」龍騰沒聽清。說這麼快幹麼？
「我考慮考慮。」安若晨漲紅了臉，說得慢些了，但是聲音小了許多。
「考慮什麼？」龍騰皺眉頭。
安若晨咬咬唇，一時也不知該怎麼說。
「妳定是也歡喜我的。」龍騰道。
安若晨臉漲得通紅。將軍，這麼直接戳穿合適嗎？
龍騰不理她臉紅，又道：「我不是挾恩於妳，但我對妳有恩是事實。我不是用權貴壓妳，但我官居二品是事實。我不是用樣貌誘妳，但我相貌堂堂是事實。」
安若晨傻眼。將軍，您是認真在說是嗎？
這是在表現自己的長處，還是想增加點自誇自擂的可愛？
「我知道妳定是歡喜我，我可不若妳這般糊塗，妳對我如何，我知道的。」語氣裡充滿了自信與肯定。

什麼都被他說光了，安若晨不得不小心請教：「那將軍，你讓我回覆什麼？」

「何時成親？」

安若晨的下巴差點掉下來。

「妳我年歲都不小了，雖時機不太好，不過妳曉得的，現在這時機總不會好的。仗不知何時打，細作也不定何時能抓住，總不能因為這些，該辦的事便不辦了。我駐守邊關，也曾守過三年，咱們總不能拖到幾年後。既是情投意合，便可把親事定了。該置辦的置辦起來，莫耽擱。」龍騰分析戰情一般分析著親事安排。

安若晨眨眨眼睛，還在適應狀況中。

「妳說呢？」龍騰問。

「我考慮考慮。」

「考慮什麼？」

安若晨沉默了一會兒，看龍騰的樣子，看來她不說出來他不會善罷干休。

「將軍，細作為何不殺我？」

龍騰盯著她，倏地開始來回走動打轉，一臉氣惱。

「妳看，我就知道，不是走神就是打岔！」

「我沒有。」

「還不承認？」

「我認真在考慮的。」安若晨拉住他，仰起頭無比認真地看著他的眼睛，「我認真的。

為何不殺我？將軍對我青睞，將軍厚待我，他們是不是就等著將軍說對我動情的這一天？」

龍騰安靜下來，看著她。

「將軍沒有弱點，沒有把柄。」可是，如果愛上了一個姑娘，這些就都有了。

「來不及了，安若晨。」龍騰道：「若這真是他們的計，我已經中計了。」

安若晨忽覺得眼眶發熱，竟覺得這句話比「我歡喜妳」還要來得打動她。

不止是「我歡喜妳」，而是「明知飛蛾撲火，我亦歡喜妳了」。

安若晨火速低頭，眼淚落入草地裡。

她眨眨眼睛，把淚意眨掉，再抬起頭來時，已經從容多了。

她對龍騰道：「我考慮考慮。」

龍騰撇眉頭不滿意，「不是已經有結論了嗎？已經中計了就不用考慮了。」

安若晨也撇眉頭不滿意，「就不能考慮別樣了嗎？中了計之後如何辦也得想想啊！」

龍騰開口欲說話，卻被安若晨打斷：「今日晚了，回去睡覺，改日再議。」說完，她很有氣勢地背手走了。

龍騰萬沒料到局面反轉，這姑娘忽地厲害起來了。還未等他反應過來，她忽然又折回來撲到他跟前，踮起腳尖抓著他的衣襟道：「你不許跟別人說。」

「說什麼？」

「說你歡喜我。」

「那還用說嗎？」將軍一臉嫌棄。

「那也別說我歡喜你。」

「這個更不用說。」將軍大人的嫌棄表現得更明顯了。
「反正先保密。」安若晨皺著眉頭分外認真，可話剛說完卻覺得身上一緊，她被將軍大人抱在了懷裡。
耳邊是他的溫柔嘆息：「原來將妳抱滿懷是這種感覺。」
安若晨頓時軟了。心軟了，身也軟了。她猶豫了一會兒，伸手也將將軍大人抱住。
原來抱著將軍大人的腰是這種感覺啊！她也好想大聲嘆息。
龍騰笑了起來，她感覺得到他胸膛的震動。然後，她的耳朵被揉了，腦袋被摸了。
他用手指撫摸她的頭髮，撫得她的臉快要燒起來。
她抬頭想看他的表情，他卻趁機低下頭來，鼻尖碰著她的鼻尖，她呼吸都急促起來，但沒有躲開。他微微側臉，似乎欲朝她的唇壓下。他的動作很慢，慢得似乎在給她拒絕的機會。
安若晨心中戰鼓敲得響震天，在猶豫，但沒動彈，這時卻聽到不遠處傳來一聲尖叫。
龍騰與安若晨猛地一震，迅速朝那方向看去，卻是一個馬夫提著燈籠走過，看到了他們。那馬夫叫完了，這才反應過來看到了什麼。他連退好幾步，連連擺手，「將、將、將……」話也說不完，轉頭就跑。
安若晨呆若木雞看著那馬夫的背影消失，覺得自己再沒臉去馬圈了。
龍騰摸摸她的臉龐，讓她看向自己，愉快地問：「安管事，這人要滅口嗎？」
安若晨推開他，撒腿就跑，臉燙得快起火，心跳得要唱曲兒。
當然不能滅口！滅不了口，她用被子把自己先埋起來總可以吧？
剛睡下的時候心情很緊張，生怕將軍追來。結果沒有，然後又覺有些失望。

她用被子捂著腦袋偷偷笑，笑著笑著又覺得苦惱。

第二天安若晨起晚了，因為上半夜睡不著，後半夜睡太香，睡得太沉沒人叫她，待她起身時，聽說將軍已經出去了。也挺好，這樣她有時間好好思考。

待到下午時，衛兵來報，說將軍回來了，請安管事準備，稍晚要去太守府赴宴。

安若晨快速將自己打扮妥當，又親自點查了一番將軍赴宴要帶的禮數，然後去了龍騰的院子。龍騰還在看函報，見得她來，抬頭看一眼，道：「待我看完這個。」

安若晨應了聲「好」，逕自去張羅他該赴宴的衣裳配飾，這些都是準備好了，拿出來檢查一遍分類擺好在他床上。再翻出她之前準備的新年賀帖，這是隨禮數要一道送給各官員的，結果帖子上還是空的，龍騰還沒寫字落款。

安若晨把帖子拿到書桌上，龍騰正在給那份函報批示。安若晨待他寫完，將那落帖子塞過去，又遞給他一張紙，「正好筆墨都齊呢，把這句話抄一抄，簽個名，一共十五份。」

龍騰揚揚眉梢，安若晨道：「早給了將軍，將軍未寫，這些禮數今日都要用的。」

龍騰看著她，目光太熱烈，安若晨趕緊退後兩步，「將軍快寫，不然來不及了。」

龍騰嘆息一聲，聽話地認真抄起來。安若晨在旁伺候，他寫完一張她便擺一邊晾墨。

龍騰很快寫完了，安若晨正伸手去取最後一張，手腕卻被龍騰捉住。

安若晨嚇了一跳，下一瞬間卻被他拉進了懷裡。安若晨不敢驚呼，怕惹來外頭衛兵的注意。她坐在龍騰的腿上，下意識轉頭去看房門。龍騰把她的臉扳回來，安若晨忙道：「門開著呢！」

龍騰皺眉頭，「妳進來的時候為何不關門？」

「從前都不關的。」

龍騰道：「那妳現在去關。」

安若晨臉通紅，「才不要，人家會以為我們要做什麼呢！」

龍騰一臉嚴肅，「我是打算做點什麼，總不好滅太多人的口。」

又調侃她！安若晨皺皺鼻子，從他膝上跳下來，收拾桌上的禮帖，「將軍快換衣。」

「妳考慮得如何了？」龍騰也不叫人伺候，自己到屏風後頭更衣。

「嗯，確實想了想。」安若晨把東西準備齊備，站著等。

不一會兒，龍騰出來，挑眉看了看她，「結果呢？」

將軍真好看！安若晨心裡甜甜的。

她上前替他整理衣領和腰飾，被龍騰一把抓住，「考慮的結果。」

「情況是這樣的。」安若晨認真開始說了，「細作不殺我，也許真的有這個原因。我與將軍親近，是他們想要的結果。從前也許還有輕視低估我的緣故，如今劉則的勢力被剷除，閔公子暴露，將軍說過，他們必得重新布署。也許會有新的管事人過來，而這個管事人見得中蘭城內如此情形，也許狀況就不一樣了。」

「確實如此。」

「所以，我想搶著這時機把幾件事先辦好。先是我家那頭的麻煩，他們可是一直未曾消停過。前一段時日雖是讓我爹受了二十棍杖刑，他會安分一陣子，但錢裴不放棄糾纏，我爹那頭也定會被挑唆得不甘休，我便想趕緊把我二妹的親事辦了，她想嫁到外郡去，離開這是非之地。說真的，我雖並不覺得她有多壞，但她畢竟是站在爹爹和她娘親那邊的。我既可憐她，又得提防她。她若遠嫁，於我也算有好處吧。」

龍騰皺皺眉頭，想起找個好公子什麼的那些話。

安若晨不理他的小心眼，繼續道：「還有錢裴，他故意讓我二妹來說他買了小丫頭，不知意欲何為，但他這人記恨我卻是確確實實的。如今連商舶司的案子都沒能將他牽扯出來，恐怕他手上不止劉德利的把柄，連太守大人也都是忌憚他幾分。我想著趁著今日正好與錢大人見見面，看看太守大人與錢大人對此事的態度。」

「嗯，然後呢？」

「然後我四姨娘有些瘋癲，她讓二妹給我下毒，我二妹不敢，但我二妹也是制不住她的。說起來她也是個可憐人，等我二妹遠嫁了，安家那邊的人我就都不再理會了。」

龍騰道：「妳的心也太軟了。」

安若晨道：「這些都是小事，就是有些煩人罷了。最重要的是，閔公子若真的走了，來接替他的人是何心思，是何手段。衙門和軍方裡都還有他們的人，中蘭城內他又打算如何重新組織，對我這顆棋子又是何計畫。摸清了敵方的路線，我們才好琢磨對策。且閔公子在中蘭城算是戰敗而退，那對前線戰事有何影響。將軍這段時間忙碌，也定是在安排這些。」

龍騰嘆氣，「我也不知對妳的這些考慮是該歡喜還是著惱。」

「為何？」安若晨撇眉頭，這就不明白了，她這般認真，有何可惱？

「我與妳提男女之情，妳與我議戰事之憂，妳這是多不把我對妳之情放在心上？」

「放著呢，這不是正要說了？將軍對我關懷，安排了盧大人、田大人保護我，教我武藝，給我兵器，指導我各種謀略對策。將軍想保護我，我心裡明白，我也想保護將軍。我必不會偷懶了，好好學好好練，不讓將軍擔心。將軍可安心去辦事，無後顧之憂，而細作的意圖我們還不清楚，在他們下一步計畫明朗前，我們仍保持現狀便好。將軍說，旁人看在眼裡，自然知曉，可是心裡猜測與我們自己大張旗鼓挑明辦喜事那是兩回事。我們不說，細作心裡就沒底。」

龍騰打斷她：「所以妳的意思是說，我們彼此兩情相悅，但是先別告訴別人。」

「嗯。」安若晨點點頭，「先莫著急議親，還有好些事得辦。我想著，我們得有一套我們自己才懂的暗語……」話未說完，便被龍騰拉進懷裡抱著。

她聽到他的輕笑聲：「嗯，妳承認對我有情便好，妳承認可議親事便好。」

安若晨愣了愣。等等，她是不是中計了？

將軍大人根本不是火急火燎地想定下婚期，他才不會這般沒頭沒腦，他不過就是想看她為他著急，為他打算，一心向著他的模樣。

什麼叫承認了就好？安若晨漲紅臉。

她也沒打算不承認，用得著這麼對付她嗎？

安若晨偷偷掐了將軍的腰間一記，小小報復一下。

捌之章 暗潮

安若晨陪著龍騰去赴太守府之宴，很高興地又遇見了方元。

姚昆親迎龍大將軍，而安若晨將準備好的禮數交予方元。雖只別數日，不過兩人還是有許多事要聊。郡外媒婆的聯絡、席上各類安排，以及太守夫人蒙佳月給安若晨備了禮等等。

聊得有些久，惹得後來龍騰悄悄問安若晨：「我不用提防方管事的，對吧？」

安若晨認真答：「我覺得方管事頗是可靠，該與細作無甚牽連。」

龍騰嚴肅道：「我說的是保密著的那事。」

安若晨實在忍不住，白了他一眼。

此次太守之宴辦得隆重，請了郡裡大大小小的官員，大家相互客套，甚是熱鬧。

龍騰與太守皆坐上首，近期城中細作被擒之事流傳甚遠，眾人紛紛拍著龍騰與姚昆的馬屁。姚昆警示各地官員對本地人員嚴查嚴控，嚴防細作滲入。南秦居心不良，各地莫要近年關就放鬆戒心。龍騰也要求各地對軍事機要加強守衛，糧草、兵馬皆不可疏忽，一旦開戰，需各方助力。

其實全郡各縣的糧庫糧草軍備民兵等狀況龍騰早已摸清，但此時又再問一遍。各官員都提著心，細細回報。之後姚昆忙道，年關將近，之後各位皆得辛苦，今日設宴提前犒勞，大家共守邊關，為國效力，為皇上分憂。

在安若晨看來，場面上太守要圓滑許多，但其實龍騰對應酬交際與各人關係很是清楚，不然也不能指點她如此仔細，只是他對外皆是冷臉，一副武將莽漢的姿態。

安若晨想，這定是將軍的計策，將軍做什麼都自有他的道理。

龍騰在這類場合裡是拒不得酒的，就算會頭痛也得若無其事喝下去，但他這次並不那麼煩心，喝便喝了，回去正好跟某人叫喚頭痛，看她會如何。

此時姚昆敬酒，龍騰隨舉杯相應，與眾人一道一飲而盡，卻是愣了。杯中居然是清水！龍騰心中頓時又是懊惱又是歡喜。

真想用宗澤清的髒話罵一句，這年頭想頭痛一會兒裝個醉也不成了？

可是有人心裡寵著他，為他偷偷換了清水，他又覺舒暢無比。

龍騰回頭看，安若晨就在他身後伺候，捧著酒壺，見他看過來，忙把眼神飄到別處。有人向龍騰敬酒，安若晨忙為龍騰把酒杯滿上。龍騰一飲而盡，對敬酒那人微微一笑。

這清水喝著甘甜無比。

宴後眾人散了，姚昆將龍騰留下，領到一間雅室相敘。不一會兒，幾名重要官員也被喚到。看這情形，想來有事發生。

果然，姚昆道，今日宴前他才收到茂郡太守史平清的公文函報，說是東凌國使節前段日子遞了文書欲上京城覲見皇上，奉獻年禮。史平清上稟已獲皇上恩准，但前幾日史平清收到了東凌使團的覲見名單，其中竟然有兩名南秦大使。東凌使團的理由是年禮中有南秦準備的禮數，是東凌與南秦共同獻禮。

姚昆忿忿然道，史平清那傢伙明知他平南郡這頭封了與南秦的關貿，堵了南秦使節訪京之事，而他居然沒有拒絕那兩名南秦大使。

龍騰驚訝了，南秦出這招還真是出乎他的意料，「倒是弄得真跟有冤屈似的。」

「可不是。」姚昆很不痛快。

倒不是南秦如何，而是在他看來，這是史平清故意拆他的台。

平南郡與茂郡相鄰，南秦與東凌相鄰，這般巧，平南郡鄰著南秦，而茂郡便鄰著東凌。兩郡皆是邊郡，但平南比茂郡地廣物博，且南秦又勝出東凌好幾分，大白話講，就是平南郡的油水可比茂郡多多了。

當年平南郡前太守蒙雲山去世時，茂郡的史平清來插了一槓，參與與南秦的和談。他在茂郡頗有民望，政績也頗好，但茂郡不是肥差，當年姚昆就覺得，史平清想要平南郡太守的位置，可是最後是年僅三十的姚昆坐上了平南郡太守之位，史平清的不服氣與不甘心溢於言表，之後兩個郡的關係就頗微妙。史平清有意無意總要與姚昆比一比，在巡察使在皇上面前，能說姚昆哪哪不好，他是絕不會放過的。

這次姚昆對待南秦之事，史平清就遞過奏摺給皇上，表示了對邊境處境的擔憂，覺得姚昆如此鐵腕不過是給兩國關係雪上加霜，又覺得南秦突然如此態度是不是平南郡長期與之關係處置不當的結果，是不是有人在邊郡事務上欺下瞞上。姚昆知悉此事後真是氣得肝疼，又慶幸這邊還有個龍騰撐場面。

給他潑「鐵腕」的髒水，有龍大將軍冷臉在這擺著，有他鐵腕什麼事？關貿是他關的，但那是龍將軍認同的。南秦使節是他攔的嗎？那是龍將軍說你們交出細作再去見皇上。結果咧，人家真的安排潛伏了許多細作，他平南郡處置了這許多，可是大功一件。

「好在我們抓出了許多細作奸細，事情早已呈報皇上，南秦壓根兒不占理，我的奏摺可是會比南秦的使節先到京城。」姚昆說著，看了看龍騰。他宴前方知此事，宴上人多嘴雜他不好多說，如今叫得龍騰和數名心腹左膀右臂來，就是要共議此事，看是否會是隱患。

龍騰沒作聲，倒是江鴻青道：「史太守如此行事，確實是不妥當。使節出訪，哪有半途塞入他國使節的？」

錢世新問：「可是南秦覺得大人與龍將軍這處不好說話，故而想直接向皇上求和？可他們細作在城中頻頻動作，可不像是『想和』的樣子，難道是想藉此蒙蔽大人與將軍，讓我們平南郡以為他們正想辦法出訪使節，前線不會打仗，待我們輕忽之後，再攻個措手不及？」

姚昆皺緊眉頭，看向龍騰。他倒是不覺得史平清有這個本事勾結外使來陷害自己，但南秦究竟是何打算，他是摸不清了。想求和，為何不直接來找平南郡談？捨近求遠。真要打起來，使節都沒走到京城呢，這邊已經血流成河了，這可不是解決問題的好辦法。

再有，細作閔公子及其黨羽之事，他已去函要求南秦給說法，南秦卻拒不承認。

事實擺在眼前，居然有臉不認。

「南秦的兩個使節是何身分？」龍騰忽然問。

姚昆愣了愣，這個倒是不知。

「大人查查這兩位使節的身分來歷吧。」龍騰道：「東凌搭檯子給南秦唱戲，唱的什麼戲，得看戲子是誰了。」他頓了頓，又問：「他們何時上京？」

江鴻青忙答：「就這數日，史太守的意思，再過四日便是除夕，乾脆先在茂郡設三日宴相送。初一使節上京，趕在正月裡到京城。」

龍騰點點頭，不再說話。

眾人又商量了些時候，姚昆囑咐人連夜回函，快馬給史平清遞過去，確認南秦大使身分，並表達他們對史平清這事處置的不滿，告之他自己會寫奏摺向皇上說明此事弊處。

眾人議完事出得門來，卻見太守夫人蒙佳月與安若晨正在門外候著，姚昆忙問何事。

原來在姚昆與眾官議事之時，蒙佳月也拉著安若晨敘話來著。

安若晨藉著年節的話題傾訴了自己與四妹的姊妹情深，又說聽二妹提了錢裴炫耀他買了兩個年紀相仿的小丫頭，她甚是痛心，卻又無能為力。總之，楚楚可憐，悲慘悽楚，明說暗示了一番，蒙佳月聽得又驚又怒又同情。

錢裴這把年紀為老不尊荒、淫無德之事她是聽說過的，當初安家姊妹的婚事她也聽說過，如今事情過去這許久，錢裴竟然還敢拿姑娘家的痛苦來炫耀示威，簡直無恥至極。

蒙佳月當即表示她願為安若晨作主，拉了安若晨便到大人們議事的屋外候著。

蒙佳月留下錢世新，進得屋來當著姚昆的面用軟話說著，錢大人剛正不阿，百姓愛戴，但錢老爺行事糊塗，她婦道人家說不得什麼，但知曉了醜陋之事也不能不提醒大人們。現在時局如此，若還不將錢老爺嚴管，待他做出出格之事，怕是有心人拿著把柄伺機生事。你們一個是兒子，一個是學生，到時說你們是同犯縱犯，又哪裡辯得清楚？

蒙佳月姿態擺得低，但話說得句句在理。姚昆一聲不吭，錢世新滿臉慚愧。

後姚昆將錢世新送到府門時，氣極地壓低音量對他道：「你最好是管好他，不然我們遲早都會被他給害死！」

◆　◆　◆

龍騰與安若晨出了太守府，回程時坐同一輛馬車。

安若晨在龍騰擠上來時頗慌張，「將軍，我們說好的。」

「是啊，只是我多喝了兩杯，剛才議事又費了心神，此時有些頭疼發暈。我剛才不是與衛兵說了，頭暈便不騎馬了。」龍騰揉揉額角，還真是一副頭暈的樣子。

安若晨張了張嘴，真不知說他什麼好。馬車駛動起來，安若晨掀開車簾往外偷偷看，衛兵們騎馬護衛著馬車，看著神情都挺端正的，似是沒留意堂堂大將軍不騎馬非要跟管事擠馬車一事。

「妳就是心虛，這才想得多了。」龍騰道。

安若晨撇撇嘴，這麼戳破一個姑娘家合適嗎？

「看來妳今日收穫不錯。」出來時看到她似乎頗歡喜。

「是啊，將軍呢？」

龍騰搖搖頭，「怕不是什麼好消息。」

他低聲將事情說了，安若晨很吃驚。

「這合規矩嗎？」國家大事她不懂，但沒聽說書先生說過這樣的事啊！

「按說是不合常理，但也沒規矩說必不許如此。史太守與姚太守不睦，他留使團過年，必是打算先派人快馬上京報了皇上，到時使團到了京城，那兩人得不得進殿相見，也是皇上說了算。史太守兩邊都不得罪，又給了東凌面子。」

安若晨想半天，問：「那兩人不會是刺客吧？」

龍騰笑起來，往安若晨腿上躺去。

「這便是我喜歡與妳議事的地方了，妳總是敢想到天邊去。」

安若晨沒好氣地推推他。聽不出這是誇她，還是又調侃她呢？而且，將軍大人，你這麼自覺地往一個姑娘家腿上靠，像話嗎？這可是登徒子所為！

「是誇妳呢！」龍騰似聽到她心聲，握住了她推他的手，「我喝醉了。」

「未曾聽說喝水能喝醉的。」安若晨戳穿他。

龍騰微笑，「咦，我喝的是水不是酒？安管事，妳為何換掉我的酒？」

安若晨：「……」她又中計了是吧？

安若晨不說話，龍騰又道：「妳若說是心疼我頭疼，我心裡會歡喜的。」

安若晨撐了一會兒撐不住，回握他的手道：「好了，是不想你頭疼。」

龍騰微笑，安若晨看他，覺得將軍當真是太狡猾了，這般看他，覺得他真是好看。

「我有不好的預感。」龍騰忽然道。

安若晨頓時嚴肅，等著他繼續說。

「所以，得抓緊時間與妳多親近些。」

安若晨：「……」所以，不好的預感就是為他的登徒子行為找藉口嗎？

話說錢世新回到了錢府，讓自家管事把隔壁錢裴家的管事喚來了，細細問他這段時日老爺都做了什麼，這幾個月家裡是否又進了新丫頭，無論是買的送的還是怎麼來的，都得細細報來。

那管事嚇了一跳，忙據實以報。這幾個月家裡是進了兩個小丫頭，兩個都是十三四歲的年紀，那是十月時安家老爺送來的。錢世新聽罷，怒氣沖沖去找了錢裴。

錢裴正在寫字，正眼都沒看兒子。

「見過父親。」錢世新先施了禮。

「有何事？」

「我與爹爹說過，近來情勢不太好，讓爹爹行事收斂些，爹爹可還記得？」

「我記性好著呢！」錢裴微笑，抬起身看了看他寫的字，放下了筆，仍是不看錢世新，轉身又去書櫃那兒翻書去了。

錢世新忍著氣，又道：「爹爹年紀大了，安享晚年，耍些樂趣，兒子本不會多言，但這段時日邊關情勢不好，與南秦關係微妙，正是易招禍端的時候，爹爹切記，謹言慎行。安家那邊，爹爹還是少往來吧。」

錢裴翻著一本書，也不看，只道：「我與誰往來，還得你管著？」

錢世新乾脆挑明：「安若晨如今背靠龍騰，爹爹莫要招惹她。」

「你怎地不說她招惹我？」

「安家的親事已經退了，你與她還能有何瓜葛？偏偏爹爹竟放話說什麼買了丫頭去挑釁她，這是何意？」

錢裴把書蓋上，放回櫃子裡，終於轉身看向兒子，「她居然直接找你告狀？」

「她找了太守夫人。」

錢裴想了想，哈哈大笑，「這姑娘當真是有趣，很會繞彎子！」

錢世新怒喝：「父親！」

錢裴不理他，仍在笑，「這姑娘果真是妙。繞到蒙佳月那頭，姚昆就為難了。」

「爹。」錢世新板著臉，「兒子把話放在這兒了，莫要招惹她，莫要招惹龍將軍，其他的，兒子不管你。」

錢裴笑道：「說得似乎你管得著我似的？」

錢世新氣得臉色鐵青，「爹爹享福便好，莫要惹禍，否則兒子也沒辦法護爹爹周全！」

言罷，轉身拂袖而去。

錢裴盯著他的背影，哂笑道：「薑是老的辣這句話，你們就是不明白。總以為自己翅膀硬了，能飛了，別人就都是老糊塗。若不是我，你哪有今日？」

錢世新回到自己宅內，在花園裡走了好一會兒氣才消下來，正待回房，忽聽得牆邊傳來鈴鐺聲。他四下張望，並無其他人，便朝著鈴鐺聲那處暗角走過去，他問：「何人在此？」

暗角走出一人，三十多歲的年紀，中等個頭、細長眼、圓臉，錢世新從前沒見過他。

「錢大人。」那人施了個禮。

錢世新仔細打量了他一番，客氣有禮地問：「先生貴姓？」

「姓解。」

「感謝的謝？」

那人笑了，「不是。」

錢世新又問：「解先生喜歡鈴鐺嗎？」

那人道：「響的鈴鐺才有用，錢大人覺得呢？」

「嗯。」錢世新點點頭，「兩個鈴鐺才夠響。」

安若希鼓足了勇氣，這才踏進段氏的院子。

段氏見得她來，兩眼發光，面露微笑，「二姑娘來了。」

安若希左右看看，段氏把丫頭遣出去。她招呼著安若希坐，親自倒了水給安若希。

安若希緊張得捏緊了手指，「四姨娘。」

「二姑娘今日又去紫雲樓了？前日未有機會，是否今日得手了？」段氏和藹地問。

安若希搖搖頭，「我未去紫雲樓，這次過來是想與四姨娘說，我恐怕沒法幫四姨娘做這事。大姊身邊有護衛，丫頭也不離身，我每次過去，都需要衛兵通報。我仔細想過了，根本不可能有下手的機會，而且大姊不會放過我的。再者說，大姊如今是紫雲樓的管事，若她出了什麼事，龍大將軍是不會放過我們安家的。」

段氏臉上的慈祥之色消失得無影無蹤。

安若希硬著頭皮繼續說：「四姨娘想想，爹爹狀告商舶司劉大人，結果被太守大人打了二十杖。我們若是對大姊施了什麼毒手，龍將軍和太守大人不得將我們全家砍頭嗎？」

段氏不說話，安若希看著段氏，她特意等著過了段時間，希望段氏能冷靜些。又是在爹爹被打，全家慌亂後再來提這事，想著這般四姨娘該是能明白，但看她那樣，似乎仍不想放棄。

「四姨娘，妳想想，總不能為了大姊一人，將我們全家都陪葬進去，妳說是不是？太守大人也還在找四妹，說不定過段時間就能找著了。到時找著了四妹，結果她回來便因為我們毒死了大姊被砍頭，那得多冤？」

段氏聽了這話，顰眉思慮。

「四姨娘，我們從長計議。這事我誰也沒說，妳便當妳從未生過這個念頭。咱家剛犯完官司，可別再惹禍了。妳好好保重身體，這般等四妹回來了，才能開心重聚不是？」安若希覺得段氏仍未聽進去，但她還是努力勸著。

「好。」段氏靜默了好一會兒，突然道。

安若希有些意外，但也鬆了一口氣，「四姨娘能這般想就好了。」

「既是用不著了，妳把那毒還我吧。」

安若希整個人僵在那兒。

「不是沒用著嗎？那還我吧。」段氏聲音輕輕的，眼睛亮得出奇，盯著安若希。

安若希被那眼神盯得心慌，她從懷裡掏出那紙包，還未放到桌上，段氏猛地伸出手，一把將它搶了過去。安若希嚇得差點叫出聲，手背被段氏的指甲劃了一道，甚是疼痛。

段氏看了看紙包，確實是那個。

她笑了笑，對安若希道：「妳沒告訴別人，很好，妳走吧。」

安若希聽得最後三個字，趕緊轉身就跑。

跑出了段氏的院子還在跑，跑遠了，這才靠著牆喘氣，心有餘悸。

◆ ◆ ◆

平南郡一連數日都未發生什麼特別的事，平安地邁進了除夕夜。安若晨在衛兵和丫鬟婆子的陪伴下，拿著福燈到江邊放。根據大蕭的習俗，很多人會在過年的時候將一個願望寫進福燈裡，放入水中，祈求這願望在新的一年裡能實現。

安若晨手上有兩盞福燈，一盞是龍騰的，一盞是她自己的。
龍騰並未在中蘭城過年，這種時候他要與他的前線兵將們在一起。
臨走那晚，安若晨是在半夜被驚醒的，剛要尖叫，卻見到是龍騰的臉。
原來是他撫摸她的臉，把她擾醒了。
安若晨看了看天色，還是黑夜呢，是月光讓她看到了他。
「將軍，發生什麼事了？」
「沒什麼，就是想著待我回來已經是明年了。若是沒做這事，得要等明年才能做。要一年，太久了。」
安若晨腦子有些迷糊，明年不就是過兩天嗎？有多久？然後，她就感覺到唇上一軟，龍騰伏下頭來，吻了她。
安若晨的腦子頓時嗡的一下，什麼都沒有了。
待龍騰抬起頭時，她滿腦子只剩下他的笑容和他嘴唇的味道。
她聽見他說：「妳呆呆的樣子真是討人喜歡啊！」
她繼續呆愣，他又說：「考慮一下婚期吧，這回不是逗妳的。」說完，他伏下頭來，再次讓她腦子空白，什麼都沒法考慮了。
安若晨站在江邊，想起那兩個吻，臉又紅了起來。
不過，將軍說的對，若是等他回來，便是明年了，那真是太久了。
安若晨彎腰，先把龍騰的那盞福燈放進江裡，看著那燈隨水流飄遠。那福燈裡有龍騰親手寫下的願望。福燈心願是有講究的，不是什麼都行，而是要寫一個你覺得有困難需要神明保佑，需要點運氣才能實現，但是又有可能實現的願望。

大家都說，若是必然會發生或是不可能實現的願望寫進福燈是沒用的。

福燈願望只能許一個，不能浪費了。

龍騰今年的願望是：不要開戰。

安若晨把自己的福燈也放進了江裡，她寫的願望是：若李長史是冤枉的，希望能找出真凶，還他清白。

此刻秀山上的靜心庵，安若芳也放了一盞福燈。不能去江邊，她便放在了水盆裡。

福燈願望是她拜託師太幫她寫的，她希望娘親喜樂健康。

「為什麼是這個？」靜緣師太問她。

「在我家裡，能喜樂健康是需要點運氣的。」安若芳的臉上是與年紀不相襯的早慧。

靜緣師太不說話了，陪著她一起看著那小小的燈在水盆裡飄。

「師太，妳不許願嗎？」安若芳轉頭看她。

「我沒有願望。」靜緣師太冷漠地道。

安若芳看著她許久，轉頭再看看自己的燈。怎麼會？誰都該會有願望吧？

靜緣師太忽然道：「拿上妳的燈，快回小院去。」

靜緣師太的語氣極嚴肅，安若芳一驚，趕緊聽話地拿上燈飛奔跑回側院。她關上了門，把燈吹滅，趴在門後看。什麼都看不到，也未聽到什麼，但安若芳知道，肯定有什麼事發生了。

靜緣師太把水盆的水倒掉，將盆子放回牆邊，然後打開後院門，站在門口。

一個男人正往菜園子走來。月光下，他輕鬆地邁著步子，看到那翹起的石板，微微抬高腳邁了過去。他未理站在門邊的靜緣師太，走到棗樹下，拿起那紅色的燈籠仔細看了看。將燈籠放好後，這才轉過身來，打量了靜緣師太一番，對她微微一笑。

靜緣師太沒有笑，她也在打量這個男人。三十多歲、中等個頭、圓臉，她不認識。

「師太。」那人先打招呼。

「妳是誰？」

「我姓解。」

靜緣師太面無表情，沒接話。

那人繼續道：「師太喜歡鈴鐺嗎？」

「不喜歡。」

那人笑了起來。

「師太與他說的果然是一樣的。師太覺得幾個鈴鐺才夠響呢？」

「兩個。」靜緣師太看著這人。

翹起的石板，樹下的燈籠，這人第一次來，卻對這些毫不陌生。

「想問師太一個問題。」二號解先生道。

「我只管殺人，不管回答問題。」

解先生又笑了，「我知道，但這問題很重要。」他頓了頓，盯著靜緣師太看，「我有個同姓兄弟，數日前本該與我見面，可他一直未來。」

靜緣師太面無表情，解先生看了看靜緣師太，這才繼續道：「師太最後一次見他是在什麼時候？他說了什麼沒有？」

「十二月二十在燈籠裡留了字條，讓我第二日去東城門殺一個人。」

「那是留消息，見著面了嗎？」

「沒有。」

「那最後一次見著面是什麼時候？」

「十二月十六，他來讓我提前留意要殺的人，做些準備，等他通知。」

解先生點點頭，因為目標是紫雲樓裡的人，又很重要，所以需要先觀察留意，這個他知道。最後那個目標被成功殺死，未留下任何破綻，他也知道。

「師太最後一次見他時，他可有說什麼？」

「不止一個問題了。」靜緣師太道。

解先生反應了一會兒才反應過來靜緣師太是在抱怨。

他笑了笑，「好吧，這真是最後一個問題。他失蹤了，師太可有他下落的線索？」

「沒有。」

靜緣師太很乾脆地答，月光映在她的臉上，她的表情平靜無波。

解先生看她許久，終是告辭。

這個晚上，四夏江上，江面波光閃爍，似星光一般美麗。

江面上時不時飄過一盞盞福燈。在微微波光中又映著溫暖燭光，更添幾分祥寧。

高高的防務堤臺上，值守的衛兵看著那些福燈不禁微笑。

大蕭人都知道，那福燈裡有著美好的心願。

這時候忽聽到「咚」的一聲鼓響，有數人大叫著：「快看！」箭兵射出火頭箭簇，映亮了夜空。

許多衛兵都看到了，一艘船從對岸南秦那頭划了過來，眼看著就要過中線。咚咚咚，警示的鼓聲響徹江邊，衛兵們齊聲大喝，擺開了戒備的架勢。弓箭手齊刷刷排到了堤臺邊上，拉開弓弦準備著，但那船隻划到那兒便停了。

沒一會兒，船上丟下了一個大木桶，木桶上插了兩面大黑旗。

一面黑旗上寫了個白色的「死」字，一面黑旗上寫著「龍親啟」三字。

木桶順著江流往下游慢慢飄，而那船已迅速划走，往南秦那頭方向後撤了。

白晃晃的「死」字很是刺眼，尤其在它旁邊還伴著些帶著祝願的美麗福燈。

大蕭這邊的人緊盯著江面，確認再無任何異樣後，幾個兵士奉命乘上了小舟，過去將那個詭異的大木桶撈了回來。

暗夜中，一個驛兵正騎著快馬飛快由茂郡奔向平南郡，他帶著一個讓人不安的壞消息。

（未完待續）

作者	汀風
封面繪圖	畫措
責任編輯	施雅棠
國際版權	吳玲緯
行銷	艾青荷　蘇莞婷
業務	李再星　陳玫潾　陳美燕　枂幸君
副總編輯	林秀梅
副總經理	陳瀅如
編輯總監	劉麗真
總經理	陳逸瑛
發行人	凃玉雲
出版	晴空 城邦文化事業股份有限公司 104台北市中山區民生東路二段141號5樓 電話：（886）2-2500-7696　傳真：（886）2-2500-1967
發行	英屬蓋曼群島商家庭傳媒股份有限公司城邦分公司 104台北市中山區民生東路二段141號2樓 客服服務專線：（886）2-25007718；25007719 24小時傳真專線：（886）2-25001990；25001991 服務時間：週一至週五上午09:00~12:00；下午13:00~17:00 劃撥帳號：19863813；戶名：書虫股份有限公司 讀者服務信箱：service@readingclub.com.tw
晴空部落格	http://blog.yam.com/readsky
香港發行所	城邦（香港）出版集團有限公司 香港灣仔駱克道193號東超商業中心1樓 電話：852-25086231　傳真：852-25789337 E-mail：hkcite@biznetvigator.com
馬新發行所	城邦（馬新）出版集團【Cite (M) Sdn Bhd】 41, Jalan Radin Anum, Bandar Baru Sri Petaling, 57000 Kuala Lumpur, Malaysia. 電話：(603) 9057-8822　傳真：(603) 9057-6622 Email：cite@cite.com.my
美術設計	洸譜創意設計股份有限公司
印刷	沐春行銷創意有限公司
初版一刷	2016年08月18日
定價	250元
ISBN	978-986-93253-3-2

漾小說 173

逢君正當時 ②

國家圖書館出版品預行編目資料

逢君正當時 / 汀風著. -- 初版. -- 臺北市：
晴空, 城邦文化出版：家庭傳媒城邦分公司發行,
2016.08
　冊；　公分. --（漾小說；173）
ISBN 978-986-93253-3-2（第2冊：平裝）

857.7　　105012779